历代名诗鉴赏

宋诗

上海辞书出版社文学鉴赏辞典编纂中心 编

上海辞书出版社

编者的话

说到古典诗词，人们多是以“唐诗宋词”并提。王国维先生也曾言：“……唐之诗，宋之词，元之曲……皆所谓一代之文学，而后世莫能继焉者。”面对着宛若一座高峰横亘在前的唐诗，宋代的诗人们却没有甘心退缩。他们一方面学习唐诗，从中汲取养料，一方面也在努力开拓新境。宋诗与唐诗相比，可以说并不是“莫能继焉”，而是别开生面，在唐诗之后，成就了古典诗歌历史长河中另一座高峰。

钱锺书先生说：“唐诗以丰神情韵擅长，宋诗以筋骨思理见胜。”缪钺先生说：“唐诗以韵胜，故浑雅，而贵蕴藉空灵；宋诗以意胜，故精能，而贵深折透辟。”都鲜明地指出了宋诗有别于唐诗的特点。宋代学术繁荣，儒释道三家思想融合，程朱理学兴盛，许多诗人兼具学者的身份。他们将深沉的哲理融于诗歌，或是借诗歌纵横议论，为宋诗添上了深湛的理趣。宋诗的另一个特点是用典。印刷技术的进步为宋人读书提供了物质基础，诗人博览群书，典故便信手拈来，也为宋诗染上浓浓的书卷气。虽说有些作品把诗歌当作说理的工具，或是沦于獭祭“掉书袋”，因而也招致“以文为诗，以议论为诗，以才学为诗”的批评，但瑕不掩瑜，宋诗的确另辟蹊径，对唐诗有所突破，为古典诗歌发展贡献卓著，影响深远。后来历朝历代的诗人诗派常为“宗唐”与“宗宋”论争不休，亦是宋诗堪与唐诗双峰并峙之明证。

宋代诗人也是名家辈出。如欧阳修引领诗风变革，诗风平易畅达，格调高而命意深；一代文豪苏轼，才情纵横，“天地万物，嬉笑怒骂，无不鼓舞于笔端”；黄庭坚倡“夺胎换骨、点铁成金”，诗风瘦硬奇拗，其追随者形成江西诗派，声势颇大，泽被后世；杨万里倾心自然风物，清新活泼的“诚斋体”独具特色；陆游一生创作颇丰，题材广泛，风格多样，无论是悲壮慷慨的家国情怀，还是闲散恬淡的日常风雅，都有诸多名篇……名家辈出，数不胜数。

这本《历代名诗鉴赏》的宋诗卷，选取宋诗名作，尽量涵盖各种不同的诗派诗风。每首诗还配有名家所撰写的鉴赏文章，特别是对诗中的用典使事加以解释，希望能够帮您更好地领略宋诗的“筋骨思理”之妙。

上海辞书出版社

二〇一八年七月

目录

王禹偁

村 行

马穿山径菊初黄，　信马悠悠野兴长。
万壑有声含晚籁，　数峰无语立斜阳。
棠梨叶落胭脂色，　荞麦花开白雪香。
何事吟余忽惆怅，　村桥原树似吾乡。

这首诗，是王禹偁于太宗淳化二年(991)被贬为商州团练副使时写的。王禹偁以妖尼道安诬陷徐铉，当以反坐论罪，反获谴于朝廷，从开封贬官到商州。他自解是："平生诗句是山水，谪宦方知是胜游。"(《听泉》)他在"商山五百五十日"(《量移自解》)写了不少写景抒情的诗。《村行》是出色的一首。

诗一开始，在动态中写景，马穿过黄菊夹道的山径，真是马蹄有色，马蹄踏香。"信马悠悠野兴长"，马既悠然自得，人亦野兴正浓。这一句看起来是两件事，实际上是由于人有野兴，才放任马的随意而行。为什么？因为贪看景色。颔联紧接着写景："万壑有声含晚籁，数峰无语立斜阳。"景是由下而上，由深而高。"万壑"，明言山壑之多。"有声"，暗写山泉淙淙。炼一"含"字，写声音全在壑里，全从壑出。"晚"字点时间，又呼出下句的"斜阳"。"籁"字是应"有声"。这一句本属平平，但对下句有衬托作用。"数峰无语立斜阳"，是全篇的精策。山峰本不能言，以"无语"称之，是透过一层写法，无理中有理。"立斜阳"，更见晚山可爱，无限好景。人对山而忘言,山对人而“无语”,真是契合无间,人与大自然融为一体。这句诗,确实不只是修辞的技巧,而是有妙理在焉。本联对仗精工,音节响亮,自不待言。这一联又是大景。颈联则又从行道中所见的草木写起。“棠梨叶落胭脂色,荞麦花开白雪香。”这里色彩鲜明,有红有白,有果实,有繁花。棠梨经秋成熟,叶落而果实累累,红如胭脂,悬空而垂;荞麦秋季开花,宛如白雪一片,只是不寒而香,布满大地,预告丰收。美景如此,看来当叫人流连忘返。然而陡然一转,不是赏心乐事,而是“何事吟余忽惆怅”,吟诗之后,悲从中来,真有点煞风景,也叫人莫测。一问之后,一答收场。“村桥原树似吾乡。”作者对景而思家了。但却不明说。辗转委婉,原来村庄里的桥,平原上的树,都像诗人家乡的风物一样。按常理上讲,看到异乡的风物宛如自己的家乡,也该是件高兴的事,然而诗人却以“惆怅”二字,引起下面的一句。全是写景写事,“惆怅”之情,渗入在景事中。作者宦游异乡,复遭贬谪,抱负难展,不如归去。但又有家归不得,所以看到景物似家乡而感叹。

这首诗,风格飘逸,淡中有味,明白自然,看起来似不费力,实在是从千锤百炼中得来。王禹偁自称“本与乐天为后进,敢期子美是前身”。他确实是能得白居易七律的精神,而也能继承杜甫在长安、成都两地所作的七律风貌的。　　　　（金启华）

王禹偁

对 雪

帝乡岁云暮，　衡门昼长闭。
五日免常参，　三馆无公事。
读书夜卧迟，　多成日高睡。
睡起毛骨寒，　窗牖琼花坠。
披衣出户看，　飘飘满天地。
岂敢患贫居，　聊将贺丰岁。
月俸虽无余，　晨炊且相继。
薪刍未缺供，　酒肴亦能备。
数杯奉亲老，　一酌均兄弟。
妻子不饥寒，　相聚歌时瑞。
因思河朔民，　输挽供边鄙：
车重数十斛，　路遥数百里，
羸蹄冻不行，　死辙冰难曳。
夜来何处宿，　阒寂荒陂里。
又思边塞兵，　荷戈御胡骑：
城上卓旌旗，　楼中望烽燧，
弓劲添气力，　甲寒侵骨髓。
今日何处行，　牢落穷沙际。
自念亦何人，　偷安得如是！
深为苍生蠹，　仍尸谏官位。
謇谔无一言，　岂得为直士？
褒贬无一词，　岂得为良史？

不耕一亩田，　不持一只矢；
多惭富人术，　且乏安边议。
空作对雪吟，　勤勤谢知己。

诗题《对雪》，表明诗意不在咏雪，而在于抒感。诗约作于宋太宗端拱元年(988)，作者在汴京(“帝乡”)供职，任“右拾遗直史馆”。那时候宋跟契丹(后称“辽”)正打仗，战争的负担和灾难全部转嫁到人民身上，王禹偁对此颇有感慨，于是在雪天写下了这首作品。

全诗可分五段。第一段从篇首至“飘飘满天地”，从题面叙起，写岁暮深居值雪。这段文字很平，但有两方面的作用。一是突出天气的奇寒：为官的作者本人是深居简出(“衡门昼长闭”)，朝廷免去五日一上朝的惯例(“五日免常参”)，官署亦不办公(“三馆”指昭文、国史、集贤三馆)，这些都间接表明岁暮天寒的影响。而大雪漫天飞扬则是直接写寒冷(“睡起毛骨寒，窗牖琼花坠”)。二是描述一己的闲逸。既无案牍劳形之苦，复多深夜读书之趣，因而往往睡到日上三竿才起来。一日睡起，忽觉寒气入骨，有玉屑一样的白花飞入窗内，于是“披衣出户看，飘飘满天地”。十个字对雪没有作细致的描绘，却全是一种潇散愉悦的情味。这里写的是闲人眼中的雪，是“帝乡”京都的雪，倒使人联想到一首唐诗：“飞雪带春风，徘徊乱绕空。君看似花处，偏在洛城中。”(刘方平《春雪》)天寒风雪，独宜于富贵之家呵。这里写天寒，写闲逸，无不是为后文写边地兵民劳役之苦作铺垫或伏笔。

第二段(从“岂敢患贫居”到“相聚歌时瑞”)承上段，写家人团聚，赏白雪而庆丰年。值得玩味的是从篇首“衡门”（横木为门，谓简陋的住宅）句到这一段，诗人一再称穷。“贫居”固然是穷，“月俸无余”“数杯”“一酌”亦无不意味着穷。其实这倒不是他真的要发什么官微不救贫一类的牢骚，而是别有用意。他虽说“穷”，却不愁薪米、能备酒肴，惠及父母兄弟妻子。在这大雪纷飞的岁暮，他们能共享天伦之乐，共贺“瑞雪丰年”。这里句句流露出一种“知足”之乐，言“贫”倒仿佛成了谦辞。所以，诗人实际上是要告诉读者：贫亦有等，从而为后文写真正贫而且困的人们再作地步。晚唐罗隐诗云：“尽道丰年瑞，丰年事若何？长安有贫者，为瑞不宜多。”（《雪》）从“相聚歌时瑞”的人们联想到长安贫者，替他们说了一点话。王禹偁这里的写法大致相同，但他想得更远，语意更切。

第三段即以“因思”（由此想到）二字领起，至“阒寂荒陂里”句，转而以想象之笔写黄河以北（“河朔”）人民服劳役的苦况。关于北宋时抽民丁运输军粮的情况，李复《兵馈行》写得最详细，可以参看：“人负六斗兼蓑笠，米供两兵更自食；高卑日概给二升，六斗才可供十日。……运粮恐惧乏军兴，再符差点催馈军。此户追索丁口绝，县官不敢言无人；尽将妇妻作男子，数少更及羸老身。”（《潏水集》卷十一）第四段则以“又思”二字领起，至“牢落穷沙际”句，进而写兵役的苦况。

这两段所写河朔兵民之苦，与一二段所写身在帝乡的“我”的处境，适成对照。一方是闲逸，而一方是不堪劳碌：服劳役者“车重数十斛，路遥数百里，羸蹄冻不行，死辙冰难曳……”，服兵役者“城上卓旌旗，楼中望烽燧，弓劲添气力，甲寒侵骨髓……”一方无冻馁之苦，而一方有葬身沟壑沙场之忧：或夜宿“荒陂里”，或转辗于“穷沙际”。字里行间，表现出诗人对河朔军民之深厚同情，从而引出一种为官者的强烈责任感，和对自己无力解除民瘼的深切内疚。

从“自念亦何人”到篇终为第五段，作自责之词而寓讽喻之意。看来诗人内疚很深(源于其责任感)，故出语沉痛。他觉得贪图一己的安逸是可耻的(“偷安”)，感到自己身为“拾遗”而未能尽到谏官的责任，身“直史馆”而未能尽到史官的责任，不足为“直士”、不足为“良史”。“不耕一亩田”，又无“富人(民)术”，有愧于河朔之民；“不持一只矢”，又乏“安边议”，有负于边塞之兵；更对不住道义之交的热忱期望(“勤勤谢知己”乃倒装趁韵句法，意即谢知己之勤勤)。所以骂自己为人民的蛀虫(“深为苍生蠹”)。而事实上，王禹偁本人为官“遇事敢言，喜臧否人物，以直躬行道为己任”，是不当任其咎的。他在此诗以及其他诗(如《感流亡》)中的自责之词，一方面表示他不愿尸位素餐的责任心，另一方面也是对那些无功食禄之辈的讽刺。

全诗层次极清楚，主要运用了对比结构，但这不是两个极端的对比(如白居易《轻肥》)，而是通过“良心发现”式的反省语气写出，对比虽不那么惊心动魄，却有一种恳挚感人的力量。全诗语意周详，多用排比句式(二、五两段尤多)，乃至段落之间作排比(三、四段)，却毫无拖沓之嫌。其所以“篇无空文”，实在于“语必尽规”。因此，此诗不仅在思想上继承杜甫、白居易系心民瘼的传统，在艺术风格上也深得白诗真传，以平易浅切见长。从诗歌语言的角度看，乃是以单行素笔直抒胸臆，初步表现了宋诗议论化、散文化的风格特征。　　　　(周啸天)

江南春二首(其二)

杳杳烟波隔千里，　　白蘋香散东风起。
日落汀洲一望时，　　柔情不断如春水。①

〔注〕 ① 柔情：范雍《忠愍公诗序》引此诗，作“愁情”。

此诗大约作于晚年。末句“柔情”，一作“愁情”，结合诗人生平遭际看，似应为后者。

关于这首诗，明代杨慎曾和朋友何仲默开过玩笑。他在《升庵诗话》卷十二中说，何仲默曾经扬言说：“宋人书不必信，宋人诗不必观。”有一天他就抄了寇準此诗和张文潜等三人诗各一首，问他说：“这是何人诗？”何氏读完道：“唐诗也。”

由这故事可见此诗颇具唐诗特色，情韵悠长，蕴藉空灵。

诗的一二句点明题意，并描写出了江南春日黄昏的那种迷离艳冶之美。杳杳，指江水的深暗幽远。夕阳西下，江面上水波渺茫，远望好似烟雾笼罩；江水浩渺，迢递不断，恍若远隔千里。一阵东风，吹来缕缕白蘋清香。寥寥十四字，似写无人之景，实是境中有人，“隔”“风起”“香散”，都是从人的感觉角度落笔的，因此第三句就将人推出镜头来。原来此时诗人正伫立在汀洲(水边平地)之上凝望着。此属倒装句法，按顺序而言，应把此句提到最前面，但如倒转过来，便属凡笔，诗意也索然了。

美景令人陶醉,也撩人伤感,尤其是悲愁郁结的人,所以末句便转入抒情。此时,诗人面对一江春水,心中陡然涌起无限愁绪,感到自己的绵绵愁情就像眼前的春水,无了无休。“柔情不断如春水”,凭借鲜明生动的艺术形象,化抽象为具体,含蓄地倾吐出愁情的沛然莫遏,与早于他的李煜《虞美人》词“问君能有几多愁?恰似一江春水向东流”,和晚于他的秦观《江城子》词名句“便做春江都是泪,流不尽,许多愁”,可谓异曲同工。李词鲜明、生动,秦词情辞兼胜,寇诗则妙在首尾呼应,情景相生,另有耐人吟味之处。

寇凖是北宋著名的政治家,位至宰相,功业彪炳,性亦刚毅,而竟然写出如此柔丽感伤之诗,便是他同时代人也觉得难以理解,议论纷然:宋僧文莹《湘山野录》云:“莱公(按寇凖封莱国公)富贵之时所作诗,皆凄楚愁怨,尝为《江南春》云云。”南宋胡仔:“忠愍诗思凄惋,盖富于情者。如《江南春》云……观此语意,疑若优柔无断者。至其端委庙堂,决澶渊之策,其气锐然,奋仁者之勇,全与此诗意不相类,盖人之难知也如此”(《苕溪渔隐丛话后集》卷二十);曾经做过寇凖副职的范雍在《忠愍公诗序》中也谈道:“尝为《江南春》二绝,……人曰少贵无不足者,其摅辞绮靡可也,气焰可也,惟不当含凄尔。”其实,他们都不曾说对。范雍以为只有诗人的女婿文康公(名王曙)说中了:“乃暮年迁谪流落不归之意。诗人感物,固非偶然。时以为文康公之知言也。大约公之为诗,多有此意。”诗人在澶渊之盟后不久,就被王钦若排挤罢相。晚年复相,又被丁谓排挤去位。后贬死雷州(今属广东)。作为一个人,他能心中不存芥蒂吗?作为一个政治家,他能不感到失意和抱负难以再展的苦闷吗？而作为一个诗人，“人禀七情，应物斯感；感物吟志，莫非自然”（刘勰《文心雕龙·明诗》），他对景伤情，发为诗句，也就不难理解了。

（周慧珍）

春日登楼怀归

高楼聊引望，　杳杳一川平。
野水无人渡，　孤舟尽日横。
荒村生断霭，　古寺语流莺。
旧业遥清渭，　沉思忽自惊。

这首五言律诗，有人认为“当是莱公谪外时所作”（见王文濡编《历代诗评注读本》上册），其实不然。它作于寇準二十岁左右的青年时期。王辟之《渑水燕谈录》说：“莱公初及第，知归州巴东县（故城在今湖北巴东县西北）”，司马光《温公续诗话》道：“年十九进士及第，初知巴东县，有诗云：‘野水无人渡，孤舟尽日横。’”王士禛《带经堂诗话》卷十二引《蜀道驿程记》亦道：“公在巴东有‘野水、孤舟’之句为人传诵”，另外葛立方《韵语阳秋》也有类似说法。此说当可信。

全诗前三联写春日登楼见闻，尾联由见闻而怀归。

首联首句即点明登楼。聊，姑且。引，长，引申为“远”。一个春日的下午，诗人公务之暇，大概这样想：闲着也是闲着，姑且登上高楼去眺望一下吧。

次句至颈联都写望中之景。次句总览。上楼伊始，放眼望去，首先摄入诗人眼中的，是“杳杳一川平”，一片广袤无际的平野。因为他站“高”眺望，所见自然杳远。

颔联俯察。诗人从平野尽头收回视线，开始细细察看楼前底下有无别致的景色。原来在这片广野中，竟横卧着一条河流，水上还有一条渡船。不过，四野空旷无人，既不见渡者，连那船家也不知到哪儿去了。诗人不由好奇，便将目光久久地停留在那儿。但是看了好半天，也不见有个人来，只有那条孤零零的渡船横转在水里漂啊漂的，诗人心里琢磨着：看来这条渡船自清晨渡人后，就一整天地被船家撂在这儿了。这一联纯粹的写景句，宋人葛立方竟认为："寇忠愍少知巴东县，有'野水无人渡，孤舟尽日横'之句，固以公辅自期矣，奈何时未有知者。"（《韵语阳秋》卷十八）这是从何说起呢？因此遭到清人何文焕的诘难：此联"乃袭'野渡无人舟自横'句，葛公谓其'以公辅自期'，强作解矣。"（《历代诗话考索》）何氏的意见是正确的。寇準因为"平昔酷爱王右丞、韦苏州诗"（范雍诗序语），所以此地看见相仿景色时，很自然地受到韦苏州（应物）《滁州西涧》诗的触发，便随手点化了韦句，而意境比韦来得丰厚，如斯而已，何来"公辅自期"之思？葛立方之说显然是穿凿附会。

颈联写抬眼见闻。霭，轻烟；断霭，谓烟时起时没。诗人伫望楼头已久，因此当他目光移开渡船，抬眼向荒村望去时，已近黄昏，村里人家大约已在点火做饭了，所以冒出了缕缕轻烟。高楼不远处还有一座古寺，听得出有几只黄莺在那儿啼啭着。

也许是流水、渡船、炊烟勾起了诗人对故乡类似景色的回忆，抑或是无所栖托的黄莺（流莺）的啼声唤出了诗人心中对故居的思念，总之，登楼见闻领出了尾联的怀归之情。此时，诗人不可遏止地怀念起故乡来：在那遥远的地方，那清清的渭水（泾水浊，渭水清)流经的下邽(今陕西渭南市东北),就是自己的故里,在那里,有自己的田园家业(故业),有自己的亲人……迷离恍惚之中,诗人仿佛已置身故园,看到了家乡的流水,家乡的渡船,家乡的村庄,他完全浸入了沉思之中。蓦地一阵心惊,他回过神来:咳!此身还在异乡巴东呢!这时,他的心头该有何感想呢?然而他不说了,就在“惊”字上收住了笔。

全诗一首一尾的“聊”与“惊”二字下得极妙。“聊”,说明他并非因怀归而登楼,然后再因登楼见闻逗引出怀归之情,诗意与诗题相合。“惊”字下得生动警切,它揭示了诗人由遐想到突然惊悟的心理状态,含蕴着初入仕途乍离家乡的青年诗人对故园的依恋之情。

由于写景是全诗的重心,因此读者的注意力也多被这对仗工稳、生活气息浓郁的二联景句所吸引。尤其“野水”一联,妙手偶得,浑然天成,更博得了人们赞赏。宋僧文莹《湘山野录》以为它“深入唐人风格”。王渔洋把它转引入《带经堂诗话》的“佳句类”内,连北宋翰林图画院也将此联作为考题来品评考生高低,这都说明这首诗以写景驰名,以致本来写得并不差的抒情句却为它所掩了。

(周慧珍)

呈寇公二首

一曲清歌一束绫，　　美人犹自意嫌轻。
不知织女萤窗下，　　几度抛梭织得成。
风劲衣单手屡呵，　　幽窗轧轧度寒梭。
腊天日短不盈尺，　　何似妖姬一曲歌。

寇公就是北宋名相寇準，蒨桃是他的侍妾。寇準在当时是一位比较正直、有功于国的大臣，但生活上非常豪华奢侈，《宋史》本传说："準少年富贵，性豪侈。"欧阳修《归田录》也说他"早贵豪侈"。《呈寇公》二首就是蒨桃针对他的一次豪侈之举而作的。

《苕溪渔隐丛话后集》卷四十有段记载："公自相府出镇北门，有善歌者至庭下，公取金钟独酌，令歌数阕，公赠之束綵，歌者未满意。蒨桃自内窥之，立为诗二章呈公云……"讲的就是蒨桃作诗的经过。

蒨桃的第一首诗，是用对比的手法，揭示一个不合理的社会现象。一二句写美人(歌女)。三四句转写织女的辛劳，寇準的毫不足惜而滥施赏赐。蒨桃不平，所以她要站出来说话，表现了蒨桃对不合理的社会现象的指责和对织女的同情。全诗出语坦率，倾向鲜明。

第二首，蒨桃简直是在为织女代言了，因此这四句很像是织女的独白。这个独白道出了如此一个辛酸事实：北风猛烈地吹着，一年四季为人织绫的织女自己“可怜身上衣正单”。她在那幽暗的窗下，一刻不停地投梭织绫，只听得织机轧轧叫着。天冷极了，那梭子握在手里也是冷冰冰的。虽然“鸡鸣入机织”，可是冬天日短，往往整天也织不满一尺。人是这样的辛苦，哪里比得上那位妖冶的歌女，唱一曲歌就能得大量赏赐！

这段代言，语意沉痛，辞气哀怨，表达了蒨桃对那处于生活底层的织女的深切同情。

作为一个侍妾，地位是很低下的，所以她才能如此真切地体念到织女苦楚，而以诗的形式向豪侈的寇準进言，很像白居易的“唯歌生民病”的讽喻诗。这位不谙蚕织苦、只知挥霍的相爷看了蒨桃的诗，该有所惊悟、有所愧悔了吧，可是，寇準对蒨桃之言颇不以为然，步她第二首诗的原韵，写了一首《和蒨桃》，直言不讳地回答道：“将相功名终若何？不堪急景似奔梭。人间万事君休问，且向樽前听艳歌。”说他要及时行乐，还要听歌。要听歌自然还得要大量赏绫，蒨桃的诗等于没有做，反映了这位寇相思想的另一面。

然而蒨桃毕竟是可敬的。一个地位卑下的侍妾，她在寇準宴乐之际不去乘兴助乐，反而作诗批评一位堂堂的当朝宰相，她不怕他发怒吗？但是她敢，她有足够的勇气来诉说不平，又有足够的才气来写出不平之鸣。这是一个富有同情心和正义感的才女。其诗其人博得了千百年来读者们的喜爱和尊敬。　（周慧珍）

林 逋

山园小梅

众芳摇落独暄妍，　　占尽风情向小园。
疏影横斜水清浅，　　暗香浮动月黄昏。
霜禽欲下先偷眼，　　粉蝶如知合断魂。
幸有微吟可相狎，　　不须檀板共金樽。

这首诗选自《林和靖诗集》。《宋诗纪事》题作《梅花》。

诗一开端作者就直接抒发对梅花的赞赏："众芳摇落独暄妍，占尽风情向小园"，它是在百花凋零的严冬迎着寒风昂然盛开，那明丽的景色把小园的风光占尽了。一个"独"字、一个"尽"字，突出了梅花生活的独特环境、不同凡响的性格和那引人入胜的风韵。"占尽风情"，更是写出它独有的天姿国色。作者虽是咏梅，但实际是他"弗趋荣利""趣向博远"的思想性格的自我写照。苏轼在《书林逋诗后》说："先生可是绝伦人，神清骨冷无尘俗。"《四库全书总目》说："其诗澄澹高逸，如其为人。"可知其诗确是作者人格的化身。

颔联对梅花作具体的描绘："疏影横斜水清浅，暗香浮动月黄昏。"这一联简直把梅花的气质风韵写尽写绝了，它神清骨秀，高洁端庄，幽独超逸。尤其是"疏影""暗香"二词用得极好，既写出了梅花稀疏的特点，又写出了它清幽的芬芳。"横斜"描绘了它的姿态，"浮动"写出了它的神韵。再加上黄昏月下、清澈水边的环境烘托,就更突出了梅花的个性,绘出了一幅绝妙的溪边月下梅花图。那静谧的意境,朦胧的月色,疏淡的梅影,缕缕的清香,确实令人陶醉。所以这两句咏梅诗成为千古绝唱,一直为后人所称颂。欧阳修说:“前世咏梅者多矣,未有此句也。”陈与义说:“自读西湖处士诗,年年临水看幽姿。晴窗画出横斜影,绝胜前村夜雪时。”(《和张矩臣水墨梅》)他认为林逋的咏梅已压倒了唐齐己《早梅》诗中的名句“前村深雪里,昨夜一枝开”。王十朋对其评价更高:“暗香和月入佳句,压尽千古无诗才。”辛弃疾在《念奴娇》词中奉劝骚人墨客不要草草赋梅:“未须草草赋梅花,多少骚人词客。总被西湖林处士,不肯分留风月。”因为这联特别出名,故“疏影”“暗香”二词就成了后人填写梅词的调名(此二调创自姜夔)。可见林逋的咏梅诗对后世影响之大。

然而这两句诗也并非纯出自己创造,而是有所本的。五代南唐江为有残句:“竹影横斜水清浅,桂香浮动月黄昏。”这两句既写竹,又写桂。不但未写出竹形的特点,且未道出桂花的风神。因没有传下完整的诗篇,未构成一个统一和谐的意境,感触不到主人公的思想情绪,故缺乏感人力量。而林逋只改了两字,将“竹”改成“疏”,将“桂”改成“暗”,这“点睛”之笔,使梅花神态活现,可见林逋点化诗句的功力。《宋史》本传说:“其词澄澹峭特,多奇句”,大概是指的这类诗句。

颔联重在描写梅花本身,而颈联则是着意作环境的渲染:“霜禽欲下先偷眼,粉蝶如知合断魂。”霜禽,一作冬鸟;一作白鹤、白鸟。依据林逋“梅妻鹤子”的情趣,还是作“白鹤”解为好。前句极写白鹤爱梅之甚,它还未来得及飞下,就迫不及待地先偷看梅花几眼。“先偷眼”三字写得何等传神！后句则变换手法，用设想之词，来写假托之物，意味更其深远。而“合断魂”一词则更是下得凝重，因爱梅而至销魂，就把粉蝶对梅的喜爱夸张到了极点。通过这联的拟人化手法，更进一步烘托作者对梅花的喜爱之情及幽居之乐。联中那不为人留意的“霜”“粉”二字，其实也是诗人精心择取，用以表现一尘不染的情操和恬淡的趣味。

以上三联，是写眼中之梅，胸中之梅，作者自己的感情则是隐曲地流露于其中。至尾联，作者被梅所陶醉，其喜爱之情不能自抑，于是从借物抒怀一跃而为直抒胸臆：“幸有微吟可相狎，不须檀板共金樽。”檀板，是檀木制成的拍板，演奏音乐时用以打拍子。这两句是说：如在赏梅之时低声吟诵，那么，在恬静的山林里尽可自得其乐，檀板金樽的豪华热闹场面又有何用呢？这就把诗人的情操趣味和盘托出，使咏物与抒怀达到水乳交融的地步。

（苏者聪）

刘　筠

汉　武

汉武天台切绛河，[1]　　半涵非雾郁嵯峨。[2]
桑田欲看他年变，　　匏子先成此日歌。
夏鼎几迁空象物，　　秦桥未就已沉波。
相如作赋徒能讽，　　却助飘飘逸气多。

〔注〕 ① 天台：有的注本以天台确指通天台，非是。按《史记·封禅书》，通天台建于元封二年堵塞瓠子口以后，如泥于通天台，与下文“瓠子”句矛盾。 ② 非雾：《史记·天官书》：“若烟非烟，若云非云，郁郁纷纷，萧索轮囷，是谓卿(庆)云。”非烟与非雾，本为二物，此以平仄关系以雾代烟。

这首咏史诗是《西昆酬唱集》中的名篇。宋真宗咸平、景德年间，知枢密院事王钦若等怂恿真宗崇信符瑞，京师四裔，纷纷附会天象，虚呈祥瑞。至大中祥符元年(1008)遂有“天书”降临；四年，真宗因而东封泰山，这出闹剧达到了高潮。“赵受命，兴于宋，传于恒。居其器，守其正。世七百，九九定。”(“天书”文，以上均见《宋史·真宗纪》)朝野内外弥漫着一片虚妄的吉祥喜庆气氛。这引起了一些有识见的士大夫的不安。刘筠、杨亿等七名馆臣遂在“天书”降临前后，以《汉武》为题唱酬，意在通过雄才大略而偏偏“尤敬鬼神之祠”(《史记·封禅书》)的汉武帝故事，借古喻今，以示微讽。刘、杨二作，是其中最佳者。

此诗一二句，以状物起兴。汉武一生好为崇楼峻阁，奉巫祠神。元鼎三年(前 114)春所作柏梁台,高二十丈,“用香柏百余,香闻十里”(《封禅书》),据传就是用来供奉长陵女巫神君的(《汉武内传》)。以后又兴建了通天台,高三十丈;井干台、神明台,均高五十丈(《封禅书》),诗中的天台即是这众多仙台的总称,“天”,言其高。这二句诗抓住了天台“高”而“入云”的两个侧面,以精丽的语言,创造了笼罩全诗的迷离虚幻的气氛。天台之高,竟直切绛河(即银河)。这“切”字特为天台拔地矗起、如锋锷参天的气势传神。“非雾”指五色祥云,与上句“绛河”互映,便见彩霭氤氲。又用“半涵”两字,“半涵”与“非雾”相配,加深缥缈空灵之意;切天台含云吐雾,郁郁纷纷,犹如紫气护绕的仙家灵山。“郁嵯峨”三字为二句殿末,水到渠成,工切而自然。

“桑田欲看他年变”,《神仙传》载,仙女麻姑曾三历人间沧海桑田之变而依然绰约似少女。第三句借用麻姑事,承上点明汉武筑天台之目的,遂渐次将武帝推向凌风凭虚的仙游境中。第四句急转直下,“瓠子先成此日歌”,猛然又将凌云天子拉回到人世。武帝元光三年(前 132),黄河在瓠子口(在今河南濮阳市境)溃决,二十余年间,多次修治而无成效。河决又偏与求仙密切相关。方士栾大说:“黄金可成而河决可塞,不死之药可得,仙人可致也。”因此武帝“方忧河决而黄金不成”(《封禅书》),遂于元封二年(前 109)亲临瓠子口督塞,“悼功之不成,乃作歌云:‘瓠子决兮将奈何? 皓皓盱盱兮闾殚为河’……”(《河渠书》)刘筠截取汉武塞河决的这一侧面,形象地指出其求仙梦的破产。这二句诗转折突兀却流荡妥帖。这是因为在连贯而下的流水对中成功地参用了倒装句法。顺说而又协律当为“他年欲看桑田变,今日已成瓠子歌”。将三句之“桑田”置前，正接首联天台入云，以加强“仙”气，而四句以“瓠子”领起，则顿然给人以洪水浩渺之感，助成了陡折急转之势，有效地传达了诗旨。

五六两句顺上陡折之势荡开。夏禹曾作象征九州统一的宝鼎九只，由夏而殷而周，国灭鼎移，陵夷而至秦时，宝鼎沉沦。汉武帝元鼎元年(前116)竟在汾水边发现。方士公孙卿称鼎“出与神相通”，武帝德配黄帝，当上封泰山，“上封则能仙登天矣”(《封禅书》)，于是元封元年汉武东封泰山，复巡蓬莱，冀遇诸神。以后直至去世，二十余年间，更遍封五岳四渎，求仙不止而终无效验(同上)。这正与当年秦始皇多次封禅东巡，筑跨海石桥以寻诸神的愚举一样。(《史记·秦本纪》及《三齐要略》)李贺《苦昼短》:“刘彻茂陵多滞骨，嬴政梓棺费鲍鱼。”这二句诗总结了这两位一代雄主佞仙的可悲下场。刘筠此诗五、六二句发展了李贺的诗意，以史证史，意谓汉武虽得到了夏鼎，然而执迷不悟，求仙不止，其结果也只能与秦皇一样石桥沉波，含恨而亡。象征九州统一的宝鼎复现也只能是一场幻梦。这样二句承三四转折之势，在咏汉武的同时，放笔开拓出上下数千年盛衰兴亡的广大时空境界，言外之意则在讽喻真宗，勿以祥瑞为可凭依，而当以前王之覆辙为鉴戒。

最后，“相如”二句，由放而收，点睛煞尾。写的是汉武帝文学侍臣司马相如曾作《大人赋》，以讽仙家之虚妄；但他铺张过甚，结果“天子大悦，飘飘然有凌云气游天地之间意”。(《汉书·司马相如传》)元代方回《瀛奎律髓》释此二句为指“谏者不切”，其实含义更深。刘筠是馆臣，地位与文学侍从相仿，这里是化用典故。承上讽喻意，谓自己也只能像相如一样以诗赋为微讽，但不知真宗见到后，是否会像汉武一样辜负了臣下的一片曲衷？全诗至此收束于含义深长的感叹期望之中。

此诗好在既具有西昆体固有的风格，却无此体通常的弊病。语言典丽精工，却含蓄而得当，没有浓得化不开之嫌；多用典实，却位置妥帖，并不显得堆垛；这固然因为此诗内容充实，不同于西昆体常有的无病呻吟；而另一重要因素是结构颇见匠心，既保持了西昆体组织细密的特点，又深得杜甫、李商隐七律以气运律、善于擒纵开合之神理，故能于典丽精工中见跌宕回旋之势，得兴寄遥深之旨。 **（赵昌平）**

南　朝[①]

五鼓端门漏滴稀，　夜签声断翠华飞。
繁星晓埭闻鸡度，[②]　细雨春场射雉归。
步试金莲波溅袜，　歌翻玉树涕沾衣。
龙盘王气终三百，　犹得澄澜对敞扉。

〔注〕 ① 本诗在写法上，明显受着李商隐同题诗的影响。李商隐《南朝》诗曰："玄武湖中玉漏催，鸡鸣埭口绣襦回。谁言琼树朝朝见，不及金莲步步来？敌国军营漂木柹，前朝神庙锁烟煤。满宫学士皆颜色，江令当年只费才。" ② 埭：堤坝。这里指玄武湖北堤，又名"鸡鸣埭"。

宋真宗景德二年(1005)，当时在朝中任知制诰的杨亿奉诏参与修撰《历代君臣事迹》(后名《册府元龟》)一书。此后的三年时间内，他与同在秘阁的刘筠、钱惟演以及其他朝臣，互以诗歌相酬唱，计得诗二百五十首，编为《西昆酬唱集》。

《南朝》即为当时的酬唱诗之一。它在写法上仿效唐代诗人李商隐的同题诗。诗中列出南朝天子荒淫误国、败亡相续的历史事实，在铺陈中即含讽刺之意。通过咏史，寄寓了诗人不忘前代教训、借古讽今的意义。

首联便揭示出南朝君主无日无夜、淫乐不止的情景。据《南齐书·武穆裴皇后传》记载：永明中，"宫内御所居寿昌画殿南阁，置白鹭鼓吹二部；乾光殿东西头，置钟磬两厢：皆宴乐处也。"

齐武帝夜间与宫妃宴乐，天色始明，又要与宫女嫔妃外出游玩。这一联所展现的就是这样一番景象：五更时节，宫殿正门报时的鼓声响了。此时，宫女们就要起来梳妆。不一会儿，建有翠华旗的车驾，后面载着许多随从的宫女，便从宫中出发了。下句的“夜签声断”，用陈文帝的典故。陈文帝起自布衣，知道创业的艰难。为了自强不息，他让宫中报晓的鸡人将告时的更签用力投于石阶，发出响亮的声音，使自己在熟睡中也能惊醒。

颔联写南朝天子荒于游猎。据史书记载，齐武帝经常带着宫女去琅邪游玩狩猎，早上出发经过玄武湖北堤，晨鸡始鸣，这就是诗中所说的“繁星晓埭闻鸡度”。又据记载，南齐君王特别喜爱射雉。东昏侯时，置射雉场二百九十六处。每次外出射猎，东昏侯与鹰犬队主徐令孙、媒翳队主俞灵韵等人齐马并行。为了不让人看见，常常临时驱赶百姓。有时人们衣不暇披，徒跣而出，犯禁者随手格杀(见《南史·齐本纪》)。这就是“细雨春场射雉归”一语所包含的历史内容。

颈联写南朝天子淫于酒色。上句写南齐东昏侯宠幸潘妃。他不仅与潘妃一起戎服驰逐，极选天下珍宝以供潘妃服御，还曾凿金为莲花，贴于地面，让潘妃行于其上，说是“步步生莲花”。“波溅袜”，化用曹植《洛神赋》中“凌波微步、罗袜生尘”二语，形容潘妃姿态轻柔、宛若神仙。下句说陈后主沉浸于诗酒女色之中。他每天与张贵妃、孔贵嫔以及众狎客一起酣饮，不理政事，谱写了《玉树后庭花》等艳丽的曲调，令宫女歌唱。在陈后主所作歌词中有这样两句：“玉树后庭花，花开不复久。”由于调子哀苦，据说后宫美人唱这首歌，往往落泪。“涕沾衣”，就是形容这种颓靡感伤的亡国之音的。

抚今思昔,诗人感慨不已:由于南朝天子竞逐繁华、荒淫不止,所以号称"钟山龙盘、石城虎踞"的金陵终于销尽了王气,偏安江左三百年的南朝终结了。现在物是人非,只有那滔滔东去的清波可以作为南朝遗迹的见证。敞扉,喻南朝宫殿遗址。末联不仅是对南朝君主荒淫误国的形象概括,也启示人们不要忘记其中所蕴涵的深刻的历史教训。

诗人这样结尾,是有着一定寓意的。当时,宋朝刚刚和辽国订立了屈辱的"澶渊之盟",规定每年向辽国输送银十万两、绢二十万匹。同时,宋真宗崇尚浮华、沉湎女色,又正在准备东封泰山的大典。这种情况自然引起诗人的隐忧。所以,诗人通过咏史,委婉地提醒君王牢记南朝的教训,不致重蹈前代的覆辙,因而有着讽喻现实的意义。

这首诗精于用典。诗人将一系列关于南朝的典故组织得很巧妙,锻炼得很工致。前六句有合有分,末二句以景结情。加之音节铿锵、辞采华丽,呈现着"取材博赡、练词精整"(《四库全书总目提要》语)的艺术风采。 (李中华)

范仲淹

江上渔者①

江上往来人，　　但爱鲈鱼美。
君看一叶舟，　　出没风波里。

〔注〕 ① 江上渔者：《诗人玉屑》卷九引《翰府名谈》，题为《赠钓者》，诗中“但爱”作“尽爱”，“风波”作“风涛”。

这首语言质朴、形象生动的小诗，自会使人联想到唐诗中“谁知盘中餐，粒粒皆辛苦”（李绅《悯农》）的名句，联想到作者“先天下之忧而忧，后天下之乐而乐”的思想。全诗仅二十个字，但言近而旨远，词浅而意深，可以引发丰富的联想。

首句说江岸上人来人往，熙熙攘攘，十分热闹。他们在干什么？自然引出第二句。原来人们往来江上的目的是“但爱鲈鱼美”。但爱，即只爱。鲈鱼体扁狭，头大鳞细，味道鲜美。人们拥到江上，是为了先得为快。但是有谁知道鲈鱼捕捉不易，有谁体察过捕鱼者的艰辛呢？世人只爱鲈鱼的鲜美，却不怜惜打鱼人的辛苦，这世道是多么不公平啊！于是作者在三四句构拟了一幅生动的图画来反映江上渔民的辛劳。一叶扁舟，出没在风波里，真是“人命危浅，朝不虑夕”。渔民们为什么要冒这样的风险呢？诗人没有明说，便戛然而止，而读者已经能够体会到作者的弦外之音了。这就是：渔民们完全是为生活所迫，鲈鱼之美是靠渔民之苦换来的啊！这种言尽意不尽的手法，使诗歌含蓄隽永，耐人回味。

诗中饱含了诗人对那些驾着一叶扁舟出没于滔滔风浪中的渔民的关切与同情之心，也表达了诗人对“只爱鲈鱼美”的江上人规劝之意。在江上和舟中两种环境、“来往”和“出没”两种动态、吃鱼人和捕鱼人两种生活的强烈对比中，显示出了诗人的意旨所在。

（詹杭伦　沈时蓉）

煮海歌

煮海之民何所营？　妇无蚕织夫无耕。
衣食之源何寥落，　牢盆煮就汝输征。
年年春夏潮盈浦，　潮退刮泥成岛屿；
风干日曝盐味加，　始灌潮波塯成卤。[①]
卤浓盐淡未得闲，　采樵深入无穷山；
豹踪虎迹不敢避，　朝阳出去夕阳还。
船载肩擎未遑歇，　投入巨灶炎炎热；
晨烧暮烁堆积高，　才得波涛变为雪。
自从潴卤至飞霜，　无非假贷充餱粮；
秤入官中充微值，　一缗往往十缗偿。
周而复始无休息，　官租未了私租逼；
驱妻逐子课工程，　虽作人形俱菜色。
煮海之民何苦辛，　安得母富子不贫！
本朝一物不失所，　愿广皇仁到海滨。
甲兵净洗征输辍，　君有余财罢盐铁。
太平相业尔惟盐，　化作夏商周时节。

〔注〕 ① 塯：通“溜”，流动貌。

柳永是北宋早期的著名词人。他的《乐章集》里，大多是写男欢女爱的作品。他的诗流传下来的只有三首，这首《煮海歌》反映了盐民的艰辛生活，深刻地揭露了当时的社会现实，可以看出，柳永除“偎红依翠，风流事，平生畅”外，还有关心民瘼、为民请命的另外一面。

《煮海歌》层次井然，开头四句领起全诗，先说不事耕织的盐民，以“煮海”为业，引出下面煮盐艰辛的一段；接着再引出盐民在官租私租逼迫下过着苦难生活的一段。最后八句是议论，寓讽谏之意，全诗结构谨严。

柳永担任过浙江定海晓峰盐场的监督官，对盐民生活有所了解，成为他写《煮海歌》的现实基础。在描绘煮盐的艰辛时，柳永用他擅长的铺叙手法，层层展现盐民的劳动过程。潮涨潮落，盐分积淀泥中，盐民匍匐刮泥，堆成“岛屿”，让它风吹日晒。诗人所说“始灌潮波塯成卤”是指淋卤。把含盐的泥块“铺于席上，四围隆起，作一堤垱形，中以海水灌淋，渗入浅坑中”（宋应星《天工开物·作盐》），成为盐卤。然后上山砍柴，不论远近，不避虎豹，早出晚归，船载肩扛，运柴归来，用来熬卤成盐。白花花的盐是盐民经历千辛万苦得来的。清代《如皋县志》曾这样记载盐民之苦：“晓露未晞，忍饥登场，刮泥汲海，伛偻如猪，此淋卤之苦也。暑日流金，海水如沸，煎煮烧灼，垢面变形，此煎办之苦也。”这正是柳永此段诗意的极好注解。

劳动的艰辛还不足以说明盐民的痛苦。他们的痛苦更在于官租私租的重重剥削，因而食不果腹，衣不蔽体，虽作人形，面俱菜色。这构成了《煮海歌》的又一重要内容。写艰苦劳动场面，用的是铺叙手法；而接着揭露高利贷盘剥之重，官府赋税之苛，入官盐价之低，触及封建剥削的实质。作者采用了寓论断于叙事之中的手法。不同的艺术手法，适应不同内容的需要。前者引起人们对盐民的同情，后者激起读者的不平感。

宋诗喜发议论，《煮海歌》也不例外。"煮海之民何苦辛，安得母富子不贫！"以母子喻政府和人民，正好说明盐在宋代是由官府专卖，低价收购，官府成为盐民最凶狠的剥削者。后二句为盐民请命，祈求朝廷施行仁政，提高盐价，以活民命。由此减少的国家财政收入，只要"甲兵净洗"，去冗兵之弊，就足有余财，尽可罢盐铁之税。诗的最后又寄希望于宰相。像《尚书·说命》所说，治国就像烹饪，宰相即为调味的作料，"若作和羹，尔惟盐梅"。只要宰相得人，恢复"三代治世"是指日可待的。那时，盐民便能安居乐业了。由盐民之苦生发一番大议论，表达了作者的政治见解，卒章显志，体现了曲终奏雅的讽谏之意，体现了对"煮海之民"的深切关怀。

后来元代王冕作《伤亭户》，清代吴嘉纪作《风潮行》，都切实写出了盐民的苦辛。《煮海歌》成了这类诗的先驱。（吴　锦）

无　题

油壁香车不再逢，　峡云无迹任西东。
梨花院落溶溶月，　柳絮池塘淡淡风。
几日寂寥伤酒后，　一番萧索禁烟中。
鱼书欲寄何由达？　水远山长处处同。

此诗无题，一作《寓意》。无题，故隐其题；寓意，寄托其意。总之，一段幽怨难以明说，是一首含蓄的爱情诗。

首联飘忽传神。一开始出现的便是两个瞬息变幻的特写镜头："油壁香车"轫辘而来，又骤然消逝；一片彩云刚刚出现而又倏忽散去。写的都是物象，却半隐半露，寄寓了一段爱情周折，揭示主旨。"油壁香车"，是古代女子所坐的装饰精美的轻便小车，指代女子。车是这样的精美，则车中人的雍容妍丽，可以想见。然而这样一位美人却如巫山之云，来去无踪，重逢难再，怎不令人怅惘！"峡云"暗用楚襄王和巫山神女梦中相会的美丽传说，渲染浓密的爱情气氛。但"云雨巫山枉断肠"，毕竟是一场虚妄。前句写人间，写现实；后句写天上，写梦幻。首联写得兴象玲珑，清新流丽。

颔联景中有情。"梨花院落""柳絮池塘"，描写了一个华丽精致的庭院。宋葛立方说："此自然有富贵气。"(《韵语阳秋》卷一)反映出诗人的高贵身份。"溶溶月""淡淡风"，是诗人着意渲染的自然景象。这两句互文见义：院子里、池塘边，梨花和柳絮都沐浴在如水的月光之中。阵阵微风吹来，梨花摇曳，柳条轻拂，飞絮萦回，是一个意境清幽、情致缠绵的境界。大概是诗人相思入骨，一腔幽怨无处抒写，又适值春暮，感时伤别，借景寄情；或是诗人触景生情，面对春宵花月，情思悠悠，过去一段幽情再现。这里展现的似乎是实景，又仿佛是一个幻觉。诗人以神取景，神余象外。可谓“不着一字，尽得风流”（司空图《诗品》）。

颈联“几日寂寥伤酒后，一番萧索禁烟中”，写眼前苦况，欲遣不能。多少日子以来只凭杯酒解闷，由于饮得过量，形容憔悴，心境凄凉。“伤酒”两字，诗人颓唐、沮丧的形象可见。目前又是寒食禁烟之际，更添萧索之感。

末联宕开一笔，由设问自答作结，深化了主题。诗人似乎想从悱恻的感伤中挣脱出来，探索寄书的途径，去寻觅失去了的爱情。但问得深切，答得无情。“水远山长处处同”一句，乃斩钉截铁之语，如瓶落井，一去不回。原来摆在诗人面前的不是一般险阻，而是永远冲不破的障碍。这两句看似寻常平直，却是全诗中决绝语，最为沉痛哀怨。晏殊在《鹊踏枝》词中有“欲寄彩笺无尺素，山长水阔知何处？”说的情景与本诗类似，都有一种难言之隐。但本诗寓意更深。“知何处”，一切尚在不解之中，使人感到怅惘；“处处同”则已无疑可置，只有绝望之情。这种情绪在首联已暗暗流露，然后曲折道出，由结句点破，情长怨深。“处处同”三字弦外有音，寻绎其意，乃人事阻隔，才处处有碍，无路可通。此联“妙在能使人思”（钟惺《古诗归》）。

此诗通篇运用含蓄手法，“意在言外，使人思而得之。”（司马光《迂叟诗话》)"怨别"乃全诗主旨。字面上不著一"怨"字,怨在语言最深处。"不再逢""任西东",怨也;"溶溶月""淡淡风",怨也;"寂寥""萧索""水远山长",无一不怨。"处处同"则是怨的高潮。章节之间起承转合,首尾呼应也都以"怨"贯串,此其一。其二,含蓄又通过比拟手法表现出来。"油壁香车""峡云无迹""水远山长",托物寓意,言近旨遥,"婉转附物,怊怅情切"(《文心雕龙》)。其三,写景寄兴,"梨花""柳絮"二句出之以景语,却渗透、融汇了诗人的主观情绪,蕴藉传神。

晏殊被称为富贵闲人,然而他的诗在富贵气中却有缠绵悱恻的情致。

(许理绚)

示张寺丞王校勘[1]

元巳清明假未开，　小园幽径独徘徊。
春寒不定斑斑雨，　宿醉难禁滟滟杯。
无可奈何花落去，　似曾相识燕归来。
游梁赋客多风味，　莫惜青钱万选才。

〔注〕 ① 寺丞：即太常寺丞。太常寺，掌宗庙祭祀之事。寺丞为主官之佐贰，亦为内部事务官性质。校勘：指崇文院校勘，掌图书著作之事，为儒臣之职。

晏殊一生富贵闲适，风流多才思；又雅好宾客，喜拔擢后进。幕府之中经常游宴歌吟，诗酒唱和，多有即景感怀、娱宾遣兴之作。本诗即其一，是示与幕中诗侣张先、王琪的。

首联因时兴感。起句点明时令。时值暮春三月，元巳清明将至未至之际，草木萌发，生机勃然。达官贵人，休假踏青；王孙仕女，倾城游赏，最是一年好风光。一幅清明游春图刚欲展现，诗人却用“假未开”三字煞住。次句写实景，有景有人。富贵之家，园林景致清幽。诗人没有用纤秾的彩笔着意渲染，而是用白描手法勾画出一个徘徊幽径的自我形象。“独徘徊”流露出淡淡的哀愁。

颔联承上思绪，渲染气氛，烘托“徘徊”心情。清明时节天气多变。诗人捕捉住蒙蒙细雨的物象，用一个“寒”字来抒发此时此地的身心感受。由于“雨不定”，水汽浮动空间，带来一股漠漠轻寒。“斑斑雨”还暗示花落。清明佳节尚未到来，不定的春雨却已透露春将阑珊的消息。年迈的诗人想到时光流转,人生短暂,迟暮之感油然而生。雨不止,愁不断,只得借酒自遣。"斑斑"形容雨点滴不断之态,"滟滟"写酒满溢之状,两组叠字,低徊要眇。酒和雨本无联系,但都浸透了诗人的伤春愁绪。景、物、情三者交融,浑然一体。

颈联与上相承,又转出新意。"花落去""燕归来"都是眼前景,具体可感。"无可奈何""似曾相识",却是抽象的思绪。两句都出之以虚实相间的笔法。出句描写诗人对花落去的眷恋,对句借燕子归来抒写岁月流转,梦耶非耶的朦胧思绪。两句属对工巧,音节流畅,形成委婉凄迷的意境,写景抒情中又含理趣。大化流转,花开花落,人力奈何不得。而旧燕归来,似曾相识,可见人事兴衰,无往不复。二句中所含哲理,颇耐人寻味。李渔云:"琢句炼字,虽贵新奇,亦须新而妥,奇而确,总不越一'理'字。欲望句之惊人,先求理之服众。"此言甚谛。连晏殊本人也自爱此联之工。《四库全书总目提要》谓:"《浣溪沙》春恨词'无可奈何花落去,似曾相识燕归来'二句,乃殊《示张寺丞王校勘》七言律中腹联……今复填入词内,岂自爱其词语之工,故不嫌复用耶?"

尾联反转点题,出人意表。诗人既已领悟到人生的哲理,伤春叹逝,无济于事,猛然从愁思中振起,表示要以及时选才为己任。主旨豁然呈露。

"梁园赋客",借用汉代梁孝王好宾客,一时才士多游梁园之典故以喻己。《宋史》本传:"殊平居好贤,当世知名之士……皆出其门。"显然,诗人把张先、王琪比作当年梁园中的司马相如与枚乘之辈。"风味"即韵味,极称其学识富赡,才思出众。《复斋漫录》云："晏元献因对王琪大明寺诗板大加称赏，召至同饭，饭已，又同步游池上。对春晚，有落花，晏公每得句，书墙壁间，或弥年未尝强对。且如'无可奈何花落去'一句，至今未能对也。王应声曰：'似曾相识燕归来。'自此辟置馆职，遂跻侍从。"记载是否属实，姑置不论，而晏殊对王琪赏识，由此可知。

"青钱万选"典故出自《新唐书》，卷一百六十一载："员外郎员半千数为公卿，称(张)鷟文辞犹青铜钱，万选万中，时号鷟'青钱学士'。"晏殊借此称赞张寺丞、王校勘的才能，劝其不要吝惜自己的文才。

此诗回环委婉，波澜曲折。前六句写景，一气呵成，伤春情致含蓄缠绵。结句翼然振起，直抒胸臆。感情基调与前文殊不协调。此乃抑扬之法，先饱抒衰迟之愁，"无可奈何"一句暗转，后突然扬起，气局转新，焕发出异常精神。愁思而不失理智，感伤而不失气度，使对方受到激励。

"无可奈何"两句乃全诗警句，不仅寓情于景，还寓情于理，可谓情理兼胜，所以千百年来传诵不衰。读之令人产生不断的艺术联想，又从中领悟到人生的哲理。对后来宋诗以理路入诗，也许是个启迪。

(许理绚)

梅尧臣

鲁山山行

适与野情惬，　千山高复低。
好峰随处改，　幽径独行迷。
霜落熊升树，　林空鹿饮溪。
人家在何许？　云外一声鸡。

“远上寒山石径斜，白云生处有人家。停车坐爱枫林晚，霜叶红于二月花。”在以《山行》为题的诗中，杜牧的这首七绝历来脍炙人口。这首《鲁山山行》虽不如杜牧的《山行》著名，但也很有特色，不愧佳作。

鲁山，一名露山，故城在今河南鲁山县东北，接近襄城县西南边境。仁宗康定元年(1040)，梅尧臣知襄城县，作此诗。

这是一首五律，但不为格律所缚，写得新颖自然，曲尽山行情景。

山路崎岖，对于贪图安逸，怯于攀登的人来说，“山行”不可能有什么乐趣。山野荒寂，对于酷爱繁华，留恋都市的人来说，“山行”也不会有什么美感和诗意。此诗一开头就将这一类情况一扫而空，兴致勃勃地说：“适与野情惬”——恰恰跟我爱好山野风光的情趣相合。下句对此做了说明：“千山高复低。”按时间顺序，两句为倒装。一倒装，既突出了爱山的情趣，又显得跌宕有致。“千山高复低”，这当然是“山行”所见。“适与野情惬”，则是“山行”所感。首联只点“山”而“行”在其中。

颔联进一步写“山行”。“好峰”之“峰”即是“千山高复低”；“好峰”之“好”则包含了诗人的美感，又与“适与野情惬”契合。说“好峰随处改”，见得人在“千山”中继续行走，也继续看山，眼中的“好峰”也自然移步换形，不断变换美好的姿态。第四句才出“行”字，但不单是点题。“径”而曰“幽”，“行”而曰“独”，正合了诗人的“野情”。着一“迷”字，不仅传“幽”“独”之神，而且以小景见大景，进一步展示了“千山高复低”的境界。山径幽深，容易“迷”；独行无伴，容易“迷”；“千山高复低”，更容易“迷”。著此“迷”字，更见野景之幽与野情之浓。

颈联“霜落熊升树，林空鹿饮溪”，互文见意，写“山行”所见的动景。“霜落”则“林空”，既点时，又写景。霜未落而林未空，林中之“熊”也会“升树”，林中之“鹿”也要“饮溪”；但树叶茂密，遮断视线，“山行”者如何能够看见“熊升树”与“鹿饮溪”的野景！作者特意写出“霜落”“林空”与“熊升树”“鹿饮溪”之间的因果关系，正是为了表现出那是“山行”者眼中的野景。唯其是“山行”者眼中的野景，所以饱含着“山行”者的“野情”。“霜落”而“熊升树”，“林空”而“鹿饮溪”，多么闲适！多么野趣盎然！

苏轼《高邮陈直躬处士画雁》诗云：“野雁见人时，未起意先改。君从何处看，得此无人态？无乃枯木形，人禽两自在！……”梅尧臣从林外“幽径”看林中，见“熊升树”“鹿饮溪”，那正是苏轼所说的“无人态”，因而就显得那么“自在”。熊“自在”，鹿“自在”，看“熊升树”“鹿饮溪”的人也“自在”。

欧阳修《六一诗话》云：“圣俞尝语余曰：‘诗家虽主意，而造语亦难。若意新语工,得前人所未道者,斯为善也。必能状难状之景如在目前,含不尽之意见于言外,然后为至矣。'”此联就可以说是“状难状之景如在目前”。是不是还“含不尽之意见于言外”呢?也可以作肯定的回答。“熊升树”“鹿饮溪”而未受到任何惊扰,见得除“幽径”的“独行”者而外,四野无人,一片幽寂;而“独行”者看了“熊升树”,又看“鹿饮溪”,其心情之闲静愉悦,也见于言外。从章法上看,这一联不仅紧承上句的“幽”“独”而来,而且对首句“适与野情惬”作了更充分的表现。

全诗以“人家在何许?云外一声鸡”收尾,余味无穷。杜牧的“白云生处有人家”,是看见了人家。王维的“欲投人处宿,隔水问樵夫”,是看不见人家,才询问樵夫。这里又是另一番情景:望近处,只见“熊升树”“鹿饮溪”,没有人家;望远方,只见白云浮动,也不见人家;于是自己问自己:“人家在何许”呢?恰在这时,云外传来一声鸡叫,仿佛是有意回答诗人的提问:“这里有人家哩,快来休息吧!”两句诗,写“山行”者望云闻鸡的神态及其喜悦心情,都跃然可见、宛然可想。

方回《瀛奎律髓》评这首诗说:“尾句自然;‘熊’‘鹿’一联,人皆称其工,然前联尤幽而有味。”胡仔《苕溪渔隐丛话后集》卷二四说:“圣俞诗工于平淡,自成一家。如《东溪》云:‘野凫眠岸有闲意,老树着花无丑枝’,《山行》云:‘人家在何许,云外一声鸡’,《春阴》云:‘鸠鸣桑叶吐,村暗杏花残’,《杜鹃》云:‘月树啼方急,山房人未眠’,似此等句,须细味之,方见其用意也。”这些意见,都可以参考。

(霍松林)

戏答元珍

春风疑不到天涯，　二月山城未见花。
残雪压枝犹有橘，　冻雷惊笋欲抽芽。
夜闻归雁生乡思，　病入新年感物华。
曾是洛阳花下客，　野芳虽晚不须嗟。

仁宗景祐三年(1036)五月，欧阳修降职为峡州夷陵(今湖北宜昌夷陵区)县令。次年，朋友丁宝臣(字元珍，其时为峡州军事判官)写了一首题为《花时久雨》的诗给他，欧阳修便写了这首诗作答。题首冠以“戏”字，是声明自己写的不过是游戏文字，其实正是他受贬后政治上失意的掩饰之辞。

欧阳修是北宋初期诗文革新运动倡导者，是当时文坛领袖。他的诗一扫当时诗坛西昆派浮艳之风，写来清新自然，别具一格，这首七律即可见其一斑。

诗的首联“春风疑不到天涯，二月山城未见花”，破“早春”之题：夷陵小城，地处偏远，山重水隔，虽然已是二月，却依然春风难到，百花未开。既叙写了作诗的时间、地点和山城早春的气象，又抒发了自己山居寂寞的情怀。“春风不到天涯”之语，暗寓皇恩不到，透露出诗人被贬后的抑郁情绪，大有“春风不度玉门关”之怨旨。这一联起得十分超妙，前句问，后句答。欧阳修自己也很欣赏，他说：“若无下句，则上句何堪？既见下句，则上句颇工。”

(《笔说》)正因为这两句破题巧妙,为后面的描写留有充分的余地,所以元人方回说:“以后句句有味。”(《瀛奎律髓》)次联承首联“早春”之意,选择了山城二月最典型、最奇特的景物铺开描写,恰似将一幅山城早春画卷展现在读者面前,写来别有韵味。夷陵是著名橘乡,橘枝上犹有冬天的积雪。可是,春天毕竟来了,枝桠上留下的不过是“残雪”而已。残雪之下,去年采摘剩下的橘果星星点点地显露出来,它经过一冬的风霜雨雪,红得更加鲜艳,在白雪的映衬下,如同颗颗跳动的火苗。它融化了霜雪,报道着春天的到来。这便是“残雪压枝犹有橘”的景象。夷陵又是著名的竹乡,那似乎还带着冰冻之声的第一响春雷,将地下冬眠的竹笋惊醒,它们听到了春天的讯息,振奋精神,准备破土抽芽了。我国二十四节气中有“惊蛰”,“万物出乎震,震为雷……蛰虫惊而出走”(《月令七十二候集解》)。故名惊蛰。蛰虫是动物,有知觉,在冬眠中被春雷所惊醒,作者借此状写春笋,以一个“欲”字赋予竹笋以知觉,以地下竹笋正欲抽芽之态,生动形象地把一般人尚未觉察到的“早春”描绘出来。因此,“冻雷惊笋欲抽芽”句可算是“状难写之景如在目前”的妙笔。

诗的第三联由写景转为写感慨:“夜闻归雁生乡思,病入新年感物华。”诗人远谪山乡,心情苦闷,夜不能寐,卧听北归春雁的声声鸣叫,勾起了无尽的“乡思”——自己被贬之前任西京留守推官的任所洛阳,不正如同故乡一样令人怀念吗?然后由往事的回忆联想到目下的处境,抱病之身又进入了一个新的年头。时光流逝,景物变换,怎不叫人感慨万千!该怎样排遣心中的郁闷呢?诗人并没有消沉,于是末联落到“待春”的自为宽解的主题上去:

“曾是洛阳花下客，野芳虽晚不须嗟。”我曾经在产花的名园洛阳饱享过美丽的春光，因此，目下不须嗟叹，在这僻野之地等待着迟开的山花吧。

这首诗在写景方面，于料峭春寒中见出盎然春意，颇富生机；在抒情方面，于寂寞愁闷里怀着向上的希望，不觉低沉；实在是诗人之笔，政治家之情，二者融为一体，诗情画意，精妙之极，自具一种独特的艺术境界。（李敬一）

丰乐亭游春三首

绿树交加山鸟啼，　　晴风荡漾落花飞。
鸟歌花舞太守醉，[1]　　明日酒醒春已归。

春云淡淡日辉辉，　　草惹行襟絮拂衣。
行到亭西逢太守，　　篮舆酩酊插花归。

红树青山日欲斜，　　长郊草色绿无涯。
游人不管春将老，　　来往亭前踏落花。

〔注〕 ① 太守：汉代一郡的地方长官称太守，唐称刺史，也一度用太守之称，宋朝称权知某军州事，简称为知州。诗里称为太守，乃借用汉唐称谓。

丰乐亭在滁州(今属安徽)西南丰山北麓，琅琊山幽谷泉上。此亭为欧阳修任知州时所建，时在庆历六年(1046)。他写了一篇《丰乐亭记》，记叙了亭附近的自然风光和建亭的经过，由苏轼书后刻石。美景，美文，美书，三美兼具，从此成为著名的游览胜地。

丰乐亭周围景色四时皆美，但这组诗则撷取四时景色中最典型的春景先加描绘。第一首写惜春之意，第二首写醉春之态，第三首写恋春之情。

先看第一首。头两句说：绿影婆娑的树木，枝叶连成一片，鸟儿在山上林间愉快地歌唱。阳光下和煦的春风轻轻吹拂着树枝，不少落花随风飞舞。“交加”，意为树木枝叶繁茂，种植紧密，所以枝叶交叉重叠，形成一片绿荫。“荡漾”两字写出春风在青山幽谷、林间草坪飘扬的神理，也写出游人在撩人春景中的愉快心境。明媚春光，令人心醉。诗人呢，野鸟啁啾，杂花乱飞，他一概不闻不见，他也进入了醉乡。次日酒醒，春无踪迹，原来已悄然归去了。第四句“明日酒醒春已归”，表面说醉了一天，实际是醉了整整一个春天。此句用夸张的语言反衬春景的迷人和春日短暂，带有浓厚的惋惜之意。

第二首前两句说：天上是淡云旭日，晴空万里；地上则是春草茂盛，蓬勃生长，碰到了游人的衣襟；而飞舞着的杨花、柳絮洒落在游人的春衣上，“拂了一身还满”。一个“惹”字写出了春草欣欣向荣之势，春草主动来“惹”人，又表现了春意的撩人；配上一个“拂”字，更传神地描绘了春色的依依。此句与白居易的名篇《钱塘湖春行》中“乱花渐欲迷人眼，浅草才能没马蹄”两句相比，功力悉敌，简直把春景写活了！第三四句写游人兴之所至，来到丰乐亭，在亭西碰上了欧阳太守。太守在干什么呢？他双鬓和衣襟上插满了花卉，坐在竹轿上大醉而归。篮舆，是竹轿。他不乘一本正经的官轿，而坐悠悠晃动、吱嘎作响的竹轿，显示出洒脱不羁的性格。因为坐的是敞篷的竹轿，故而人们得以一睹这位太守倜傥的丰采。

第三首写青山红树，白日西沉，萋萋碧草，一望无际。天已暮，春将归，然而多情的游客却不管这些，依旧踏着落花，来往于丰乐亭前，欣赏这暮春的美景。有的本子“老”字作“尽”，两字义近，但“老”字比“尽”字更能传神。这首诗把对春天的眷恋之情写得既缠绵又酣畅。在这批惜春的游人队伍中，当然有诗人自己在内。欧阳修是写惜春之情的高手，他在一首《蝶恋花》词中有句云：“泪眼问花花不语，乱红飞过秋千去”，真是令人肠断；而本诗“来往亭前踏落花”的多情游客，也令读者惆怅不已。

综观三诗，都是前两句写景，后两句抒情。写景，鲜艳斑斓，多姿多彩；抒情，明朗活泼而又含意深厚。三诗的结句都是情致缠绵，余音袅袅。欧阳修深于情，他的古文也是以阴柔胜，具一唱三叹之致。如果结合他的散文名作《醉翁亭记》和《丰乐亭记》来欣赏本诗，更能相映成趣。（周锡山）

欧阳修

梦中作

夜凉吹笛千山月，　　路暗迷人百种花。
棋罢不知人换世，　　酒阑无奈客思家。

在古典诗歌中，写梦或梦中作诗为数不少。清赵翼在《瓯北诗话》中曾说陆游的集子里，记梦诗竟多至九十九首。这类作品有的确实是写梦，有的则是借梦来表达诗人的某种感情。

欧阳修此诗四句分叙四个不同的意境，都是梦里光景，主题不大容易捉摸，因为诗人在这里表达的是一种曲折而复杂的情怀。

首句写静夜景色。从“凉”“月”等字中可知时间大约是在秋天。一轮明月把远近山头照得如同白昼，作者在夜凉如水、万籁俱寂中吹笛，周围的环境显得格外恬静。“千山月”三字，意境空阔，给人一种玲珑剔透之感。

次句刻画的却是另一种境界。“路暗”，说明时间也是在夜晚，下面又说“百种花”，则此时的节令换成了百花争妍的春天。这里又是路暗，又是花繁，把春夜的景色写得如此扑朔迷离，正合梦中作诗的情景。此二句意境朦胧，语言幽隽，对下二句起了烘托作用。

第三句借一个传说故事喻世事变迁。梁代任昉在《述异记》中说：晋时王质入山采樵，见二童子对弈，就置斧旁观。童子给王质一个像枣核似的东西含在嘴里，就不觉得饥饿。等一盘棋结束，童子催归，王质一看，自己的斧柄也已经朽烂。既归，亲故都已去世，早已换了人间。这句反映了作者超脱人世之想。

末句写酒兴已阑，思家之念不禁油然而生，表明作者虽想超脱，毕竟不能忘情于人世，与苏东坡《水调歌头》所说的"我欲乘风归去，又恐琼楼玉宇，高处不胜寒"，意境相似。

四句诗虽是写四个不同的意境，但合起来又是一个和谐的统一体，暗寓作者既想超越时空而又留恋人间的仕与隐的矛盾思想。

"诗言志"，读完全诗，寓意就逐渐明朗了。诗人的抑郁恍惚，与他当时政治上的不得志有关。这诗在《居士集》卷十二，它前后的二首目录原注都标明为皇祐元年(1049)，可能为同时所作。这时欧阳修还在颍州，尚未被朝廷重用。所以这四句是在抒发心中的感慨，它的妙处是没有把这种感慨直接说出。这种意在言外的手法，要仔细体察才能明其究竟。

明代杨慎在《升庵诗话》中曾对此诗做过分析。他认为古人绝句诗一般有两种不同特点：一种是一句一绝，四句诗是四个不同的独立意境，如古时的《四时咏》："春水满四泽，夏云多奇峰。秋月扬明辉，冬岭秀孤松"；杜甫《绝句》："两个黄鹂鸣翠柳，一行白鹭上青天。窗含西岭千秋雪，门泊东吴万里船"；以及欧阳修这诗都属此类。另一种是"意连句圆"，四句意思前后相承，紧密相关，如金昌绪的《春怨》即是。这首《梦中作》，确如升庵所说，写的乃是秋夜、春宵、棋罢、酒阑等四个不同的意境，但又是浑然天成，所以陈衍说："此诗当真是梦中作，如有神

助。”(《宋诗精华录》)

这诗另一个特点是,对仗工巧,天衣无缝,前后两联字字相对。这显然是受了杜甫《绝句》诗的影响。 **(曹中孚)**

苏舜钦

夏 意

别院深深夏席清，　石榴开遍透帘明。
树阴满地日当午，　梦觉流莺时一声。

苏舜钦这首《夏意》诗，能于盛夏炎热之时写出一种清幽之境，悠旷之情。

“别院深深夏席清”：“夏”字点明节令，而“别院”“深深”“清”三词却层层深入，一开始即构成清幽的气氛。别院即正院旁侧的小院。深深，言此小院在宅庭幽深处。小院深深，曲径通幽，在这极清极静的环境中有小轩一座，竹席一领。韩愈《郑群赠簟》诗曾以“卷送八尺含风漪”“肃肃疑有清飙吹”形容竹席。“夏席清”，正同此意，谓虽当盛夏，而小院深处，竹席清凉。深深是叠词，深深与清，韵母又相近，音质均清亮平远。这样不仅从文字形象上，更从音乐形象上给人以凉爽幽深之感。

“石榴开遍透帘明”：“帘”字承上，点明夏席铺展在轩屋之中。诗人欹卧于其上，闲望户外，只见榴花盛开，透过帘栊，展现着明艳的风姿。韩愈曾有句云“五月榴花照眼明”（《榴花》），第二句化用其意，却又加上了一重帷帘。隔帘而望榴花，虽花红如火，却无刺目之感。

陶渊明有句云：“蔼蔼堂前林，中夏贮清阴。”（《和郭主簿》）此诗第三句正由陶诗化出，谓虽当中夏亭午，而小院中仍清阴遍地，一片凉意。此句与上句设色相映，从“树阴满地”可想见绿树成林，不写树，而写阴，更显得小院之清凉宁谧。

在这清幽的环境中诗人又在干什么呢？“梦觉流莺时一声”，原来他已为小院清景所抚慰，虽然烈日当午，却已酣然入睡，待到“梦觉”，只听得园林深处不时传来一两声流莺鸣啼的清韵。写莺声而不写黄莺本身，既见得树荫之茂密深邃，又以阒静之中时歇时现的呖呖之声，反衬出这小院的幽深宁谧。南朝王籍诗云：“鸟鸣山更幽”（《入若耶溪》），王维《辛夷坞》：“月出惊山鸟，时鸣春涧中。”末句意境正与二诗相类。

此诗无一句不切夏景，又句句透散着清爽之意，读之似有微飔拂面之感。

诗的表现手法尚有三点可注意：

笔致轻巧空灵：写庭院，落墨在深深别院；写榴花，则施以帷帘；写绿树，从清阴看出；写黄莺，从啼声听得，句句从空际着笔，遂构成与昼寝相应的明丽而缥缈的意境。

结构自然工巧：诗写昼寝，前三句实际上是入睡前的情景，但直至末句才以“梦觉”字挑明，并续写觉后之情景。看似不续，其实前三句清幽朦胧的气氛句句都是铺垫，而“日当午”一语更先埋下昼寝的伏线，待末句挑明，便觉悄然入梦，骤然而醒，风调活泼可喜，避免了质直之病。

风格清而不弱。唐代常建的《题破山寺后禅院》云：“曲径通幽处，禅房花木深”，形象与此诗一二句相似，但常诗写出世之想，寂灭之感，而此诗给人的印象是洒脱不羁。欧阳修称舜钦“雄豪放肆”（《祭苏子美文》），故虽同写清景，却能寓流丽俊爽于清邃幽远之中，清而不弱，逸气流转，于王、孟家数外别树一格。　　（赵昌平）

九日和韩魏公

晚岁登门最不才，　　萧萧华发映金罍。
不堪丞相延东阁，　　闲伴诸儒老曲台。
佳节久从愁里过，　　壮心偶傍醉中来。
暮归冲雨寒无睡，　　自把新诗百遍开。

九日，指旧历九月九日重阳节。韩魏公名琦，字稚圭，相州安阳（今属河南）人。早年曾同范仲淹一起防御西夏，推行庆历新政。新政失败，先后出知扬州、定州、并州。嘉祐年间还朝，历任枢密使、宰相。韩琦原唱题为《乙巳重阳》，乙巳是英宗治平二年（1065）。这年重阳节苏洵参加了韩琦家宴，席间韩琦赋诗，当晚苏洵写了这首和诗，半年后苏洵就病逝了。在能够系年的苏洵诗中，这是最后一首；在今存近五十篇苏洵诗中，这首堪称他的压卷之作。

首联从十年来他们的交游，一直写到这天的宴会，语言高度概括，内涵十分丰富。苏洵于嘉祐元年（1056）持知益州张方平、知雅州雷简夫的推荐信赴京谒见韩琦、欧阳修等名流重臣，从此成了他们的座上客。时苏洵已四十八岁，年近半百，故云“晚岁登门”。雷简夫称苏洵为“王佐才”“帝王师”，苏洵实际也是以此自居的，而这里却自称“不才”且冠“最”字，并以自己的“萧萧华发”同韩琦宴上的闪闪金罍（酒器）相映衬，看似自谦，实际充满怀才不遇之感。

颔联又从这天的宴会写到五年来的虚度光阴。出句以“不堪”承“最不才”，以“延东阁”承“金罍”，表示对韩琦宴请的谢意，自谦中也含着牢骚。汉武帝时公孙弘自举贤良，数年而至宰相，“于是起客馆，开东阁以延贤人”(《汉书·公孙弘传》)。这里即以公孙弘喻韩琦好贤而言自己不配这种礼遇。为什么“不堪”呢？下句作了回答。官卑位低，不堪重用。曲台指太常寺。因《礼记》有《曲礼》篇，故称专掌礼仪制度的太常寺为“曲台”。苏洵在嘉祐六年(1061)被命于太常寺修纂礼书，至赴宴时，刚完成《太常因革礼》一百卷，费时五年。苏洵以王佐之才干这种白首穷经的工作，深感虚度年华，用非所长，这集中表现在“闲”“老”二字上。嘉祐元年欧阳修荐苏洵于朝，“欲朝廷不次用之”；韩琦也以为可用，独富弼主张“姑少待之”。(叶梦得《石林燕语》)拖了两年，朝廷才召苏洵试舍人院。苏洵拒绝赴试，朝廷授以试秘书省校书郎，不久又以苏洵为霸州文安县(今属河北)主簿，编纂太常礼书，直至去世。“书虽成于百篇，爵不过于九品。”(《老苏先生会葬致语》)这就是诗人发出“闲伴诸儒老曲台”的深沉哀叹的原因。

颈联尤为历代评论家所称赏。重阳节历来是人们登高赏菊，饮酒赋诗的好日子，但苏洵却在愁里度过。“佳”和“愁”形成鲜明的对比，而“久”字更有丰富的内容。苏洵在二十七岁以前“游荡不学”，未必怎么“愁”。但从二十七岁开始，他发奋苦读，希望有用于世，却连科不第；最近十年以来，虽然名动京师，却沉沦下僚，无法一展抱负。这个“久”字至少包括了三十年的不得志。现在他已五十七岁，很难再有所作为。“偶傍”，说明他平时已经很少有雄心壮志;“醉中”,说明未醉时已清醒感到壮志难酬。但“傍”“来”二字仍表现出“烈士暮年,壮心不已”的豪情,“其意气尤不少衰”(叶梦得《避暑录话》)。

尾联以暮间归来,反复吟咏韩琦新诗作结,戛然而止,余味无穷。韩琦《乙巳重阳》说:“苦厌繁机少适怀,欣逢重九启宾罍。招贤敢并翘材馆,乐事难追戏马台。藓布乱钱乘雨出,雁飞新阵拂云来。何时得遇樽前菊,此日花随月令开。”韩琦诗那种久居高位、宾朋满座的富贵气,使苏洵更感到自己“闲伴诸儒”的穷窘;韩琦志满意得之余的淡淡闲愁,更激起了苏洵壮志不酬的深沉哀怨。这恐怕就是他越读韩琦新诗就越发难以入睡的原因。暮、雨、寒三字为全诗烘托出一种昏暗、凄冷的气氛,而“寒无睡”,“百遍开”更活画出这位“萧萧华发”的老人辗转反侧、夜不能寐的神情。

叶梦得说:“明允诗不多见,然精深有味,语不徒发,……婉而不迫,哀而不伤,所作自不必多也。”(《避暑录话》)这首诗在内容上堪称“精深有味,语不徒发”,深刻反映了宋代失意文人的精神苦闷;艺术风格上也是“婉而不迫,哀而不伤”,含蓄蕴藉,耐人寻味。

(曾枣庄)

刘　敞

微雨登城二首(其一)

雨映寒空半有无，　　重楼闲上倚城隅。
浅深山色高低树，　　一片江南水墨图。

这是一首登楼野望之作。首句写秋日“微雨”，一个“映”字，十分贴切地抓住了自然景物的特征。的确，如果是春日微雨，它弥漫一片，有如云雾，那是不可能与天空相“映”的；而初夏烟雨，无边无际，将远处的一切都裹了起来，就更谈不上与天空相“映”了。只有在秋天，这“无点亦无声”的仿佛透明的雨丝，才具备这个特点。因此，从“雨映寒空”入手，再用“半有无”加以细致描写，就细致真切地传达了秋日微雨之神。至于在“空”前着一“寒”字，则是为了表现秋雨生寒的清冷之感，其中并不包含诗人的主观情绪。

次句写“登城”。“重楼闲上”即“闲上重楼”。这个“闲”字须用心揣摩。它既表明诗人并非第一次登临此处——那样一定心情迫切，不会着一“闲”字；又暗示他亦非劳人迁客——那样一定侘傺无聊，岂能“闲上”？而主要的，还是点出诗人时有余暇，心自安闲，尽可慢慢欣赏这秋雨中的秋山景色。

那么，纵目野望捕捉到了什么呢？诗人用一句诗进行了概括：“浅深山色高低树。”天高气清，列岫千重，或近或远，或苍或黛，自有“浅深”；而山上树木则颇为混茫，无可分辨，但见层层树从,“高低”不等而已。“浅深”“高低”,写出了秋山的淡远之境。

这景色也许是诗人从未发现过的。如果是这样,当然会更加兴致勃勃。元人刘因有这样一首《村居杂诗》:“邻翁走相报,隔窗呼我起:数日不见山,今朝翠如洗!”可见对于“旧相识”的新感受比乍见之时更具魅力。不过,也许这景色诗人已经见过,但以往他不是在微雨中纵目野望,也没有如此恬适的情绪,所以他今天的赏玩之兴才特别高。总之,无论属于哪一种情况,反正诗人流连忘返,已陷于凝想之中。在反复的玩味之后,终于豁然开朗:啊,展现在眼前的这“浅深山色高低树”,不正像“一片江南水墨图”吗?它空灵清逸,萧疏淡远,只有水墨画才有这种意境。过去从未欣赏到的美,今天却悠然心会,该是何等惬意。所以这最后一句就不只是一个精致贴切的比喻,而是饱含了极度愉悦之情。

但“浅深山色高低树”和“一片江南水墨图”之间的比喻关系也值得玩味。上句是实景,为了用水墨画比拟,诗人有意避开色彩,仅用“浅深”二字加以形容;下句则是虚拟的意象,虽是虚拟,却又极为细致,“水墨图”前着以“江南”二字,“山色”的清逸潇洒之致,就成了可以想象之物。这样由实入虚,虚实相生,虽无细腻的景物刻画,却更能显示景物的绰约多姿,更能引发读者悠远的联想。

(陈文新)

西　楼

海浪如云去却回，　北风吹起数声雷。
朱楼四面钩疏箔，　卧看千山急雨来。

曾巩长于古文，是唐宋八大家之一。但有人尝“恨曾子固不能作诗”（惠洪《冷斋夜话》引彭渊才语），认为他“短于韵语”（陈师道《后山诗话》）。其实曾巩亦堪称诗坛射雕手，其《元丰类稿》即存古今体诗四百来首（另外佚诗数目不详），后人称赞其诗者亦不乏人。钱锺书即指出：“就‘八家’而论，他的诗远比苏洵、苏辙父子的诗好，七言绝句更有王安石的风致。”（《宋诗选注》）又说曾诗七绝体尤佳。他的七绝风格以清隽淳朴为主，但也有遒劲壮丽一路的。《西楼》就是具阳刚壮美之佳作。

“西楼”即诗中所谓“朱楼”，所以称“西楼”，恐与东面的海相对而言。它的位置当是依山面海。此诗是一首描写海滨雨前自然景色的作品。诗人选择了“最富于孕育性的顷刻”（莱辛《拉奥孔》语），渲染了一种“山雨欲来风满楼”的氛围与气势，描绘出海滨自然界特有时刻的壮美情态；并披示了诗人开阔的胸襟；给人一种崇高的审美感受。

首句写西楼前面的景色，直接截取了风云变幻的高潮的顷刻：乌云低垂，水天一色，只见海浪拍岸，宛如骏马驰骋，去而复回，呈现出一种动与力的壮美。

第二句从听觉的角度描写雷雨迫在眉睫的情态：忽然北风卷过，挟带“数声”震耳欲聋的雷响，平添了赫然的声势，壮美之情益显。“吹起”二字可谓笔力千钧，十足显示了狂飙的威力。在这场威武雄壮的戏剧中，“北风”是个“最佳配角”。风是雨的使者，诗人敏锐地捕捉到雷雨之前这个自然特征加以渲染，令人赞叹。

“朱楼四面钩疏箔”，“箔”是用苇或秫秸织成的帘子。此句在全诗结构上位置颇为重要，起一种衬垫作用。有了这一句，全诗避免了一气直下，显得跌宕有致。西楼是处在海山之间，诗写景是由海（楼前）—楼侧—楼—山（楼后）的顺序。此句写“朱楼”既是点题，更是从楼前海景通向楼后山景的桥梁，也是由写景转向抒情的过渡。考察诗意，此楼当雄踞于某座近海的青山之上，视野开阔，可回顾千山。“四面钩疏箔”，指楼上人也即诗人把楼四面窗户垂挂的疏帘用钩卷起。这个动作颇出人意料。按常理推测，风雨将至之际，应当闭窗才是。但诗人此刻偏要敞开四面窗户，原因何在呢？

“卧看千山急雨来”，诗人于尾句道出了内心的豪情，也解除了读者的疑问。前两句写风吹、云涌、浪卷、雷鸣，这是一支壮美的序曲，诗人最欲欣赏的乃是作为“主角”登场的“千山急雨来”的出色表演。他要看“急雨”冲刷这重峦叠嶂的更为壮美的画卷，他要享受“急雨”打破雨前沉闷局面而呈现的新鲜境界，以开阔心胸。这种美学境界的追求，反映了诗人力求上进、欲有所作为的思想境界。诗中一个“卧”字亦耐人寻味，它把诗人那种雍容气度生动表现出来，动中寓静，以静衬动，跌宕有致之妙于此可见。

曾巩诗曾学李白,此诗即是一例,语言如“清水出芙蓉,天然去雕饰”(李白),堪称“格调超逸,字句清新”(符遂《曾南丰先生诗注序》)。全诗气势磅礴,尺幅千里,而又不失雍容之态,充分表现了曾诗特色。 **(王英志)**

司马光

客中初夏

四月清和雨乍晴，　　南山当户转分明。
更无柳絮因风起，[1]　　惟有葵花向日倾。

〔注〕 ① “更无”句：化用东晋女诗人谢道韫咏雪诗句：“未若柳絮因风起。”（见《世说新语》）

这首绝句，近人陈衍在其选录评点的《宋诗精华录》中道：“此诗元祐入相时之作”，其实非也。宋人蔡正孙的《诗林广记》收有此诗，题为《居洛初夏作》，诗下又附录《东皋杂记》的一则资料，亦云：“温公居洛阳，作此诗”（见后集卷十），因此，应为居洛之作，揆之诗意亦符。

诗中描写的，是诗人在洛阳所见到的初夏景色。熙宁四年（1071），诗人客居洛阳，编撰《资治通鉴》之暇，常常喜欢观赏大自然的风光，首句点明节候。时正初夏，雨后乍晴，天气清明而和暖。次句承“雨乍晴”，写当户南山远景。诗人住宅正对着南山，雨丝蒙蒙中望之，唯有一个模糊轮廓。如今雨过天晴，再望之，便历历分明了。“转”，意谓由模糊而转分明，既写出了不同天气下的景物的变化，又透露了他喜爱观赏美景的情趣。三、四两句描写眼前近景。柳絮，也叫“柳绵”，白色绒毛，随风飞扬如飘絮。春尽夏来，枝上柳绵早已吹尽，故眼前没有因风起舞的柳絮；葵花却渐已长成，因而唯见向日的葵花。诗人上下左右寻找一番，看到了这典型的初夏景色。

这首诗，远景（南山）、近景（葵花），虚景（柳絮）、实景（葵花），相互映衬、烘托，形象既鲜明，境界又恬静，吟毕能令人怡然陶醉在这初夏清景中。然而，倘若以为这是一首纯粹的写景诗，就未免于诗意隔一层。究其实，此乃是一首即景抒怀之作，真谛蕴涵在后两句之中。这就不能不说到诗人因何客居洛阳的问题。熙宁二年王安石实行变法，诗人和他政见不同，竭力反对，然宋神宗支持王安石。因而当神宗欲任诗人为枢密副使时，他坚辞不就，并于三年出知永兴军（治所在今陕西西安），又于四年退居洛阳，直到元丰八年（1085）哲宗即位，方归京任职，其间居洛凡一十五年。这后两句所表白的便是诗人自己的情志。他说的是：我不是那随风飞扬的柳絮（因此自然不会人云亦云，随便附和王安石），我的一片忠贞之心，即便是在穷居洛阳之时，亦犹如一株向日的葵花，这也许是“物性固难夺”吧。这才是诗人真意之所在。所以前引《东皋杂记》又云：“其爱君忠义之志，概见于此”，可谓知音了。不过此诗妙在诗人的心迹是巧借当前景色，委婉、含蓄地传达出来的，这就比直接表白更耐人寻绎。写得喻意醒豁而又不着痕迹，自然天成。由此可见，诗人的艺术表现力是颇高的。

（周慧珍）

河北民

河北民，　　　　　　生近二边长苦辛。
家家养子学耕织，　　输与官家事夷狄。
今年大旱千里赤，　　州县仍催给河役。
老小相携来就南，　　南人丰年自无食。
悲愁白日天地昏，　　路旁过者无颜色。
汝生不及贞观中，　　斗粟数钱无兵戎！

王安石早年的诗歌创作学习杜甫关心政治、同情人民疾苦的现实主义精神，他的诗风也有取于杜诗的“沉郁顿挫”。本诗在王安石的早期诗作中是颇有代表性的。诗中反映河北人民在天灾人祸双重折磨下的苦难生活，字字句句饱含血泪，并透露出诗人内心无比的沉痛和人溺己溺的焦虑。这就有几分逼近杜诗的“沉郁”。而诗人因采取转折累叠、逐层深入、对比寄慨等表现手法而造成的文势跌宕之美，又可说是得力于杜诗的“顿挫”之妙。

“河北民，生近二边长苦辛”两句，开门见山地点明了一篇的题意。“二边”指邻近辽国与西夏的边界地区。辽与西夏是宋朝的敌国。按一般的想法，这一带的人民大概困于连年的战祸，自然难免要“长苦辛”了，但诗人压根儿没有提到这一点。当时北宋王朝用屈辱的妥协换来了苟安局面，边界上本无大的战事，那么边民究竟还有哪些“苦辛”呢？作者分三层来回答这一问题。

“家家养子学耕织，输与官家事夷狄。”这是第一层。河北之民，勤劳成习。“家家”者，风气普遍，无一例外之谓也。勤劳是取富之道。男耕女织，勿使相失，按照孟子的说法，可使“老者衣帛食肉，黎民不饥不寒”（《孟子·梁惠王上》）。可是现在的情况却不然。劳动所得先交给朝廷，朝廷转手送给辽国与西夏。送的名目，说来痛心，对辽称“纳”，对西夏称“赐”。“赐”字虽然比“纳”字中听些，但哪有受人威胁而又“赐”人以物之理呢？王安石用一个“事”字来概括，可谓得体。“事”即防御之意（钱锺书《宋诗选注》）。用予敌银、绢的办法来御敌，虽然有点荒唐，但这是北宋的一项国策，要长期奉行，因此河北之民只好“长苦辛”了。在这一层中，前后两句在对比中造成转折之势，从而波浪式地把诗意向前推进。

“今年大旱千里赤，州县仍催给河役。”这是第二层。大旱之年，赤地千里，哀鸿遍野，作为官府，理应开仓赈济，活彼黎庶，但现实的情况恰恰相反，州县两级官吏不顾人民死活，把最有生产自救能力的丁壮抽去上河工，丢下老弱妇孺不管。“仍”字见官府墨守成规，赋役杂税，无一减免。“催”字状其急如星火。用字极为精确。对外怯懦畏葸，对内凶狠强横，这也是北宋朝廷长期奉行的国策，因此河北之民又只好“长苦辛”了。在这一层中，前后两句在对照中造成累叠之势，这是诗家所谓的“加一倍写法”（《岘佣说诗》），从而使文气旋转而下。以下即写人民不得不离乡背井。

“老小相携来就南，南人丰年自无食。”这是第三层。边地既无活命希望，边民只好向南逃荒求生。“老小相携”四字寓无限悲惨之意。盖丁壮既为官府抽调,所剩只有老弱妇孺。在忍饥挨饿的情况下长途跋涉,老弱需要搀扶,妇孺需要照顾,而现在一切都无所巴望,只好老小相携而行。好在一个诱人的消息在鼓舞着他们:南方丰收,就食有望。哪知当他们吃尽千辛万苦来到黄河之南以后,竟发现河南人民也在挨饿。希望终于破灭。至此,二边人民的生计完全断绝。他们中间的大部分人必将困饿而死;侥幸活下来的人,则更将"长"伴"苦辛",永无尽期。在这一层中,前后两句在映衬中造成开拓之势,从而暗示出"长苦辛"不是河北之民所独罹,河南之民以及其他内地之民无不如此;"长苦辛"的原因,不止是因为"近边""大旱",即使是内地与丰年照样不能幸免。这就启发读者去思考造成这种局面的原因,扩展了全诗的思想意义。

上述三层,紧扣开头"长苦辛"三字而来,一层比一层深入地铺叙了河北之民所受"苦辛"的可悲,字里行间还透露出诗人对这种现象的严重关注和对受苦人民的深切同情。尽管前者是明写,后者是暗寓,但正由于在叙事中寓有主观的情韵,所以虽然用的是赋法,而感人的力量同样极为强烈。至第三层叙毕,边民的深愁极苦已无以复加,作者的心情也惆怅难述,于是便转换角度,专事气氛的渲染:"悲愁白日天地昏,路旁过者无颜色。"上句为正面描写,形容边民的悲愁之气犹如阴云惨雾,弥漫天空,致使白日为之无光,天地为之昏黑。下句为侧面描写,指出道旁行人见此惨相,也不禁感到悲痛欲绝,色沮神丧。这两句都承上文理路而来,但前者虚,后者实,通过虚实相生,使诗中所写的内容更为惊心动魄,作者的感情脉络也趋于明朗。

篇末两句采用古今对比的手法寄托自己的深意:“汝生不及贞观中,斗粟数钱无兵戎!”贞观是唐太宗李世民的年号。贞观十五年(641),唐太宗曾对侍臣谈到自己有二喜:“比年丰稔,长安斗粟直三、四钱,一喜也;北虏久服,边鄙无虞,二喜也。”(《资治通鉴》卷一九六)北宋积贫积弱的局面和对外退让的情形正好与唐太宗所说的“二喜”构成鲜明对比。王安石用感叹的口吻对流民宣传“贞观之治”的美好,这与其说是对流民的安慰,倒不如说是对时政的批判。

王安石是宋朝的大政治家。这首诗表明他有敢于抨击时政的胆识,这正是一位有作为的政治家和诗人最为可贵的品格。

(吴汝煜)

葛溪驿

缺月昏昏漏未央，　　一灯明灭照秋床。
病身最觉风露早，　　归梦不知山水长。
坐感岁时歌慷慨，　　起看天地色凄凉。
鸣蝉更乱行人耳，　　正抱疏桐叶半黄。

清代诗论家贺裳说:“读临川诗,常令人寻绎于语言之外,当其绝诣,实自可兴可观,不惟于古人无愧而已。”(《载酒园诗话》)《葛溪驿》就是这类令人寻绎于语言之外的好诗之一。其写作时间,大约在皇祐二年(1050)。

首联一落笔就从情上布景。“缺月昏昏”是诗人仰视窗外之所见。行役之人每于独眠客舍之夜间最易萌生思乡之情。当此之时,人地两疏,四顾寂寥,唯有天上的明月聊可与家人千里相共,故抬头望月,实为自来行人寄托乡思之一法。本诗写月亦寓此意,而天公偏不作美,今夜悬挂于天庭的,竟是半轮“缺月”,且月色“昏昏”,犹如一团惨白的愁雾,这是多么令人扫兴!“漏未央”是诗人侧耳枕上之所闻。诗人于扫兴之余,便希望早入梦乡。怎奈原先并不十分在意的漏壶,此刻也仿佛故意作难,滴水声似乎越来越响。这在不眠之人听来,又增添了烦乱,心绪愈益无法宁贴。“未央”两字,不仅暗示入夜已深,且摹写诗人对漏声的敏感与厌烦心情如见。更兼一灯如豆,忽明忽暗,使孤寂的旅况更加使人难以为怀,而独卧秋床的诗人目不交睫、辗转反侧的苦颜,也就可想而知了。

首联虽为景语,而景中宛然有诗人自己在,故颔联便直接叙写羁旅的困顿和抒发乡思之愁。出句写旅夜的悲苦境遇有三重不堪。病中行役,体弱衣单,值此秋风萧瑟、玉露凋伤的凉夜,不仅肉体上有切肤透骨的寒意,而且连心灵也仿佛浸透在凄寒之中,一不堪。古人云:“凡人之思故,在其病也。”(《史记·张仪列传》)病中的乡思旅愁自当倍于常时,二不堪。句中“最觉”两字,受到刘禹锡《秋风引》的启发。刘诗云:“何处秋风至,萧萧送雁群。朝来入庭树,孤客最先闻。”所谓“最觉风露早”,亦即刘诗“最先闻”之意。诗人以其超越常人的深情敏感去体察、品尝人间的苦果,自有一种超越常人的深悲极痛,三不堪。对句以恍惚的梦境写自己难以排遣的乡愁。大凡思家心切,总希望借梦境与家人团聚,但梦醒之后,往往更增怅惘空漠之感。此句虽未明言梦醒后的难堪,但“最觉风露早”五字已透露梦醒的原因,“不知山水长”五字正是梦醒后的感叹,而将无限惆怅之意,留给读者自己去想象了。

刘熙载说:“律诗既患旁生枝节,又患如琴瑟之专一。融贯变化,兼之斯善。”(《艺概》卷二)本诗上半篇写羁旅之愁,颈联便另出一意,写忧国之思。出句“坐感岁时歌慷慨”,是说诗人一想到时势的艰难,连那无穷的乡愁和病身的凄寒都在所不顾,毅然坐起,情不自禁地慷慨悲歌。王安石是个爱国主义者。他自涉足仕途以后,对人民的贫困,国力的虚耗,政治上的种种积弊,有比较深刻的认识,希望通过改革来解决社会危机。在此之前,他曾写了《省兵》《读诏书》等关心政治与民瘼的诗篇。诗中慷慨陈词："贱术纵工难自献，心忧天下独君王。"（《读诏书》）"歌慷慨"三字正是他"心忧天下"的具体写照。对句"起看天地色凄凉"，写诗人于壮怀激烈、郁愤难伸的情况下起身下床，徘徊窗下。小小的斗室装不下诗人的愁思，只好望着窗外的天地出神，但映入诗人眼帘的，也仅是一片凄凉的景色而已。此句将浓郁的乡思、天涯倦怀、病中凄苦及深切的国事之忧融为一体，复借景色凄凉的天地包举团裹，勿使吐露，似达而郁，似直而曲，故有含蓄不尽之妙。综观中间两联，一写乡思，一写忧国之思，名虽为二，实可融贯为一，统称之为家国之思，这正合上文所谓"融贯变化，兼之斯善"的要求。

尾联中的"行人"实即诗人自指。诗人挨到天明，重登征途，顾视四野，仍无可供娱心悦目之事，唯有一片鸣蝉之声聒噪耳际。"乱"字形容蝉声的嘈杂烦乱，正所以衬托诗人心绪的百无聊赖。"乱"字之前着一"更"字，足见诗人夜来的种种新愁旧梦及凄苦慷慨之意仍萦绕心头，驱之不去，而耳际的蝉声重增其莫可名状的感慨，结句写秋蝉无知，以"叶半黄"的疏桐为乐国，自鸣得意，盲目乐观，诗人以此作为象喻，寄托他对于麻木浑噩的世人的悲悯，并借以反衬出诗人内心那种类似杜甫"忧端齐终南，澒洞不可掇"（《自京赴奉先咏怀五百字》）的悲慨。

全诗以作者的深情敏感为契机，抒写了强烈的忧国忧家的感情。这种感情随着时间的推移顿挫盘纡而出，并显示其转折变化的深度与广度，因此能极尽曲折往复之致，而造"可兴可观"的"绝诣"。

（吴汝煜）

示长安君

少年离别意非轻，　　老去相逢亦怆情。
草草杯盘供笑语，　　昏昏灯火话平生。
自怜湖海三年隔，　　又作尘沙万里行。
欲问后期何日是，　　寄书应见雁南征。

这首诗作于仁宗嘉祐五年(1060)王安石使契丹前，这一年他正好四十岁。长安君是王安石的大妹，名文淑，工部侍郎张奎之妻，封长安县君。她“工诗善书，强记博闻”，聪明过人而又“不自高显”(王安石《长安县太君墓表》)，王安石与她兄妹之间感情深厚，因此在临行前写了这首诗给她。因为是兄长写给妹子，故云“示”。

“黯然销魂者，唯别而已矣!”(江淹《别赋》)何况彼此都处在重感情、易冲动的少年时期，一旦分离，自然是心情沉重。这就是首句的大意。它只不过说出了自古已然、人人都容易体会的实情，也可以说是人之常情吧。但紧接着——“老去相逢亦怆情”，却如奇峰拔地而起，出人意表。“相逢”应喜，何来“怆情”？看来，这一句的关键是在“老去”二字。王安石此时仕途奔波，已历多年，虽不可谓失意，但总有一种大志未伸的感慨，这从他嘉祐三年上“万言书”主张改革政治，却未被采纳可知。作为一个以天下为己任、从青年时代起就想干一番事业的政治家，到了不惑之年还不能实现自己的理想,其悲怆的心情可以想见。可是,这种心情又不是可以随便对人吐露的,且不说别人不一定能理解,稍不小心还可能招致“怨谤朝廷”的罪名!只有在像长安君这样自小与自己手足情深的亲人面前,才能一吐为快,因为,她不但能理解你,还会陪着你流泪叹息,给予同情和安慰。此其原因之一。“乍见翻疑梦,相悲各问年。”(司空曙《云阳馆与韩绅宿别》)由于相见不易,偶然相逢,难免喜极而悲,更何况分别多年,双方都容颜衰老、鬓毛疏落了,初见时甚至会怀疑对方的年龄,惊定后自不免“感叹亦歔欷”了!此其原因之二。少年时会多离少,而且总觉得来日方长,相见有期,因此,虽亦依依不舍,终究可以自持;年老的人离多会少,见一次少一次,更感“相见时难别亦难”,这种短暂的相逢,只能使人倍觉伤情。此其原因之三。只有理解了这三层含意,才能充分感受“老去相逢亦怆情”一语的分量!

颔联是为人传诵的名句。这二句的好处在于能准确地选择家庭生活中的细节,运用恰当传神的词语,创造出一个温暖亲昵的家庭气氛的意境,以实证虚,说明自己的手足之情和家庭之乐,以见“怆情”的真实。“草草”修饰“杯盘”,可见酒菜的简单——家常便饭是也;“昏昏”修饰“灯火”,除了说明随便,还造成一种神秘感,在这昏暗的灯光下促膝谈心,似乎与整个世界都隔离了,难道还不可以放心地倾吐心中的秘密?王安石在为这位妹妹写的《墓表》里曾称赞她“衣不求华,食不厌蔬”,这“草草杯盘”和“昏昏灯火”不正是长安君这种俭朴精神的写照吗?生活虽俭朴,感情却是丰富的,对于难得归来又要匆匆离去的兄长,这位妹妹是用她特有的朴实无华但却真诚深情的方式来送别的。所以,席间谈笑风生，灯下推心置腹。“供”“话”二字看似信手拈来，实则也是经过精心挑选的。吴可《藏海诗话》云：“七言律一篇中必有剩语，一句中必有剩字，如‘草草杯盘供笑语，昏昏灯火话平生’，如此句无剩字。”这话不是没有根据的。

家庭生活是如此的温暖欢乐，诗人却难得享受得到，这就不能不令他自伤自怜，感慨万端了，故颈联即以感叹语出之：我正为兄妹们被湖海阻隔、多年不见而伤情，想不到又要冒着风沙出使到万里之外的异域去。“三年”言时间之长，“万里”言距离之远，一纵一横，相辅相成。“湖海”极言阻隔之深，“尘沙”则言远行之苦，二句以“自怜”和“又作”串成一气，更使人感到难得相逢，别易会难！然而，王安石毕竟是一位大政治家，尽管“自怜”，还是决然而行。读到这里，不禁令人想起曹植《赠白马王彪》一诗中的名句：“丈夫志四海，万里犹比邻。恩爱苟不亏，在远分日亲。”大丈夫志在四海，视万里若比邻，若是手足情深，隔得再远些，我们的情分也会日益亲密的！曹氏兄弟是如此，王氏兄妹又何尝不是如此呢？所以诗人最后说：到了大雁南飞的秋天，我就会寄信回来，告诉你重逢的日期。这是对妹妹的安慰语，也是此行必能完成使命的自信语。以此语收束全诗，正可见王安石的个性。

这首诗对仗的技法也很高明。一般律诗都是中间二联对仗，此诗首联以“少年”和“老去”对起，造成一种似对非对的效果；颔联无论从内容、用词还是音调来看，的为工对；颈联又改用流水对，这就使全诗情韵相生，显得既工稳又活泼。　　**（陈文华）**

泊船瓜洲[1]

京口瓜洲一水间，[2]　　钟山只隔数重山。
春风又绿江南岸，[3]　　明月何时照我还？

〔注〕 ① 瓜洲：在今江苏扬州市邗江区南，临江。 ② 京口：今江苏镇江。 ③ 又：《临川先生文集》卷二九作“自”。兹据张氏涉园影元本《王荆文公诗笺注》卷四三校改。

王安石喜欢改诗。他不仅为同时代人刘贡父、王仲至改诗（见《王直方诗话》），而且还为古人改诗。谢贞的《春日闲居诗》“风定花犹舞”，王安石“改‘舞’字作‘落’字，其语顿工”（《彦周诗话》）。对于自己的诗作，他更是不惮多改。《泊船瓜洲》是他修改己作使之更为完美的著名例证。

这首诗作于熙宁八年（1075）二月。当时王安石第二次拜相，奉诏进京，舟次瓜洲。首句“京口瓜洲一水间”，以愉快的笔调写他从京口渡江，抵达瓜洲。“一水间”三字，形容舟行迅疾，顷刻就到。次句“钟山只隔数重山”，以依恋的心情写他对钟山的回望。王安石于景祐四年（1037）随父王益定居江宁（今江苏南京），从此江宁便成了他的息肩之地，第一次罢相后即寓居江宁钟山（今南京紫金山）。“只隔”两字极言钟山之近在咫尺。把“数重山”的间隔说得如此平常，反映了诗人对于钟山依恋之深；而事实上，钟山毕竟被“数重山”挡住了，因此诗人的视线转向了江岸。

古人云:“望秋云神飞扬,临春风思浩荡。”第三句“春风又绿江南岸”,描绘了江岸美丽的春色,寄托了诗人浩荡的情思。其中“绿”字是经过精心筛选的,极其富于表现力。洪迈《容斋续笔》卷八云:“吴中士人家藏其草。初云‘又到江南岸’。圈去‘到’字,注曰‘不好’。改为‘过’,复圈去而改为‘入’。旋改为‘满’。凡如是十许字,始定为‘绿’。”作者认为“到”“过”“入”“满”等字都不理想,只有“绿”字最为精警。这是因为,一、前四字都只从风本身的流动着想,粘皮带骨,以此描写看不见的春风,依然显得抽象,也缺乏个性;“绿”字则开拓一层,从春风吹过以后产生的奇妙的效果着想,从而把看不见的春风转换成鲜明的视觉形象——春风拂煦,百草始生,千里江岸,一片新绿。这就写出了春风的精神,诗思也深沉得多了。二、本句描绘的生机盎然的景色与诗人奉召回京的喜悦心情相谐合。“春风”一词,既是写实,又有政治寓意。曹植《上责躬诗表》:“伏惟陛下德象天地,恩隆父母,施畅春风,泽如时雨。”王建《过绮岫宫诗》:“武帝去来罗袖尽,野花黄蝶领春风。”这两处“春风”实指皇恩。宋神宗下诏恢复王安石的相位,表明他决心要把新法推行下去。对此,诗人感到欣喜。他希望凭借这股温暖的春风驱散政治上的寒流,开创变法的新局面。这种心情,用“绿”字表达,最微妙,最含蓄。三、“绿”字还透露了诗人内心的矛盾,而这正是本诗的主旨。鉴于第一次罢相前夕朝廷上政治斗争的尖锐复杂,对于这次重新入相,他不能不产生重重的顾虑。变法图强,遐希稷契是他的政治理想;退居林下,吟咏情性,是他的生活理想。由于变法遇到强大阻力,他本人也受到反对派的猛烈攻击,秀丽的钟山、恬静的山林,对他产生了很大的吸引力。《楚辞 · 招隐士》:“王孙游兮不归,春草生兮萋萋。”王维《送别》:“春草年年绿,王孙归不归?”都是把草绿与思归联系在一起的。本句暗暗融入了前人的诗意,表达了作者希望早日辞官归家的心愿。这种心愿,至结句始明白揭出。

毋庸讳言,用“绿”字描写春风,唐人不乏其例。李白《侍从宜春苑奉诏赋龙池柳色初晴听新莺百啭歌》“春风已绿瀛洲草,紫殿红楼觉春好”,丘为《题农父庐舍》“春风何时至? 已绿湖上山”,温庭筠《敬答李先生》“绿昏晴气春风岸,红漾轻轮野水天”等,都为王安石提供了借鉴,但从表现思想感情的深度来说,上述数例,都未免逊色,因此本句可说是青出于蓝而胜于蓝了。

结句“明月何时照我还”,从时间上说,已是夜晚。诗人回望既久,不觉红日西沉,皓月初上。隔岸的景物虽然消失在朦胧的月色之中,而对钟山的依恋却愈益加深。他相信自已投老山林,终将有日,故结尾以设问句式,表达了这一想法。

“文字频改,工夫自出”(《童蒙诗训》)。本诗曾获得“超然迈伦,能追逐李杜陶谢”(《彦周诗话》)的赞誉。这正是“频改”所致。但这首诗的佳处,并不限于一字之工,当玩赏其全篇的精神所在,方能得其体要。

(吴汝煜)

王安石

明妃曲二首(其一)

明妃初出汉宫时，　泪湿春风鬓脚垂。
低徊顾影无颜色，　尚得君王不自持。
归来却怪丹青手，　入眼平生未曾有。
意态由来画不成，　当时枉杀毛延寿。
一去心知更不归，　可怜着尽汉宫衣。
寄声欲问塞南事，　只有年年鸿雁飞。
家人万里传消息，　好在毡城莫相忆！
君不见咫尺长门闭阿娇，　人生失意无南北。

此诗作于嘉祐四年(1059)。当时，梅尧臣、欧阳修、司马光、刘敞皆有和作；前此年余，刘原甫(敞)也写过《昭君辞》，梅也和过。

北宋时，辽、夏“交侵，岁币百万”(赵翼《廿二史劄记》)。景祐以来，“西(夏)事尤棘”。诗人们借汉言宋，自然想到明妃(即王昭君，因晋代避其帝司马昭讳，改称明君，后人称之为明妃)。梅、欧诗中皆直斥“汉计拙”，对宋王朝屈辱政策提出批评。王安石则极意刻画明妃的爱国思乡的纯洁、深厚感情，并有意把这种感情与个人恩怨区别开来，尤为卓见。

当时的施宜生、张元之流，就因在宋不得志而投向辽、夏，为辽、夏出谋献策，造成宋的边患。所以，王安石歌颂明妃的不以恩怨易心,是有着现实意义的。当时有些人误解了他的用意,那是由于他用古文笔法写诗,转折很多,跳跃甚大,而某些人又以政治偏见来看待王安石,甚至恶意罗织之故。清代蔡上翔在《王荆公年谱考略》中千方百计地替王安石辩解,但还未说得透彻。近代高步瀛还是说他"持论乖戾"(《唐宋诗举要》),其实也没有读懂此诗。

明妃是悲剧人物。这个悲剧可以从"入汉宫"时写起,也可以从"出汉宫"时写起。而从"出汉宫"时写起,更能突出"昭君和番"这个主题。王安石从"明妃初出汉宫时"写起,选材是得当的。

绝代佳人,离乡去国,描写她的容貌愈美,愈能引起人们的同情。《后汉书·南匈奴传》的记载是:"昭君丰容靓饰,光明汉宫,顾影徘徊,竦动左右,帝见大惊。"江淹《恨赋》上也着重写了她"仰天太息"这一细节。王安石以这些为根据,一面写她的"泪湿春风","低徊顾影",着重刻画她的神态;一面从"君王"眼中,写出"入眼平生未曾有",并因此而"不自持",烘托出明妃容貌动人。所以"意态由来画不成"一句是对她更进一层的烘托。当然,"意态"不仅是指容貌,还反映了她的心灵。明妃"低徊顾影无颜色"正是其眷恋故国无限柔情的表现。至于"杀画师"这件事,出自《西京杂记》。《西京杂记》是小说,事之有无不可知,王安石也不是在考证历史、评论史实,他只是借此事来加重描绘明妃之"意态"而已。而且,这些描绘,又都是为明妃的"失意"这一悲剧结局作铺垫,以加重气氛。

上面写"去时",下面写"去后"。对于去后,作者没有写"紫台朔漠"的某年某事;而是把数十年间之事,概括为"一去心知更不归，可怜着尽汉宫衣”。这两句间，省略了一个转折连词“然犹”，即“然而犹且”，意思是说：“明妃心里明知绝无回到汉宫之望，然而，她仍眷眷于汉，不改汉服。”这能说明什么呢？

近代学者陈寅恪曾经指出：我国古代所言胡汉之分，实质不在血统而在文化。孔子修《春秋》就是“夷而进于中国则中国之”（《论语》）的。而在历史上尤其是文学上，用为文化的标志常常是所谓“衣冠文物”。《左传》上讲“南冠”，《论语》中讲“左衽”，后来一直用为文学典故。杜甫写明妃也是着重写“环珮空归月夜魂”，这与王安石写的“着尽汉宫衣”，实际是同一手法。杜、王皆设想通过“不改汉服”来表现明妃爱乡爱国的真挚深厚感情，这种感情既不因在汉“失意”而减弱，更不是出于对皇帝有什么希冀（已经“心知更不归”了），不是“争宠取怜”。因此，感情更为纯洁，形象更为高大。接着又补上“寄声欲问塞南事，只有年年鸿雁飞”，把明妃一心向汉、历久不渝的心声，写到镂心刻骨。梅尧臣也说“鸿雁为之悲，肝肠为之摧”。王安石写得比梅更为生动形象。

最后，又用“家人万里传”言，以无可奈何之语强为宽解，愈解而愈悲，把悲剧气氛写得更加浓厚。更妙的是：笔锋一带，又点出了悲剧根源，扩大了悲剧范围。前面已经说过，明妃这一悲剧的起点可以从“入汉宫”时写起。汉宫，或者说“长门”，就是《红楼梦》中贾元春所说的“见不得人的地方”，从陈阿娇到贾元春，千千万万“如花女”，深锁长闭于其中。以千万人（有时三千，有时三万）之青春，供一人之淫欲。宫女之凄凉寂寞，可想而知。而况女之失宠与士之不遇，又有某种情况的类似，故自司马相如《长门赋》至刘禹锡的《阿娇怨》，还有许许多多的《西宫怨》之类，大都皆写此一题材,表现出对被侮辱、被损害的广大宫女的同情,或者抒发出"士不遇"的愤慨。唐人"宫中多少如花女,不嫁单于君不知",本已先王安石而言之,只是说得"怨而不怒";王安石却多少有点怒了。李壁说:王安石"求出前人所未道",是符合实际的;至谓"不知其言之失",则是受了王回、范冲等人的影响。王回引孔子说的"夷狄之有君不如诸夏之无也",却忘了孔子也说过"夷而进于中国则中国之";特别是误解了"人生失意无南北"一句。王回本是反对王安石变法的人,以政治偏见论诗,自难公允。

(吴孟复)

王安石

北陂杏花[①]

一陂春水绕花身，　　花影妖娆各占春。
纵被春风吹作雪，　　绝胜南陌碾成尘。

〔注〕 ① 陂(bēi)：池。这里指池边或池中小洲。

清代吴之振说："安石遗情世外，其悲壮即寓闲淡之中。"(《宋诗钞初集·临川诗钞序》)对于王安石后期诗歌来说，这个评价是深中肯綮的。《北陂杏花》诗就比较典型地体现了这一艺术特色。

杏花的形象，鲜艳绚丽而不落凡俗。傍水的杏花，更是风姿绰约，神韵独绝。本诗所描写的"北陂杏花"，正是临水开放的。这种清幽的环境，使得杏花别具逸致。首句"一陂春水绕花身"，正描绘了这种逸致。"绕"字则以其特有的轻柔圆转之美，赋予"春水"以爱花、惜花和着意护卫、滋润"花身"的人格力量。春水尚且如此钟情，足见此花确实非常可爱。次句"花影妖娆"，是说树上繁花似锦，妖娆美丽，水中倒影荡漾，同样妖娆美丽，树上水下，相映生辉，相得益彰。宋人许顗《彦周诗话》称："荆公爱看水中影，此亦性所好。如'秋水泻明河，迢迢藕花底。'又《桃花诗》云：'晴沟春涨绿周遭，俯视红影移渔船。'皆观其影也。"(《苕溪渔隐丛话后集》卷二十五引)花影倒映在明净清澈的春水之中，于原有的娇艳之外，复增其渊默虚静之美。有时风行水上，微生涟漪，水中的倒影也跟着摇曳荡漾，生出千姿百态的美；而风止以后，它又渊默自若，未始失其虚静的韵味。影之于形，似一而实二，两者有着不同的审美特征。“各占春”，表面上是说各自包含着浓郁的春意，实际上亦即各有其美学价值之意。王安石晚年退居林下，淡然自得，泊乎无为。他对于水中影的欣赏，正好反映了他在这种特殊的心境下对于虚静的审美理想的追求。

如果说，前两句主要抒写了诗人闲淡的情志，那么后两句“纵被春风吹作雪，绝胜南陌碾成尘”，便带有几分悲壮色彩了。鲜艳的花瓣纵然被春风吹落，飘洒在清澈的春水上，其纯洁的芳魂，却一无所玷，春水上涨，也许还有机会“暗随流水到天涯”，又不失其远大之志，而那开放于车水马龙的南陌边上的杏花，最终将被车轮马蹄碾得粉身碎骨，变成尘土，这是多么可悲！“作雪”与“成尘”，分别为高尚与污浊的象喻。诗人原先积极推行新法，后来又被迫闲居江宁，出处进退虽然不同，而其进步的政治理想与高尚的情操实未尝有异。为坚持自己的理想而献身，这是诗人一贯的宗旨。“纵被”“绝胜”，语气坚决悲壮，与屈原“九死未悔”的精神极为相似。前人曾说：“末二语恰是自己身份。”（《宋诗精华录》）可谓一语中的。

王安石晚年曾眼看着自己亲手制定的新法被一一废止。他虽外示平淡，而内心实极痛楚。寓悲壮于闲淡的艺术风格，正是这种思想实际的深刻反映。　　（吴汝煜）

王安石

书湖阴先生壁二首(其一)

茅檐长扫静无苔，　花木成畦手自栽。
一水护田将绿绕，[1]　两山排闼送青来。[2]

〔注〕 ① 护田：《汉书·西域传序》："自敦煌西至盐泽，往往起亭，而轮台、渠犁，皆有田卒数百人，置使者校尉领护。" ② 排闼：推开门。《汉书·樊哙传》："高帝尝病，恶见人，卧禁中，诏户者无得入群臣，哙乃排闼直入。"闼(tà)：宫中小门。

这是王安石题在杨骥屋壁上的一首诗。杨骥字德逢，别号湖阴先生，是作者退居金陵(今江苏南京)时的邻居和经常往来的朋友。

首二句赞美杨家庭院的清幽。"茅檐"代指庭院。"静"即净。怎样写净呢？诗人摒绝一切平泛的描绘，而仅用"无苔"二字，举重若轻，真可谓别具手眼。何以见得？江南地湿，又时值初夏多雨季节，这对青苔的生长比之其他时令都更为有利。况且，青苔性喜阴暗，总是生长在僻静之处，较之其他杂草更难于扫除。而今庭院之内，连青苔也没有，不正表明无处不净、无时不净吗？在这里，平淡无奇的形象由于恰当的用字却具有异常丰富的表现力。"花木"是庭院内最引人注目的景物。因为品种繁多，所以要分畦栽种。这样，"成畦"二字就并非仅仅交代花圃的整齐，也有力地暗示出花木的丰美。既整齐又不单调。

这清幽环境令人陶醉，所以当诗人的目光从院内花木移向院外的山水时,他的思致才会那样悠远、飘逸,才会孕育出下面一联的警句,“一水”“两山”被转化为富于生命感情的亲切的形象,而为千古传诵。但后二句所以广泛传诵,主要还在于这样两点:一、拟人和描写浑然一体,交融无间。“一水护田”加以“绕”字,正见得那小溪曲折生姿,环绕着绿油油的农田,这不恰像一位母亲双手护着小孩的情景吗?著一“护”字,“绕”的神情明确显示。至于“送青”之前冠以“排闼”二字,更是神来之笔。它既写出了山色不只是深翠欲滴,也不只是可掬,而竟似扑向庭院而来!这种描写给予读者的美感极为新鲜、生动。它还表明山的距离不远,就在杨家庭院的门前,所以似乎伸手可及。尤其动人的,是写出了山势若奔,仿佛刚从远方匆匆来到,兴奋而热烈。所有这些都把握住了景物的特征,而这种种描写,又都和充分的拟人化结合起来——那情调、那笔致,完全像在表现“有朋自远方来”的情景:情急心切,竟顾不得敲门就闯进庭院送上礼物。两者融合无间,相映生色,既奇崛又自然,既经锤炼又无斧凿之痕,清新隽永,韵味深长。二、这两句诗也与杨德逢的形象吻合。在前联里,已可看到一个人品高洁、富于生活情趣的湖阴先生。所居仅为“茅檐”,他不仅“扫”,而且“长扫(即常扫)”,以至于“静无苔”;“花木成畦”,非赖他人,而是亲“手自栽”。可见他清静脱俗,朴实勤劳。这样一位高士,徜徉于山水之间,当然比别人更能欣赏到它们的美,更感到“一水”“两山”的亲近;诗人想象山水有情,和湖阴先生早已缔结了深厚的交谊。诗以《书湖阴先生壁》为题,处处关合,处处照应,由此也可见出诗人思虑的绵密。

此诗对于“一水”“两山”的拟人化,既以自然景物的特征为基础，又与具体的生活内容相吻合，所以气足神完，浑化无迹，成为古今传诵的名句。

在修辞技巧上，三、四两句也堪作范例。“护田”和“排闼”的典故都出自《汉书》，是严格的“史对史”、“汉人语”对“汉人语”，可见诗律极为工细精严。但读来自然天成，全似未尝着力——准确地说，由于诗人将典故融化在诗句中，我们只觉得他采用了拟人手法，而不感到是在“用事”。“用事”而不使人觉，这正是其成功之处。

（陈文新）

北　山

北山输绿涨横陂，　直堑回塘滟滟时。
细数落花因坐久，　缓寻芳草得归迟。

王安石晚年隐居金陵(今江苏南京)，筑室于钟山(今紫金山)的山腰中，因自号“半山”。钟山又叫北山。这首诗就是写他住在钟山时的闲适之情。

人们会发现，这首诗的重点在后面两句，而后面两句却又颇有点蹈袭前人的痕迹。那是怎么回事呢?

王维有两句诗说：“兴阑啼鸟缓，坐久落花多。”(《从岐王过杨氏别业应教》)刘长卿有两句诗说：“芳草独寻人去后，寒林空见日斜时。”(《长沙过贾谊宅》)那么，此诗的“细数落花”“缓寻芳草”是不是有抄袭唐人诗句的嫌疑?

宋、元以来，有些诗评家往往把两个诗人表面相同或相近的字眼拿来互相对比，硬指某人抄袭某人。这种说法，是不符合创作实践的。诗人触景生情或借景抒情，他着重的是当前的情和景；当前的情景是这样，他就按照这样来写他的诗。至于古人的诗句，因为读得多了，往往会在潜意识中出现；这种潜意识通常是本人不自觉的，但又会在潜移默化中影响诗人的构思。因而有些句子完成以后，不期而然的会同古人在某些方面有些暗合。这不是抄袭，更非有意。

王安石在北山闲居，日长无事，常到附近坐坐走走。这首诗便是写他的闲适生活。开头说，北山把它的翠绿的泉水输送给山塘，于是涨满了陂堤；不管是直的堑沟，曲的塘岸，都呈现一片滟滟的波光。两句概括了眼前的景色。下面转一笔就写自己：由于心情悠闲，一坐下来就是半天；也因为心情悠闲，看见树上的残花一瓣两瓣飘落地上，索性便一二三四地计数着，看看这会子功夫到底落了多少瓣。待他感到坐倦了，于是站起身来，缓缓向家走去。他此时仍是一样心情悠闲，一边走着，一边注意地上长的青草。春天快过去了，比起前些时，草地又扩展了，草也再长高了。他走走停停，悠然适然，也不知这回家的路到底走了多少时间。

这就是他当情当景写出来的诗。他哪里想到要去蹈袭前人？

当然，“坐久落花多”“芳草独寻人去后”或其他近似的句子，很可能在他的潜意识里暗暗出现，他也许多少感觉到，也许仍然不自觉。但终究来说，他是写自己的诗。

用“细数落花”来摹写“坐久”，不仅形象很美，而且构思精细。用“缓寻芳草”来解释“归迟”，不仅大有理由，而且写尽闲适之情。《三山老人语录》云：“欧公（欧阳修）‘静爱竹时来野寺，独寻春偶过溪桥。’与荆公‘细数落花’诗联，皆状闲适，而王为工。”评论是公允的。（刘逸生）

暑旱苦热

清风无力屠得热，　落日着翅飞上山。
人固已惧江海竭，　天岂不惜河汉干。
昆仑之高有积雪，　蓬莱之远常遗寒。
不能手提天下往，　何忍身去游其间。

王令胸怀济世大志，虽身处贫困，常思有以拯济天下之人。这首《暑旱苦热》，本因苦热而发，但诗中所表现的是天下人之苦热。即或有清凉世界，如果不能提携天下人同往，自己也便不忍独游其间。这种乐以天下、忧以天下的胸襟抱负，正是他所承受的儒家思想的可贵之处。

诗的开头说："清风无力屠得热，落日着翅飞上山。"写清风本应能够驱热，此刻却无力驱除暑热；太阳能够助热，此刻却应落不落。这两句中"屠"字用得新奇，"屠"字本意为屠杀，也可引申为消灭。"着翅"一词，用得生动。落日本来无翅，"着翅"上山，显其不肯降落。这是诗人自铸新词的例子。"屠"字以示对暑热憎恨之深，"着翅上山"以示盼望日早落山之切。三四两句："人固已惧江海竭，天岂不惜河汉干。"诗人从人间忧惧江海之枯竭，联想到天上也该怜惜河汉的将干。暑旱虽烈，未必能使江海都竭，但人们却有这种心情。河汉也未必能干涸，但上天应得为河汉之将干而担忧。前句用实写，后句是想象。笔墨开阔，寄情深挚。这两句用人意推测天心，以天人对照，显示天心之不可理解，与人意不同，正见诗人驰想之高远。第五六两句："昆仑之高有积雪，蓬莱之远常遗寒。"诗人由名山想到仙岛。第三四句是渲染暑旱的严重，这五六两句则是写追寻清凉的紧迫心情。诗人想到昆仑山上有的是积雪，那里可能是凉爽宜人。蓬莱仙岛在虚无缥缈的海雾中间，那里可能留有寒气。诗人用"积雪"以示昆仑之高大雄伟，所以有终年不化的积雪。用"遗寒"以示蓬莱是神话中传说的仙岛，那里远隔人间，或者有不曾为暑热所驱逐而遗留下来的寒意。在诗人的想象中，这两处该是清凉世界，也是他所向往的地方。

结尾两句："不能手提天下往，何忍身去游其间！"紧承"昆仑"两句，表现了作者甘愿与天下人共苦难的情操。作者表白，虽有这样清凉的世界，但当天下人都在苦热之时，如果不能和天下人共同前往，自己也便不忍独游其间。诗人自恨不能拯天下人脱离火坑，也就不愿独自一个人去避暑追凉了。诗人这种要把整个世界提在手里的胸怀气魄和深厚的情谊，是和他的另一首诗作《暑热思风》里的"坐将赤热忧天下，安得清风借我曹"，可以互相印证。他的终极关切是兼济天下，在这篇诗中正是表白了他这种情操和思想。

（马祖熙）

苏　轼

和子由渑池怀旧

人生到处知何似？　　应似飞鸿踏雪泥。
泥上偶然留指爪，　　鸿飞那复计东西？
老僧已死成新塔，　　坏壁无由见旧题。
往日崎岖还记否？　　路长人困蹇驴嘶。

仁宗嘉祐六年(1061)，苏轼出任凤翔府(今属陕西)签判，其弟苏辙送他到郑州，然后返回京城开封，寄给他一首诗，题为《怀渑池寄子瞻兄》。苏轼和了这首诗，完全依照苏辙的原韵。

苏辙十九岁时，曾被委为渑池县主簿，但未到任便中了进士，因此他对渑池有一种特殊的感情。他寄给哥哥的诗里就说："曾为县吏民知否？旧宿僧房壁共题。"很有怀旧之情。所以苏轼此诗开头四句就发表了一段议论。

就一个人来说，或是为了谋生，或是为了读书、应举、做官，东奔西走。像什么呢？像一只鸿雁。那鸿雁或是到南方过冬，或是回北方生养，来来去去。脚爪踏在雪泥之上，无非偶然留下指爪的痕迹，转眼它又飞走了；至于那留下的痕迹，它哪能记着啊；何况，痕迹又是很快会消失的。

这一段带有哲理性的议论，苏轼把这段议论用四句诗概括起来，形象生动，寄意深沉，因此很快就传扬开来了。此后，"雪泥鸿爪"便成了惯用的成语。

但这四句诗之受到广大读者欣赏，还不仅因其中所含的理趣；从艺术技巧来说，也是使人倾倒佩服的。清人纪昀评此诗说："前四句单行入律，唐人旧格；而意境恣逸，则东坡之本色。"律诗三四两句本来要做成对仗，意思两两相对。有些诗人有意打破这个限制，变成似对仗而又不是对仗。换句话说，文字是对仗的，意思却不是两两相对。这就叫"单行入律"。崔颢的《黄鹤楼》诗开头四句就是这种格式，他是完全不理会对仗的。王维的《敕赐百官樱桃》开头说："芙蓉阙下会千官，紫禁朱樱出上兰。总是寝园春荐后，非关御苑鸟含残。"第二联在文字上是对仗，意思却是承上而下，这也是"单行入律"。苏轼的"泥上偶然留指爪，鸿飞那复计东西"从文字看，也是对仗，但那意思则是承上直说下去，所以也是"单行入律"。因为若不是运用这种格式，整个意思就难以圆满表达，而且行文气势也因此大受影响，所以非要打破不可。

打破原来的束缚，顺着自己要发挥的议论直写下去，就能圆满透达，纵横恣肆，显出行文的气势，思想的透辟。不是格律限制了我，而是我来驱遣格律了。这正是苏轼本领高强之处。

下面四句是应和弟弟诗中的怀旧之情。"老僧已死成新塔，坏壁无由见旧题。"据苏辙的诗注说："昔与子瞻应举，过宿县中寺舍，题老僧奉闲之壁。"苏轼兄弟二人从前在渑池县的僧寺中投宿，又写了诗题在墙上。但如今老和尚死了，只剩下新建的埋葬骨灰的塔；至于当日题的诗句，也因为墙壁损坏，再找也找不着了。这两句，既是暗暗回应了"雪泥鸿爪"的意思，也回答了苏辙原作"旧宿僧房壁共题"的怀旧。可见人的一生，偶然留下痕迹，随时变灭，也是一种自然规律，是没有必要过分去怀念的。

最后,苏轼提起一件往事,又可以看出他的人生态度。他说:弟弟,你还记得吗?那一年,我和你路过崤山,在二陵之间颠颠簸簸走着,不料骑的马累死了,只好改赁了驴子。那时路又长,人又乏,那跛驴子不停地叫着。这种情景,你可还记得?

仔细看来,这两句其实不是怀旧,而是希望他弟弟珍惜现在,开拓将来。内里的潜台词是这样:从前我兄弟二人经历过不少艰难困苦,如今彼此都中了进士,前途光明,同往日大不相同了。那些往事何必去怀念它,即使是怀念,也无非要鞭策自己奋发向前罢了。我想这层意思,他弟弟是看得懂的。

这首诗是苏轼的名作。从中可以看出他早年的积极态度,以及后来处在颠沛之中的乐观精神的底蕴。 (刘逸生)

游金山寺

我家江水初发源，　宦游直送江入海。
闻道潮头一丈高，　天寒尚有沙痕在。
中泠南畔石盘陀，　古来出没随涛波。
试登绝顶望乡国，　江南江北青山多。
羁愁畏晚寻归楫，　山僧苦留看落日。
微风万顷靴文细，　断霞半空鱼尾赤。
是时江月初生魄，　二更月落天深黑。
江心似有炬火明，　飞焰照山栖鸟惊。
怅然归卧心莫识，　非鬼非人竟何物？[1]
江山如此不归山，　江神见怪警我顽。
我谢江神岂得已，　有田不归如江水！

〔注〕 ①“江心”四句苏轼自注：“是夜所见如此。”

宋神宗熙宁三年（1070），苏轼在京城任殿中丞直馆判官告院，权开封判官。当时王安石秉政，大力推行新法。苏轼写了《上神宗皇帝书》《拟进士对御试策》等文，直言不讳批评新法，自然引起当道的不满。苏轼深感仕途险恶，主动请求外任。熙宁四年，乃有通判杭州的任命，苏轼当时三十六岁。他七月离京赴任，十一月初三，途经镇江金山，访宝觉、圆通二僧，夜宿寺中而作此诗。

全诗二十二句，大致可分三个层次。前八句写金山寺山水形胜，中间十句写登眺所见黄昏夕阳和深夜炬火的江景，末四句抒发此游的感喟。贯穿全诗的是浓挚的思乡之情，它反映了作者对现实政治和官场生涯的厌倦，希望买田归隐的心情。

开头二句随意吐属，自然高妙，看似浅易，实则言简意赅，精彩动人。“我家”句，开门见山点出思乡主旨，“宦游”句写出门求仕，顺流而下，引出下文。“江入海”，点出金山独特的地理位置。施补华《岘佣说诗》：“‘我家江水初发源，宦游直送江入海’，确是东坡游金山寺发端，他人钞袭不得。盖东坡家眉州，近岷江，故曰‘江初发源’；金山在镇江，下此即海，故曰‘送江入海’。”汪师韩《苏诗选评笺释》称“起二句将万里程、半生事一笔道尽”，都说得很精当。“闻道”二句一虚一实，一动一静，将传闻中长江激浪拍天潮卷金山的景象和眼前水落石出沙痕历历的情状，描绘得有声有色，长江景观，这二句大体上包含无遗。“天寒”二字则点明了这次来游的季节。接着二句写金山在长江中的方位和形貌。中泠是泉水名，即闻名于世的天下第一泉，金山在“中泠南畔”。“石盘陀”，写出了金山山石巨大而突兀不平的形状。“古来”句概括时空，写金山中流砥柱出没波涛的风貌（唐、宋时期金山远在江中，明以后江水北移，始成陆地）。“波涛出没”，也寄寓了作者对自古以来仕途的感慨，风险若此，自当视为畏途。以上六句有情有景，有古有今，有虚有实，有时有地，思绪飘忽，意象开阔，充分体现了苏轼七言古风天马行空、波澜浩大的特色。“试登”句把初到金山百感苍茫的思绪作一个收束，用“望乡国”来回应首句，并照应篇末“有田不归”，是诗中枢纽。“青山多”应是丽景，可是诗人似乎并无欣赏之情，却有嗔怪之意，仿佛怪青山多事，不知趣地遮断了迁客的望乡之眼。其实大江两岸青山固然众多，但是即便是一马平川，想在长江下游望见眉山故乡，那也绝不可能。这种跌宕多姿的写法，突出了诗人望乡的一片痴情。这二句无论在命意还是结构上都起到了承上启下的作用。

诗的第二层就从“望”字着眼，着力刻画深夜江心的特殊之景。这在时间上就需要有个过渡，“羁愁”二句便起到了这种作用。“羁愁”是苏轼当时心境的真实写照，他面对眼前胜景，并无闲情逸致，而是思绪万千。不过，如果就此“寻归楫”，还是心有不甘的，所以便来一个“山僧苦留”，似乎是不得已而留下望落日。其实这是诗人故弄狡狯，不然他何以竟望到二更月落呢？这二句诗情曲折，波澜横生。“微风万顷靴文细，断霞半空鱼尾赤”二句，色彩绚丽，境界壮美，是写景名句。“靴文”（即靴纹），状江面因微风而起的粼粼细浪；“鱼尾赤”，形容血红晚霞，重叠如鱼鳞。这两个比喻新颖贴切，可见“子瞻作诗，长于比喻”（见《诗人玉屑》卷十七）的特点。“是时”句转入夜景，也巧妙地点出来游的日期。《礼记·乡饮酒义》：“月之三日而成魄。”（“魄”是指月缺时光线暗淡而仅有圆形轮廓的那一部分），“初生魄”即初三，苏轼来游正当十一月初三。“二更”句点出“天深黑”的异常背景，预示将有不寻常事物出现，为“炬火”闪现作了渲染。炬火，本指束苇而烧的火炬，但这里显然不是，因为它那么明亮，那么突然，甚至光焰照山，惊动栖乌，这的确有点奇怪。但古人对此现象也有所记载，木华《海赋》：“阴火潜然。”曹唐《南游》：“涨海潮生阴火灭。”这大概就是所谓的“阴火”，或许是由某些会发光的浮游生物聚集水面而形成。在这里，它被苏轼神化了，或者竟是幻由心生，表达了诗人归田之情的浓重和执着。“炬火”的出现，为末一层的感慨预作地步，由景而情，把诗情推向了高潮。“非鬼非人竟何物”，用一个令人深思的悬念作结，逗出下文。

悬念揭开，出人意表，诗人悟出“炬火”是江神显灵示警，怪“我”冥顽不化，宦游不归。这种悟，主观色彩极浓，可见其命意所在。“不归山”本非己愿，现在神又来责怪，更见欲我归山乃天意。叙写可称奇幻。结尾二句直抒心曲。“岂得已”，蕴含着多少无可奈何之情，内涵丰富。“如江水”，是指水发誓，与对天盟誓相似，古人常用。如《左传·僖公廿四年》记晋公子重耳对子犯说：“所不与舅氏同心者，有如白水！”《晋书·祖逖传》：“（祖逖）中流击楫而誓曰：‘祖逖不能清中原而复济者，有如大江！’”此时苏轼是向江神立誓：只要家有薄田，足以糊口，一定立即归隐。末层四句总束全篇，使前二层的情景有了归宿，堪称画龙点睛。《四库全书》总裁官纪昀批末段道：“结处将无作有，两层搭为一片。归结完密之极，亦巧便之极。设非如此挽合，中一段如何消纳。”批得中肯。

苏轼七言古诗与韩愈一脉相承。这首诗与韩愈《山石》在结构和立意上有异曲同工之妙。两首诗前面部分的叙写都是兴象超妙，情景如绘，而最后四句也都由游览而引起感慨，点明主题。一云“有田不归如江水”，一则云“安得至老不更归”，语意很相似。

金山寺，原名龙游寺，又名泽心寺、江天寺。天禧初，宋真宗梦游此寺，乃赐名金山寺，“为诸禅刹之冠”，殿宇巍峨，佛像庄严，文物既富，名胜也多。游寺而写寺景，也是题中应有之义，但往往难出新意。历来咏金山诗不少，但大都以刻画模写为能事，构思雷同而缺乏情致,所以佳作寥寥,传世绝少;只有唐人张祜"树影中流见,钟声隔岸闻"颇得神韵。"赋诗必此诗,定知非诗人",苏轼这两句诗确是深刻的经验之谈。他写游金山寺,便神思独运,另辟蹊径。他对金山寺本身景观皆略而不写,着重写登眺望远高旷绵邈之景,而景中则交织一片诚挚而浓郁的乡情,使人既感到景之新,也感到情之真。汪师韩《苏诗选评笺释》说:"一往作缥缈之音,觉自来赋金山者,极意著题,正无从得此远韵。"此诗之所以广泛传诵,与艺术上的这种"远韵"是分不开的。 **(曹光甫)**

六月二十七日望湖楼醉书五绝(其一、其二)

黑云翻墨未遮山，　白雨跳珠乱入船。
卷地风来忽吹散，　望湖楼下水如天。

放生鱼鳖逐人来，　无主荷花到处开。
水枕能令山俯仰，　风船解与月徘徊。

熙宁五年(1072)苏轼在杭州任通判。这年六月廿七日，他游览西湖，在船上看到奇妙的湖光山色，再到望湖楼上喝酒，写下五首绝句。这里选的是其中两首。

两首诗写的都是坐船时所见，而各有妙趣。先看第一首：

诗人写一场风雨变幻，十分生动。他那时是坐在船上。船正好划到望湖楼下。忽见远处天上涌起来一片黑云，就像泼翻了一盆墨汁，半边天空霎时昏暗。这片黑云不偏不倚，直向湖上奔来，一眨眼间，便泼下一场倾盆大雨。只见湖面上溅起无数水花，那雨点足有黄豆大小，纷纷打到船上来，就像天老爷把千万颗珍珠一齐撒下，船篷船板，全是一片乒乒乓乓的声响。船上有人吓慌了，嚷着要靠岸。可是诗人朝远处一看，却分明知道，这不过是一场过眼云雨，转眼就收场了。你看，远处的群山不是依然映着阳光，全无半点雨意么。

开头两句写的就是这场景象。

也确实是如此。这片黑云，无非是顺着风势吹来，也顺着风势移去。还不到半盏茶工夫，雨过天晴，依旧是一片平静。水映着天，天照着水，碧波如镜，又是一派温柔明媚的风光。

诗人把一场忽然而来又忽然而去的骤雨，抓住它几个要点，写得如此鲜明，富于情趣，确是颇见功夫。用"翻墨"写出云的来势，用"跳珠"描绘雨的特点，自然是骤雨而不是久雨。"未遮山"是骤雨才有的景象。"卷地风"说明雨过得快的原因，都是如实描写，却分插在第一第三句中，彼此呼应，烘托得好。最后用"水如天"写一场骤雨的结束，又有悠然不尽的情致。句中又用"白雨"和"黑云"映衬，用"水如天"和"卷地风"对照，用"乱入船"与"未遮山"比较，都显出作者构思时的用心。这二十八个字，好像是随笔挥洒，信手拈来，仔细寻味，便看出作者功力的深厚，只是在表面上不着痕迹罢了。

第二首是写乘船在湖中巡游的情景。

北宋时，杭州西湖由政府规定作为放生池。王注引张栻的话说："天禧四年，太子太保判杭州王钦若奏：以西湖为放生池，'禁捕鱼鸟，为人主祈福'。"这是相当于现代的禁捕禁猎区；所不同的，只是从前有人买鱼放生，还要挂个什么"祈福"的名堂罢了。西湖既是禁捕区，所以也是禁植区，私人不得占用湖地种植。诗的开头，就写出这个事实。那些被人放生、自由成长的鱼鳖之类，不但没有受到人的威胁，反而受到人的施与，游湖的人常常会把食饵投放水里，吸引那些小家伙围拢来吃。便是你不去管它，它们凭着条件反射，也会向你追赶过来。至于满湖的荷花，也没有谁去种植,自己凭着自然力量生长,东边一丛,西边一簇,自开自落,反而显现出一派野趣。

然而此诗的趣味却在后面两句。“水枕能令山俯仰”——山也能俯仰吗?人们都读过杜甫“风雨不动安如山”(《茅屋为秋风所破歌》)的句子,杜牧也有“古训屹如山”(《池州送孟迟》)的说法,如今却偏要说“山俯仰”,山真能俯仰吗?诗人认为是能的。那理由就在“水枕”。什么是“水枕”?枕席放在水面上。准确地说,是放在船上。船一颠摆,躺在船上的人就看到山的一俯一仰。这本来并不出奇,许多人都有过这种经验。问题在于诗人把“神通”交给了“水枕”,仿佛这个“水枕”能有绝大的神力,足以把整座山颠来倒去。这样的构思,就显出了一种妙趣来。

“风船解与月徘徊”——同样是写出一种在船上泛游的情趣。湖上刮起了风,小船随风飘荡。这也是常见的,不足为奇。人们坐在院子里抬头看月亮,月亮在云朵里好像慢慢移动,就像在天空里徘徊。因此李白说:“我歌月徘徊,我舞影零乱。”(《月下独酌》)这也不算新奇。不同的地方是,苏轼把船的游荡和月的徘徊轻轻牵拢,拉到一块来,那就生出了新意。是的,船在徘徊,月也在徘徊,但不知是月亮引起船的徘徊,还是船儿逗得月亮也欣然徘徊起来呢?假如说,是风的力量使船在水上徘徊,那又是什么力量让月亮在天上徘徊呢?还有,这两种徘徊,到底是相同呢还是不同呢?确实,把“船”和“月”两种“徘徊”联系起来,就使人产生许多问号,似乎其中包含了什么哲理,要定下神来,好好想一想才是。如此说来,这句诗岂不是饶有情趣吗!

人们常说“风马牛不相及”。假如能把一些本不相及的东西拉在一块，那又如何？读了苏轼这句诗，也许对读者有些启发吧。

（刘逸生）

苏　轼

新城道中二首

东风知我欲山行，　吹断檐间积雨声。
岭上晴云披絮帽，　树头初日挂铜钲。[①]
野桃含笑竹篱短，　溪柳自摇沙水清。
西崦人家应最乐，　煮葵烧笋饷春耕。

身世悠悠我此行，　溪边委辔听溪声。
散材畏见搜林斧，　疲马思闻卷旆钲。
细雨足时茶户喜，　乱山深处长官清。
人间歧路知多少？　试向桑田问耦耕。

〔注〕 ① 钲：古代乐器。又名“丁宁”，形似钟而狭长，有长柄可执，击之而鸣。

神宗熙宁六年(1073)的春天，诗人在杭州通判任上出巡所领各属县。新城在杭州西南，为杭州属县(今浙江杭州富阳市新登镇)。作者自富阳赴新城途中，饱览了秀丽明媚的春光，见到了繁忙的春耕景象，于是用轻松活泼的笔调写下这两首诗，抒写自己的途中见闻和愉快的心情。

第一首主要写景，景中含情；第二首着重抒情，情中有景。

清晨，诗人准备启程了。东风多情，雨声有意。为了诗人旅途顺利，和煦的东风赶来送行，吹散了阴云；淅沥的雨声及时收敛，天空放晴。“檐间积雨”，说明这场春雨下了多日，正当诗人

“欲山行”之际，东风吹来，雨过天晴，诗人心中的阴影也一扫而光，难怪他要把东风视为通达人情的老朋友一般了。出远门首先要看天色，既然天公作美，自然就决定了旅途中的愉悦心情。出得门来，首先映入眼帘的是那迷人的晨景：白色的雾霭笼罩着高高的山顶，仿佛山峰戴了一顶白丝绵制的头巾；一轮朝阳正冉冉升起，远远望去，仿佛树梢上挂着一面又圆又亮的铜钲。穿山越岭，再往前行，一路上更是春光明媚、春意盎然。鲜艳的桃花，矮矮的竹篱，袅娜的垂柳，清澈的小溪，再加上那正在田地里忙于春耕的农民，有物有人，有动有静，有红有绿，构成了一幅画面生动、色调和谐的农家春景图。雨后的山村景色如此清新秀丽，使得诗人出发时的愉悦心情有增无减。因此，从他眼中看到的景物都带上了主观色彩，充满着欢乐和生意。野桃会“含笑”点头，“溪柳”会摇摆起舞，好不快活自在！而诗人想象中的“西崦人家”更是其乐无比：日出而作，日入而息；田间小憩，妇童饷耕；春种秋收，自食其力，不异桃源佳境！这些景致和人物的描写是作者当时欢乐心情的反映，也表现了他厌恶俗务、热爱自然的情趣。

第二首继写山行时的感慨，及将至新城时问路的情形，与第一首词意衔接。

行进在这崎岖漫长的山路上，不禁使诗人联想到人生的旅途同样是这样崎岖而漫长。有山重水复，也有柳暗花明；有阴风惨雨，也有雨过天晴。应该怎样对待人生？诗人不知不觉中放松了缰绳，任马儿沿着潺潺的山溪缓缓前行。马背上的诗人低头陷入了沉思。“散材”“疲马”，都是作者自况。作者是因为在激烈的新、旧党争中，在朝廷无法立脚，才请求外调到杭州任地方官的。

"散材",指无用之才(典出《庄子·逍遥游》),此处为作者自喻。"搜林斧",喻指深文周纳的党祸。即使任官在外,作者也在担心随时可能飞来的横祸降临,即便是无用之材,也畏见那搜林的利斧。作者对政治斗争、官场角逐感到厌倦,就像那久在沙场冲锋陷阵的战马,早已疲惫不堪,很想听到鸣金收兵的休息讯号。所以,作者对自己目前这样悠然自在的生活感到惬意。他在饱览山光水色之余,想到了前几日霏霏春雨给茶农带来的喜悦,想到了为官清正的友人新城县令晁端友。临近新城,沉思之余,急切间却迷了路。诗的最末两句,就写诗人向田园中农夫问路的情形,同时也暗用《论语·微子》的典故:两位隐士长沮、桀溺耦而耕,孔子命子路向他们问路,二人对曰:"滔滔者,天下皆是也,而谁以易之?且而与其从避人之士也,岂若从避世之士哉?"诗人以此喻归隐之意。

两首诗以时间先后为序,依原韵自和,描绘"道中"所见所闻所感,格律纯熟,自然贴切,功力深厚。尤其是第一首"野桃""溪柳"一联倍受前人激赏,汪师韩以为是"铸语神来"之笔,"常人得之便足以名世"(《苏诗选评笺释》卷二)。其实不仅此联,即如"絮帽""铜钲"之比拟恰切,"散材""疲马"之颇见性情,不也各有千秋,脍炙人口吗?

(沈时蓉　詹杭伦)

饮湖上，初晴后雨二首（其二）

水光潋滟晴方好，　山色空蒙雨亦奇。
欲把西湖比西子，　淡妆浓抹总相宜。

苏轼于神宗熙宁四年（1071）到七年在杭州任通判期间，曾写了大量咏西湖景物的诗。这是最脍炙人口的一首。

诗的上半首既写了西湖的水光山色，也写了西湖的晴姿雨态。首句写晴日照射下荡漾的湖波；次句写雨幕笼罩下缥缈的山影。联系诗题《饮湖上，初晴后雨》来看，两句所描摹的正是当天先后呈现在诗人眼前的真实景观。联系同题第一首诗的前两句“朝曦迎客艳重冈，晚雨留人入醉乡”来看，那一天，诗人在西湖游宴终日，早晨阳光明艳，后来转阴，入暮后下起雨来。而在善于领略自然并对西湖有深厚感情的诗人眼中，无论是水是山，或晴或雨，都是美好奇妙的。从“晴方好”“雨亦奇”这一赞评，读者不仅可以想见在不同天气下的湖山胜景，也可想见诗人即景挥毫时的兴会及其洒脱的性格、开阔的胸怀。

下半首诗里，诗人没有紧承前两句，进一步运用他的写气图貌之笔来描绘湖山的晴光雨色，而是遗貌取神，只用一个既空灵又贴切的妙喻就传出了湖山的神韵。喻体和本体之间，除了从字面看，西湖与西子同有一个“西”字外，诗人的着眼点所在只是当前的西湖之美，在风神韵味上，与想象中的西施之美有其可意会而不可言传的相似之处。而正因西湖与西子都是其美在神，所以对西湖来说，晴也好，雨也好，对西子来说，淡妆也好，浓抹也好，都无改其美，而只能增添其美。对这个比喻，今人有两种相反的解说：一说认为诗人"是以晴天的西湖比淡妆的西子，以雨天的西湖比浓妆的西子"；一说认为诗人是"以晴天比浓妆，雨天比淡妆"。两说都各有所见，各有所据。但就才情横溢的诗人而言，这是妙手偶得的取神之喻，诗思偶到的神来之笔，只是一时心与景会，从西湖的美景联想到作为美的化身的西子，从西湖的"晴方好""雨亦奇"，想象西子应也是"淡妆浓抹总相宜"，当其设喻之际、下笔之时，恐怕未必拘泥于晴与雨二者，何者指浓妆，何者指淡妆。今天欣赏这首诗时，如果一定要使浓妆、淡妆分属晴、雨，可能反而有损于比喻的完整性、诗思的空灵美。

这里，诗人抒发的是一时的才思，但这一比喻如陈衍在《宋诗精华录》中所说，"遂成为西湖定评"。从此，人们常以"西子湖"作为西湖的别称。苏轼本人对这一比喻也很得意，曾在诗中多次运用，如《次韵刘景文登介亭》诗有"西湖真西子，烟树点眉目"句，《次前韵答马忠玉》诗有"只有西湖似西子，故应宛转为君容"句。后人对这一比喻更深为赞赏，常在诗中提到，如武衍在《正月二日泛舟湖上》诗中就说："除却淡妆浓抹句，更将何语比西湖？"

王文诰在《苏文忠公诗编注集成》中称这首诗是"前无古人，后无来者"的"名篇"。其特点之一是概括性特别强。它写的不是西湖的一处之景或一时之景，而是对西湖的全面写照和全面评价，因而它就具有超越时间的艺术生命，一直到今天还浮现在西湖游客的心头，使湖山因之生色。　　(陈邦炎)

有美堂暴雨

游人脚底一声雷，　　满座顽云拨不开。
天外黑风吹海立，　　浙东飞雨过江来。
十分潋滟金樽凸，　　千杖敲铿羯鼓催。
唤起谪仙泉洒面，　　倒倾鲛室泻琼瑰。

熙宁六年(1073)，苏轼任杭州通判时作此诗。有美堂在西湖东南面的吴山上，为杭州知州梅挚于嘉祐二年(1057)所建。堂名“有美”，乃取自宋仁宗赐梅挚诗“地有吴山美，东南第一州”中的二字。

乍读此诗，常使人错以为是截取古风诗中的一段，其气势、节奏和结构与一般的七律颇不相同。例如，开篇便不取律诗寻常开合之法，而是直接将大暴风雨的声势突兀展现出来。俗话说高雷无雨，一旦雷起脚底，其雨势便可想而知了。“一声”二字，更显出雷霆之迅烈。第二句，“云”上冠一“顽”字，已见云层之厚重浓密，再接一个强烈的动词“拨”，拨而不开，笼罩满座，更兼脚底霹雳，其景其情，历历如在目前。

接下一联，诗人更舒笔大写暴雨突来、风起云涌之势。风本无形无色之物，何以色黑？海又何以能掀立半空？但非如此写，其波澜壮阔之貌，惊心动魄之状，便不能形容得如此淋漓尽致。“吹海立”是从杜甫《朝献太清宫赋》“四海之水皆立”句化出。古代以钱塘江为浙江，浙东乃指钱塘江以东的地区。这句中连用三个动作延续性较长的动词“飞”“过”“来”，极为生动地展示出大雨自远而近、横跨大江、呼啸奔来的壮观奇景。这种对暴风雨作动态的过程描绘，令丹青妙手为之缩手。

本诗题为“有美堂暴雨”，然直到第四句，才写及雨之飞来，前半重心，乃在写其“暴”，故诗人饱蘸浓墨，大笔勾勒云雷天风，显现其倾天泼海之势，接下才真正转到正面写雨，因而，雨未下，而其势已见。

五六两句，或状形，或绘声，写实写意兼用，表现诗人站在吴山高处对暴风雨的独特感受。前句化用杜牧《羊栏夜宴》诗“酒凸觥心潋滟光”，潋滟是水满溢动的样子，这里是形容雨中的西湖像一樽酒满将溢的金盏。在艺术上，“白发三千丈”式的扩展事物原貌是夸张，为达到特殊效果而缩小其比例，也是一种夸张。在诗人俯瞰之中，偌大的西湖，仿佛只是天地间的一只酒杯，其气魄之雄奇实不亚于李贺的“一泓海水杯中泻”(《梦天》)。羯鼓是一种西域乐器，“其声焦杀鸣烈，尤宜促曲急破”(见南卓《羯鼓录》)。唐代宋璟曾描述击鼓“手如白雨点”，苏轼反用其意，以羯鼓之急促状雨点之骤密，铿锵澎湃之声，如万鼓齐奏。

《旧唐书·李白传》载：“玄宗度曲，欲造乐府新词，亟召白，白已卧于酒肆矣。召入，以水洒面，即令秉笔，顷之成十余章。”苏轼于跳珠泻玉般的急雨中，由上联的酒的意象联想到李白故事，不禁忽发奇想：该不是天帝欲造新词，便倾水洒面，以唤起“谪仙人”李白，于是这珍珠琼玉般的仙泉洒落人间，即化作这满天的大雨了。全诗便在这“心游万仞”的奇想中戛然而止。

苏轼在这首诗中，似乎有意背离中国古代“诗以言志”的传统和微言大义式的象征暗示手法，完全站在客观地位，充分发挥自己的全部感受能力，任凭想象力驰骋于大自然的奇观之中。其创作态度，其笔法，恰如写生画家即兴挥毫，临摹自然实景。诗人正是通过这种纯粹客观式的画面，使人们领略到大自然的壮丽雄奇的景色。当然，透过这画面，我们也同样能感受到诗人创作时起伏激荡的情绪。在具体写法上，诗人紧紧扣住疾雷、迅风、暴雨的特点进行刻画，使全诗的节奏和气势亦如自然风暴般急促，来如惊雷，陡然而至，令人应接不暇；去如飘风，悠然而逝，使人心有余悸。其用词之瑰丽，其想象之奇特，无不令人想到唐代诗人李贺，但其气势之奔腾不羁，其韵律之琅琅悦耳，却又超越李贺，分明显示出苏轼个人的特色。

（胡晓晖）

东栏梨花

梨花淡白柳深青，　柳絮飞时花满城。
惆怅东栏一株雪，　人生看得几清明！

这是《和孔密州五绝》中的第三首。孔密州，即孔宗翰，字周翰，历任将作监主簿，知蕲、密、陕、扬、洪、兖六州，元祐初任司农少卿、刑部侍郎，以宝文阁待制知滁州，未拜而卒。事见《东都事略》本传。苏轼于熙宁九年(1076)冬罢密州任，孔宗翰继任知州，故称“孔密州”。熙宁十年(1077)四月苏轼到徐州任，作此诗寄孔。

这是一首因梨花盛开而感叹春光易逝、人生如寄的诗篇。首句以“淡白”状梨花，以“深青”状柳叶，不但精确地把握住了春末夏初梨花、柳叶的特征，而且已暗含伤春之感。因为初春柳叶初发时是嫩绿色，梨花已盛开，柳叶已深青，说明春天已一去不返了。

第二句是前句的回复，以“柳絮飞”应“柳深青”，以“花满城”应“梨花淡白”。但读起来并不觉得重复，反而觉得更有情致，伤春之情更浓。这是因为第一句写梨花、柳叶之色，第二句写梨花盛开、柳絮纷飞之状，而回复的句式又加重了抒情色彩。

正因为一二句已暗含伤春之感，因此第三句即以“惆怅”二字开头。“东栏一株雪”即指“东栏梨花”。有的本子作“二株雪”，查慎行说："二，当作一。"（《初白庵诗评》卷中）明人郎瑛认为，既云"梨花淡白"，又云"一株雪"，重言相犯，主张改"梨花淡白"为"桃花烂熳"。俞樾反驳说："此真强作解事者！首句'梨花淡白'即本题也，次句'花满城'本承'梨花淡白'而言。若易首句为'桃花烂熳'，则'花满城'当属桃花，与'惆怅东栏一株雪'了不相属，且是咏桃花，非复咏梨花矣。此等议论，大是笑柄。"（《湖楼笔谈》卷五）驳得很痛快，苏轼以"词理精确"见长，不仔细体味苏诗原意而欲妄改，只能留下"笑柄"而已。

末句补足前句，正是"惆怅"的内容。苏轼由梨花的盛开感到人生的短促，充满了"人生如寄"（王文濡《宋元明诗评注》卷四）之感。据洪迈《容斋随笔》卷十五载，苏门四学士之一的张耒"好诵东坡《梨花》绝句……每吟一过，必击节叹赏不能已，文潜盖有省于此云"。所谓"有省于此"，或许就是张耒也有"人生如寄"的同样感慨吧！陆游说："东坡固非窃（杜）牧之诗者，然竟是前人已道之句，何文潜（张耒）爱之深也？岂别有所谓乎？"陆游所说的"别有所谓"就是洪迈所说的"有省于此"，都是指张耒同苏轼发生了共鸣，尽管关键的两句"是前人已道之句"，仍"击节叹赏不能已"。

苏轼才气横溢，纵横恣肆，他的某些诗确实"伤率、伤慢、伤放、伤露"（《纪评苏诗》卷十六《读孟郊诗》）。而这首诗却涵蕴甚深，有弦外之音，题外之旨。正如《唐宋诗醇》卷三十五所评："浓至之情，偶于所见发露，绝句中几与刘梦得争衡。" **（曾枣庄）**

苏 轼

海 棠

东风袅袅泛崇光，　香雾空蒙月转廊。
只恐夜深花睡去，　故烧高烛照红妆。

《王直方诗话》记载：东坡谪黄州，居定惠院之东，杂花满山，而独有海棠一株，土人不知贵。对于这株幽居独处的海棠，横遭贬谪的苏轼自元丰三年(1080)一到黄州，便目其为知己，并数次小酌花下，为之赋诗。这首七绝也当是咏此海棠。

诗的开头两句，并不拘限于正面描写，也兼顾侧面渲染。“袅袅”，微风吹拂。“崇光”，此指海棠花光泽的高洁美丽。这两句把读者带入一个空蒙迷幻的境界，十分艳丽，然而略显幽寂。

在后两句中，作者由花及人，生发寄想，深切巧妙地表达了爱花惜花之情。“只恐夜深花睡去”一句，似借用了唐明皇、杨贵妃的一段故事。施注《苏诗》引《明皇杂录》：唐明皇登沉香亭，要召见杨贵妃，而她酒醉未醒。等到高力士和侍女把她扶来后，她醉颜残妆，鬓乱钗横，不能拜见。明皇笑道：“岂是妃子醉耶？真海棠睡未足耳。”明皇是以人喻花，而苏轼这里是以花喻人。在诗人的想象中，面前的这株海棠说不定会像人一样因夜深而睡去，所以，他特意点燃高烛，照耀海棠，使她打起精神，不致“睡去”。古人作诗，常有痴语。人花对话，怕花睡去，这当然只是诗人的想象，是痴语。这种痴语是从李商隐“客散酒醒深夜后，更持红烛赏残花”(《花下醉》)化出,较李诗更有情致。诗人叹良辰之易逝,伤盛时之不再,其深情绵邈之致在这两句中充分显现。虽然用了典故,却使人不觉,原因在于运化入妙,情景真切。

这首绝句,由于造语之工,想象之妙,感情之真诚,构思之别致,所以历来脍炙人口。早在南宋时期,它便和东坡的另一首作于元丰三年的七古诗(《寓居定惠院之东,杂花满山,有海棠一株,土人不知贵也》)一起,为人们广泛传诵。如果把这首绝句和其他几首作于黄州的“海棠”诗结合起来读,或许理解会更加深刻。

(徐少舟)

题西林壁

横看成岭侧成峰，　　远近高低各不同。
不识庐山真面目，　　只缘身在此山中。

苏轼于神宗元丰七年(1084)由黄州贬所改迁汝州(今属河南)团练副使。据南宋施宿《东坡先生年谱》:“四月发黄州,自九江抵兴国,取高安,访子由,因游庐山……”可知此诗约作于是年五月间。同时所作的游庐山诗,有《初入庐山五言绝句》(三首)、《瀑布亭》、《庐山二胜》(两首)、《赠总长老》等七首。《庐山二胜》前有短序云:“余游庐山,南北得十五六(意谓游程所至达全山十分之五六),奇胜殆不可胜纪,而懒不作诗,独择其尤佳者作二首。”又《东坡志林》卷一“记游庐山”条自述在庐山所作诸诗,“最后与总长老同游西林”,“仆庐山诗尽于此矣”。可知这是他游遍庐山之后带有对庐山全貌的总结性的题咏。知道了这一背景,极有助于对这首诗的理解。

西林寺又称乾明寺,位于庐山七岭之西。姚宽《西溪丛语》评此诗首句谓:“南山宣律师《感通录》云:‘庐山七岭,共会于东,合而成峰。’因知东坡‘横看成岭侧成峰’之句,有自来矣。”如果不是泛游了全山,收摄远近高低的全部峰岭在胸中构成整体的形象,就正如《初入庐山》第一首中所说:“青山若无素,偃蹇不相亲。要识庐山面,他年是故人”那样,只能看到峰峦坡陀的偃蹇(偃蹇,高耸貌)之状了。

次句“远近高低各不同”，一本作“远近看山各不同”，语意更明晰，但内涵较窄，只有“远近”而不及“高低”，颇疑苏轼初作如此，而以后改成今句。所以此句实应读作为“远近高低看山各不同”，方与次句的“识”字紧密扣合。远处、低处所“识”的庐山，只是青山偃蹇，葱茏一片；愈贴近、愈登高，则眼中所“识”之山中景物又随身之所至而各各不同。此时此际，庐山的局部的“真面目”方能收于眼底。若问：“庐山就如你眼中所见么?”如果答道：“那还有问题！我不是亲自经历了庐山么?”这回答好像没有错。其实仅就所见的一峰一峦，一树一石，和别的山一峰一峦、一树一石相比，并无多大差别，并不足以反映庐山的全部风貌。庐山的全景，庐山的“真面目”，它的总体形象，反而只有在远眺和鸟瞰时才能显现。因此诗人叹道：“不识庐山真面目，只缘身在此山中。”

全诗道出了一个平凡的哲理，包括了全体与部分、宏观与微观、分析与综合等耐人寻思的概念。苏轼慨叹身在山中反不识山的真面目之时，其实是识了庐山真面目之后的见道之言。是经过了横看、侧看、远看、近看、高看、低看，在胸中凝聚了局部的诸认识因而对庐山的全貌有了深刻的印象之后，才悟到“身在山中”，即在山的某一局部时反而不识其真面目的事理。这时如果再下山回顾，眼中的山势虽仍然“偃蹇”如旧，但已不是如未游之前的“无素”和“不相亲”了。这时的庐山，在他已不是笼统的肤泛的面目，而是达到了具体的抽象。

这样，山水诗就具有了哲理性，不仅赢得了读者的广泛传诵和吟味，同时也成了人们讽喻某种社会现象的熟语。能产生这样的作用，就证明了这首诗的强大生命力。　　（何满子）

惠崇春江晓景二首(其一)

竹外桃花三两枝，　春江水暖鸭先知。
蒌蒿满地芦芽短，　正是河豚欲上时。

这首诗，一题作《惠崇春江晚景》，或题作《书衮仪所藏惠崇画》，是苏轼于神宗元丰八年(1085)在汴京(今河南开封)写的一首题画诗。一首好的题画诗，既要点明画面，使人如见其画，又要跳出画面，使人画外见意，从而既再现了画境，又扩展和深化了画境。

惠崇是能诗善画的僧人，郭若虚《图画见闻志》称其“工画鹅、雁、鹭鹚，尤工小景，善为寒汀远渚，萧洒虚旷之象”。这首诗所题的惠崇画，是一幅以早春景物为背景的春江鸭戏图。诗的前三句写了六样景物：竹子和竹外开放的桃花、江水和水上浮游的鸭子、布满地面的蒌蒿和新出嫩芽的芦苇。这些应当都是画中所有。分别来看，第一句写的是地面景；第二句写的是江上景；第三句写的是岸边景。从这三句诗，大致可以想见这幅画的取景和布局。

欣赏一幅画，如果只局限在目所能见的范围之内，那么，画笔所描摹、画面所展示的只是景物的色彩、形态、位置、数量、体积。就惠崇的这幅画而言，只画出了桃花之盛开、春江之溶漾、桃枝之在竹外、鸭群之在水上、蒌蒿之密、芦芽之短，这是画家在自然界所能见到的，也是欣赏画的人在画幅上所能见到的。但是，苏轼的这首题画诗，却还写了要凭触觉才能感到的水之“暖”、要用思维才能想出的鸭之“知”、要靠经验和判断才能预言的河豚之“欲上”。这些，无论在自然界或画幅上，都不是目所能见，是通过诗人的想象和联想得之于视觉之外、得之于画面之外的。而这首诗的高妙处，正在于以这些想象和联想点活了画面，使画中的景物变得生机勃发，情趣盎然，不复是无机的组合、静止的罗列。这生机和情趣，可以是画幅本身所蕴含而由诗人的灵心慧眼发掘出来的，也可以是画幅所无而由诗人赏画时外加上去的。这也就是谭献在《复堂词录叙》中所说的“作者之用心未必然，而读者之用心何必不然”。

当然，读者用心之所以然，不应是漫无依据的胡思乱想。其想象的契机、联想的线索，应当是有端倪可寻的。诗人在欣赏惠崇这幅画时所以产生“水暖鸭先知”的想象，是因为画面本来有水有鸭，更从桃花开、蒿芦生所显示的季节而想到江水的温度和鸭子的感知。至于诗人之写“河豚欲上”，可以是因画面景物，而想起梅尧臣《范饶州坐中客语食河豚鱼》诗的前四句“春洲生荻芽，春岸飞杨花，河豚当是时，贵不数鱼虾”；更可能是从河豚食蒿、芦则肥、初生的蒿、芦又可用以羹鱼而生发的联想。可以与这首诗参读的有作者的一首《寒芦港》诗：“溶溶晴港漾春晖，芦笋生时柳絮飞。还有江南风物否？桃花流水鮆鱼肥。”两诗所写景物、季节及其思路，都很相似。

题画诗是题在画上的，应当做到诗与画两相映发，成为珠联璧合的整体；同时，作为一篇文学作品，它又应当离开了画仍不失其独立的艺术生命。今天,尽管人们早已看不到惠崇的这幅画了,而苏轼的这首诗却依然是众口传诵的名篇。不必看画,只从这首诗所再现的景物美、所创造的意境美,从诗人所表露的对大自然、对生活的兴会中,读者自会为之吸引,受到感染。

(陈邦炎)

赠刘景文

荷尽已无擎雨盖，　菊残犹有傲霜枝。
一年好景君须记，　最是橙黄橘绿时。

这首诗作于元祐五年（1090）苏轼知杭州时。刘季孙，字景文，北宋开封祥符（今属河南开封）人，当时任两浙兵马都监，也在杭州。苏轼很看重刘景文，曾称他为“慷慨奇士”，与他诗酒往还，交谊颇深。

诗中所咏为初冬景物。为了突出“橙黄橘绿”这一年中最好的景致，诗人先用高度概括的笔墨描绘了一幅残秋的图景：那曾经碧叶接天、红花映日的渚莲塘荷，现在早已翠减红衰，枯败的茎叶再也不能举起绿伞，遮挡风雨了；独立疏篱的残菊，虽然蒂有余香，却亦枝无全叶，唯有那挺拔的枝干斗风傲霜，依然劲节。自然界千姿万态，一年之中，花开花落，可说是季季不同，月月有异。这里，诗人却只选择了荷与菊这两种分别在夏、秋独擅胜场的花，写出它们的衰残，来衬托橙橘的岁寒之心。诗人的高明还在于，他不是简单地写出荷、菊花朵的凋零，而将描写的笔触伸向了荷叶和菊枝。这是因为，在百花中，“唯有绿荷红菡萏”，是“此花此叶长相映”的（李商隐《赠荷花》）。历来诗家咏荷，总少不了写叶：如“点溪荷叶叠青钱”（杜甫《绝句漫兴》）、“接天莲叶无穷碧”（杨万里《晓出净慈寺送林子方》）、“留得枯荷听雨声”（李商隐《宿骆氏亭寄怀崔雍崔衮》)……由此看来,终荷花之一生,荷叶都是为之增姿,不可或缺的。苏轼深知此理,才用擎雨无盖表明荷败净尽,真可谓曲笔传神!同样,菊之所以被誉为霜下之杰,不仅因为它蕊寒香冷,姿怀贞秀,还因为它有挺拔劲节的枝干。花残了,枝还能傲霜独立,才能充分体现它孤标傲世的品格。诗人的观察可谓细致矣,诗人把握事物本质的能力亦可谓强矣!这两句字面相对,内容相连,是谓"流水对"。"已无""犹有",一气呵成,写出二花之异。

可是,不论是先谢还是后凋,它们毕竟都过时了,不得不退出竞争,让位于生机盎然的初冬骄子——橙和橘。至此,诗人才满怀喜悦地提醒人们:请记住,一年中最美好的风光还是在"青黄杂糅,文章烂兮"(屈原《橘颂》)的初冬时节!这里橙橘并提,实则偏重于橘。从屈原的《橘颂》到张九龄的《感遇(江南有丹橘)》,橘树一直是诗人歌颂的"嘉树",橘实则"可以荐嘉客"。橘树那"经冬犹绿林""自有岁寒心"的坚贞节操,岂止荷、菊不如,直欲与松柏媲美了。难怪诗人要对它特别垂青!

前人曾将此诗与韩愈《早春呈水部张十八员外》一诗相提并论:"'天街小雨润如酥,草色遥看近却无。最是一年春好处,绝胜烟柳满皇都。'此退之早春诗也;'荷尽已无擎雨盖……'此子瞻初冬诗也。二诗意思颇同而词殊,皆曲尽其妙。"(胡仔《苕溪渔隐丛话》)两诗虽构思和描写手法相似,艺术工力悉敌,内容却以苏诗为胜。这是因为,韩诗虽也含有一定哲理,却仍只是一首单纯的写景诗;苏诗则不然,它融写景、咏物、赞人于一体,借物喻人,赞颂刘景文的品格和节操。韩诗所赞乃人人心目中皆以为好的早春;苏诗却把那些“悲秋伤春”的诗人眼中最为萧条的初冬写得富有生意和诗意,于此也可见他旷达开朗、不同寻常的性情和胸襟。真是浅语遥情,耐人寻味。 **(陈文华)**

荔支叹

十里一置飞尘灰,① 五里一堠兵火催。②
颠坑仆谷相枕藉, 知是荔支龙眼来。
飞车跨山鹘横海,③ 风枝露叶如新采。
宫中美人一破颜,④ 惊尘溅血流千载。
永元荔支来交州,⑤ 天宝岁贡取之涪。⑥
至今欲食林甫肉, 无人举觞酹伯游。
我愿天公怜赤子, 莫生尤物为疮痏。⑦
雨顺风调百谷登, 民不饥寒为上瑞。
君不见:武夷溪边粟粒芽,⑧ 前丁后蔡相笼加。⑨
争新买宠各出意, 今年斗品充官茶。⑩
吾君所乏岂此物? 致养口体何陋耶!
洛阳相君忠孝家, 可怜亦进姚黄花。⑪

〔注〕 ① 置:古代的驿站,差官歇脚换马的地方。 ② 堠(hòu):古代记里程的土堆,这里也指驿站。 ③ 飞车:古代神话中能在天空飞行的快车。鹘(gǔ):海鸟的一种,古代船上刻鹘作为装饰,这里指海船。 ④ 宫中美人:指杨贵妃。破颜:发笑。《新唐书·杨贵妃传》:"妃嗜荔支,必欲生致之,乃置骑传送,走数千里,味未变,已至京师。" ⑤ "永元"句:作者自注:"汉永元中交州进荔支龙眼,十里一置,五里一堠,奔腾死亡,罹猛兽毒虫之害者无数。" ⑥ 天宝岁贡:作者自注:"唐天宝中,盖取涪州荔支,自子午谷路进入。" ⑦ 尤物:特别美好的东西,一般用于贬义。疮痏(wěi):疮伤。 ⑧ 粟粒芽:武夷山名贵的茶。 ⑨ 前丁后蔡:指丁谓和蔡襄。作者自注:"大小龙茶始于丁晋公,而成于蔡君谟,欧阳永叔闻君谟进小龙团,惊叹曰:'君谟,士人也,何至作此事!'"丁谓,字谓之,真宗时为参知政事,封晋国

公。蔡襄，字君谟，仁宗时进士。笼加：指包装。 ⑩ 斗品：宋代有赛茶之风，官僚们把选赛出的名品，称为斗品。 ⑪ 姚黄花：牡丹花的名品，其始为姚姓所培育。作者自注："洛阳贡花，自钱惟演始。"

这首七言古诗，作于哲宗绍圣二年（1095），作者正被贬谪在广东惠州。他初次尝到南方甜美的果品荔支、龙眼，极为赞赏；但也不禁联想到汉唐时代进贡荔支给人民造成的灾难。在诗中作者揭示了由于皇家的穷奢极欲，官吏媚上取宠，各地名产都得进贡的弊政。同时对宋代的进茶、进花，也作了深刻的讽刺。

开篇四句描写汉代传送荔支，刻不容缓，急如星火的情景。皇家为了要吃到南方进贡的新鲜荔支，不惜叫差官十里换一次马，五里设一个站亭，拼命地传送。快马疾驰，尘土飞扬，有如传递紧急军事情报一样。人马由于奔跑太快，导致死伤的人很多。有的跌入土坑，有的倒在山谷，尸体散乱地堆叠在一起，给人民带来意想不到的灾难。接下去"飞车跨山鹘横海"以下四句，写唐代传送荔支的情景，前两句指出唐明皇为了加快传递的速度，使尽一切办法，用飞车踏过山冈，用快船越过海道，让风枝露叶的荔支，如同新采的一样，供他们享受。后两句描述唐明皇为着博得杨贵妃的欢心，在进贡荔支的途中，不知摧残了多少人的生命，惊尘溅血，似乎千载而后，那些人的鲜血还没有干："宫中美人一破颜，惊尘溅血流千载。"精神飞动，寄慨遥深，成为全诗警句。杜牧在《华清宫》诗中说："一骑红尘妃子笑，无人知是荔支来。"揭露的正是这种情况，但造语不及东坡的雄浑。

接着以"永元荔支来交州"等八句，总结汉唐两代进贡荔支的弊政，并致以深沉的感慨和愿望。“永元”句总括开头四句，永元是汉和帝（刘肇）的年号，当时进贡的荔支，来自两广南部的交州。“天宝”句总括次四句，天宝是唐明皇（李隆基）的年号，唐时岁贡的荔支，是取自四川涪州（治所在今四川绵阳）。“至今”两句，表明直到现今，人们都痛恨唐明皇时的宰相李林甫，他处处谄媚皇帝，阿谀取宠，对进贡荔支，不加谏阻，人们恨不得吃他的肉，这自然是可以理解的。然而对汉和帝时的唐伯游（唐羌字），却很少有人酹酒来纪念他。唐伯游当年做湖南临武县令，见到传送荔支，死亡惨重，曾经上书给汉和帝，建议罢除交州荔支的进贡，和帝因而下令不再进献。他为人民做过好事，却没有得到应有的尊敬。可见现在能够继承唐伯游精神的人是很少的。“我愿”以下四句，作者表白了自己虔诚的愿望，祝愿上天能够悯恤黎民，不要生出像荔支那样特殊美好的珍品，给人民带来灾祸。只要风调雨顺，百谷丰收，人民无饥寒冻馁之忧，这便是国家上等的祥瑞。作者感念民瘼的深情，表达了他“悲歌为黎民”的愿望。

最后八句又为一段，由感叹汉唐进贡荔支的弊政，联系到当世又有贡茶、贡花之事。进贡荔支，固然使人民遭殃；贡茶贡花，同样是官僚们取媚皇家的行径，同样会给人民带来苦难。应当予以罢除。作者先以“君不见武夷溪边粟粒芽，前丁后蔡相笼加”两句，提出福建贡茶，开始于宋真宗时的奸相丁谓，后来仁宗时的学士蔡襄，也进贡过名茶。他们各出主意，贡上粟粒芽等名茶，借以争新买宠。就在今年，官吏们还借斗茶为名，所得名品，都成了进贡皇家的官茶。这种奉养皇帝口体之欲的东西，只不过是满足皇帝的物质享受，对治国安民又有什么好处？难道君王所缺乏的就是这些？这样做也未免太鄙陋了。结尾两句："洛阳相君忠孝家，可怜亦进姚黄花。"进一步揭出贡花一事，始于洛阳相君钱惟演。钱惟演是吴越王钱俶的儿子，钱俶主动归降宋朝，被称为"以忠孝而保社稷"。钱惟演晚年曾为使相（宋代对留守节度使，加上侍中、中书令、同平章事〔宰相〕职衔，称为使相），留守西京（宋以洛阳为西京）。所以称洛阳相君，他曾经把洛阳名贵的姚黄牡丹，进贡给仁宗。从此洛阳就年年贡花。这两句感叹即使如洛阳使相，本是忠孝之家，可惜也向朝廷进贡名花以邀宠，而不知这种做法，对人民有害，言外不胜惋惜。

这首诗历来被誉为"史诗"。诗中把描写和议论结合起来，把对历史的批判和对现实的揭露结合起来。表明作者虽在政治上累遭打击，但他忠于国家，即使在贬所也仍然关心现实，常常在诗中提出自己的政见，指陈得失，一颗赤子之心，是经常和人民的疾苦联系在一起的。就诗来说，也写得跌宕起伏，沉郁顿挫，深得老杜神髓。

（马祖熙）

六月二十日夜渡海

参横斗转欲三更，　　苦雨终风也解晴！
云散月明谁点缀，　　天容海色本澄清。
空余鲁叟乘桴意，　　粗识轩辕奏乐声。
九死南荒吾不恨，　　兹游奇绝冠平生！

绍圣元年(1094)，哲宗亲政，蔡京、章惇之流用事，专整元祐旧臣；苏轼更成了打击迫害的主要对象，一贬再贬，由英州(州治在今广东英德)而惠州，最后远放儋州，前后七年。直到哲宗病死，才遇赦北还。这首诗，就是元符三年(1100)六月自海南岛返回时所作。

纪昀评此诗说："前半纯是比体。如此措辞，自无痕迹。""比"者，"以彼物比此物也"；既"以彼物比此物"，很难不露"痕迹"。但这四句诗，的确是不露"比"的"痕迹"的。

"参横斗转"，是夜间渡海时所见；"欲三更"，则是据此所作的判断。曹植《善哉行》："月没参横，北斗阑干。"这说明"参横斗转"，在中原乃是天快黎明之时的景象。而在海南，则与此不同，王文诰指出："六月二十日海外之二、三鼓时，则参已早见矣。"这句诗写了景，更写了人。一是表明"欲三更"，黑夜已过去了一大半；二是表明天空是晴明的，剩下的一小半夜路也不难走。因此，这句诗调子明朗，可见其时诗人的心境。而在此之前，还是"苦雨终风”，一片漆黑。连绵不断的雨叫“苦雨”，大风叫“终风”。这一句紧承上句而来。诗人在“苦雨终风”的黑夜里不时仰首看天，终于看见了“参横斗转”，于是不胜惊喜地说：“苦雨终风也解晴。”

三、四两句，就“晴”字作进一步抒写：“云散月明”，“天容”是“澄清”的；风恬雨霁，星月交辉，“海色”也是“澄清”的。这两句，以“天容海色”对“云散月明”，仰观俯察，形象生动，连贯而下，灵动流走。而且还用了句内对：前句以“月明”对“云散”，后句以“海色”对“天容”。这四句诗，在结构方面又有共同点：每句分两节，先以四个字写客观景物，后以三个字表主观抒情或评论。唐人佳句，多浑然天成，情景交融。宋人造句，则力求洗练与深折。从这四句诗，既可看出苏诗的特点，也可看出宋诗的特点。

三、四两句看似写景，而诗人意在抒情，抒情中又含议论。就客观景物说，雨止风息，云散月明，写景如绘。就主观情怀说，始而说“欲三更”，继而说“也解晴”；然后又发一问：“云散月明”，还有“谁点缀”呢？又意味深长地说：“天容海色”，本来是“澄清”的。而这些抒情或评论，都紧扣客观景物，贴切而自然。仅就这一点说，已经是很有艺术魅力的好诗了。

然而上乘之作，还应有言外之意。三、四两句，写的是眼前景，语言明净，读者不觉得用了典故。但仔细寻味，又的确“字字有来历”。《晋书·谢重传》载：谢重陪会稽王司马道子夜坐，“于时月夜明净，道子叹以为佳。重率尔曰：‘意谓乃不如微云点缀。’道子戏曰：‘卿居心不净，乃复强欲滓秽太清耶？’”（参看《世说新语·言语》）“云散月明谁点缀”一句中的“点缀”一词，即来自谢重的议论和道子的戏语，而“天容海色本澄清”，则与“月夜明净，道子叹以为佳"契合。这两句诗,境界开阔,意蕴深远,已经能给读者以美的感受和哲理的启迪;再和这个故事联系起来,就更多一层联想。王文诰就说:上句,"问章惇也";下句,"公自谓也"。"问章惇",意思是:你们那些"居心不净"的小人掌权,"滓秽太清",弄得"苦雨终风",天下怨愤。如今"云散明月",还有谁"点缀"呢?"公自谓",意思是:章惇之流"点缀"太空的"微云"既已散尽,天下终于"澄清",强加于我苏轼的诬蔑之词也一扫而空。冤案一经昭雪,我这个被陷害的好人就又恢复了"澄清"的本来面目。从这里可以看出,如果用典贴切,就可以丰富诗的内涵,提高语言的表现力。

五、六两句,转入写"海"。三、四句上下交错,合用一个典故;这两句则分别用典,显得有变化。"鲁叟"指孔子。孔子是鲁国人,所以陶渊明《饮酒诗》有"汲汲鲁中叟"之句,称他为鲁国的老头儿。孔子曾说过"道不行,乘桴浮于海"(《论语·公冶长》),意思是:我的道在海内无法实行,坐上木筏子漂洋过海,也许能够实行吧!苏轼也提出过改革弊政的方案,但屡受打击,最终被流放到海南岛。在海南岛,"饮食不具,药石无有",尽管和黎族人民交朋友,做了些传播文化的工作;但作为"罪人",又哪里能谈得上"行道"?如今渡海北归,回想多年来的苦难历程,就发出了"空余鲁叟乘桴意"的感慨。这句诗,用典相当灵活。它包含的意思是:在内地,我和孔子同样是"道不行"。孔子想到海外去行道,却没去成;我虽然去了,并且在那里待了好几年,可是当我离开那儿渡海北归的时候,又有什么"行道"的实绩值得自慰呢?只不过空有孔子乘桴行道的想法还留在胸中罢了!这句诗,由于巧妙地用了人所共知的典，因而寥寥数字，就概括了曲折的事，抒发了复杂的情；而“乘桴”一词，又准确地表现了正在“渡海”的情景。“轩辕”即黄帝，黄帝奏乐，见《庄子·天运》：“北门成问于黄帝曰：‘帝张咸池之乐于洞庭之野，吾始闻之惧，复闻之怠，卒闻之而惑；荡荡默默，乃不自得。’”苏轼用这个典，以黄帝奏咸池之乐形容大海波涛之声，与“乘桴”渡海的情境很合拍。但不说“如听轩辕奏乐声”，却说“粗识轩辕奏乐声”，就又使人联想到苏轼的种种遭遇及其由此引起的心理活动。就是说：那“轩辕奏乐声”，他是领教过的；那“始闻之惧，复闻之怠，卒闻之而惑”，他是亲身经历、领会很深的。“粗识”的“粗”，不过是一种诙谐的说法，口里说“粗识”其实是“熟识”啊！

尾联推开一步，收束全诗。“兹游”，直译为现代汉语，就是“这次出游”或“这番游历”，这当然首先照应诗题，指“六月二十日夜渡海”。但又不仅指这次渡海，还推而广之，指自惠州贬儋县的全过程。绍圣元年，苏轼抵惠州贬所，不得签书公事。他从绍圣四年六月十一日与苏辙诀别、登舟渡海，到元符三年六月二十日渡海北归，在海南岛渡过了四个年头的流放生涯。这就是所谓“兹游”。很清楚，下句的“兹游”与上句的“九死南荒”并不是互不相蒙的两个概念，那“九死南荒”，即包含于“兹游”之中。当然，“兹游”的内容更大一些，它还包含此诗前六句所写的一切。

弄清了“兹游”的内容及其与“九死南荒”的关系，就可品出尾联的韵味。“九死”者，多次死去也。“九死南荒”而“吾不恨”者，是由于“兹游奇绝冠平生”，看到了海内看不到的“奇绝”景色。然而“九死南荒”，全出于政敌的迫害；他固然达观，但哪能毫无恨意呢？因此，“吾不恨”毕竟是诗的语言，不宜呆看。这句既含蓄，又幽默，对政敌的调侃之意，也见于言外。读至此，诗人的旷达襟怀和豪放性格也就跃然纸上了。（霍松林）

寄黄幾复

我居北海君南海，　寄雁传书谢不能。
桃李春风一杯酒，　江湖夜雨十年灯。
持家但有四立壁，　治病不蕲三折肱。
想见读书头已白，　隔溪猿哭瘴溪藤。

此诗作于神宗元丰八年(1085)，其时诗人监德州(今属山东)德平镇。黄幾复，名介，南昌(今属江西)人，与诗人少年交游，此时知四会县(今属广东)；其事迹见《黄幾复墓志铭》(《豫章黄先生文集》卷二三)。

首句"我居北海君南海"化用《左传·僖公四年》楚子问齐桓公"君处北海，寡人处南海"的话，起势突兀。写彼此所居之地一"北"一"南"，已露怀念友人、望而不见之意；各缀一"海"字，更显得相隔辽远，海天茫茫。作者跋此诗云："幾复在广州四会，予在德州德平镇，皆海滨也。""海滨"，当然不等于"海上"。作者直说"我居北海""君(居)南海"，一是为了"字字有来历"，二是为了强调相隔之远、相思之深。

"寄雁传书谢不能"，从第一句中自然涌出，在人意中；但又有出人意外的地方。两位朋友一在北海，一在南海，相思不相见，自然就想到寄信；"寄雁传书"的典故也就信手拈来。李白长流夜郎，杜甫在秦州作的《天末怀李白》诗里说："凉风起天末，君子意如何？鸿雁几时到，江湖秋水多。”强调音书难达，说“鸿雁几时到”就行了。黄庭坚却用了与众不同的说法：“寄雁传书谢不能。”我托雁儿捎一封信去，雁儿却谢绝了。这样一来，立刻变陈熟为生新。黄庭坚是讲究“点铁成金”法的，这句可算成功的例子。

“寄雁传书”，本非实事，《汉书・苏武传》讲得很清楚。但既用此典，就要考虑雁儿究竟能飞到何处。相传大雁南飞，至衡阳而止，故王勃《秋日登洪府滕王阁饯别序》云：“雁阵惊寒，声断衡阳之浦。”黄庭坚这一句，亦同此意；但写得更有情趣。

第二联在当时就很有名。《王直方诗话》云：“张文潜谓余曰：黄九云：‘桃李春风一杯酒，江湖夜雨十年灯。’真奇语。”这两句所用的词都是常见的，谈不上“奇”。张耒称为“奇语”，是就其整体的意境而说的。上句追忆京城相聚之乐，下句抒写别后相思之深。诗人摆脱常境，不用“当年相会”之类的说法，却拈出“一杯酒”三字。“一杯酒”，这太常见了！但唯其常见，正可给人以丰富的暗示。杜甫《春日忆李白》云：“何时一樽酒，重与细论文?”故人相见，或谈心，或论文，总离不开饮酒。当日相聚时的种种情事，尽包含在这三字之中。诗人又选了“桃李”“春风”两个词。这两个词，也很陈熟，但正因为熟，能够把阳春烟景一下子唤到读者面前，给人以美感和快感，同时又喻示了彼此少年时春风得意的神情。

下句“江湖”一词，能使人想到流转漂泊，远离朝廷。杜甫《梦李白》云：“江湖多风波，舟楫恐失坠。”“夜雨”，能引起怀人之情，李商隐《夜雨寄北》云：“君问归期未有期，巴山夜雨涨秋池。”在“江湖”而听“夜雨”，就更增萧索之感。而“十年灯”，则是作者的首创。此语和“江湖夜雨”相联缀，就能激发读者的一连串想象：两个朋友，各自漂泊江湖，每逢夜雨，独对孤灯，互相思念，深宵不寐。而这般情景，已延续了十年之久！

温庭筠《商山早行》云：“鸡声茅店月，人迹板桥霜。”二句不用一动词，而早行境界全出。此诗吸取了温诗的句法，创造了独特的意境。“桃李春风”与“江湖夜雨”，这是“乐”与“哀”的对照，快意与失望，暂聚与久别，往日的交情与当前的思念，都从时、地、景、事、情的强烈对照中表现出来，令人寻味无穷。张耒评为“奇语”，确有见地。

后四句，从“持家”“治病”“读书”三个方面表现黄幾复的为人和处境。

“持家，——但有四立壁”，“治病，——不蕲三折肱”。这两个句子，也是相互对照的。作为一个县的长官，家里只有立在那儿的四堵墙壁，说明他清正廉洁，这句是化用司马相如“家居徒四壁立”的典故。“治病”句是化用《左传·定十三年》记载的一句古代成语：“三折肱，知为良医。”意思是：一个人如果三次跌断胳膊，就可以成为一个好医生；因为他必然积累了治疗和护理的丰富经验。在这里，是说黄幾复善“治国”。“治病”和“治国”的道理是相通的，所以《国语·晋语》里就有“上医医国，其次救人”的说法。黄庭坚在《送范德孺知庆州》诗里也说范仲淹“平生端有活国计，百不一试埋九京”。作者称黄幾复善“治病”、但并不需要“三折肱”，言外之意是他已经有政绩，显露了治国救民的才干，为什么还不重用，老要他在下面跌撞呢？

尾联以“想见”领起，与首句“我居北海君南海”相照应。在作者的想象里，十年前在京城的“桃李春风”中把酒畅谈理想的朋友，如今已白发萧萧，却仍然像从前那样好学不倦！他“读书头已白”，还只在海滨作一县令。其读书声是否还像从前那样欢快悦耳，没有明写，而以“隔溪猿哭瘴溪藤”作映衬，就给整个图景带来凄凉的氛围；不平之鸣，怜才之意，也都蕴含其中。这句诗是从李贺“不见年年辽海上，文章何处哭秋风”（《南园》十三首之六）化出，而意思更为深沉。

黄庭坚好用典故，此诗虽“无一字无来处”，但不觉晦涩；有的地方，还由于活用典故而丰富了诗句的内涵；而取《左传》《史记》中的散文语言入诗，又给近体诗带来苍劲古朴的风味。

黄庭坚又主张“宁律不谐而不使句弱”。他的不谐律是有讲究的，方东树就说他“于音节尤别创一种兀傲奇崛之响，其神气即随此以见”。此诗“持家”句两平五仄，“治病”句也顺中带拗，其兀傲的句法与奇峭的音响，正有助于表现黄幾复廉洁干练，刚正不阿的性格。

总之，此诗善用典实，内蕴丰富，以故为新，运古于律，拗折波峭，很能表现出黄诗的特色。（霍松林）

黄庭坚

戏呈孔毅父

管城子无食肉相，　　孔方兄有绝交书。
文章功用不经世，　　何异丝窠缀露珠？
校书著作频诏除，　　犹能上车问何如。
忽忆僧床同野饭，　　梦随秋雁到东湖。

黄庭坚一生政治上不得意，所以常有弃官归隐的念头，而有时还不免夹带一点牢骚。这首写给他朋友孔毅父（名平仲）的诗，题头冠一“戏”字，正表现了他对自己浮沉下位、无所事事的生活境遇的自嘲自解。

开头两句就写得很别致。管城子，指毛笔。韩愈的《毛颖传》将毛笔拟人化，为之立传，还说它受封为管城子，诗语来源于此。食肉相，用《后汉书·班超传》的典故。据《后汉书·班超传》记载，看相的人曾说班超“燕颔虎颈，飞而食肉，此万里侯相也”，后来班超投笔从戎，立功西域，果然封侯。孔方兄，钱的别称。古时的铜钱中有方孔，故有此称，语出鲁褒《钱神论》：“亲爱如兄，字曰孔方”，暗含鄙视与嘲笑之意。绝交书，则取自嵇康《与山巨源绝交书》。两句诗的意思是：我靠着一支笔杆子立身处世，既升不了官，也发不了财。但作者不这样明说，而是精心选择了四个本无关联的典故，把它们巧妙地组合到一起，构成了新颖奇特的联想。笔既然称“子”，当然可以食肉封侯；钱既然称“兄”，也就能够写绝交书。将自己富贵无望的牢骚,用这样的方式表达出来,非但不觉生硬,还产生了谐谑幽默的情趣。

三四句承上作进一步阐述:我的文章既然没有经邦济世的功用,那跟蜘蛛网上缀着的露珠又有什么两样呢?这是解释自己未能博取功名富贵的原因,归咎于文章无益于世,表面看来是自责,实际上说的反话,暗指文章不为世人赏识,在自嘲中寓有自负的意味。丝窠缀露珠,用清晨缀附于蛛网上闪闪发亮的露水珠子,来比喻外表华美而没有坚实内容的文章,构想新奇动人。

五六句转入当前仕宦生活的自白。作者于元丰八年(1085)应召还京,受任秘书省校书郎,元祐二年(1087)改官著作佐郎,诗中“校书著作频诏除”,就是指的这件事,“除”是授官的意思。但这两句诗不单纯是纪实,同时也在用典。北齐颜之推《颜氏家训·勉学》中谈到,梁朝全盛之时,贵家子弟大多没有真才实学,却担任了秘书郎、著作郎之类官职,以致当时谣谚中有“上车不落则著作,体中何如即秘书”的讽刺语。这里套用成语,说自己受任校书、著作,也跟梁代那些公子哥儿们一样,不过能登上车子问候别人身体如何罢了。校书郎、著作佐郎在宋代都是闲散官职,位卑言轻,无可作为。诗意表面上说自己尸位素餐,其实是对于碌碌无为的官场生涯的不满。

仕宦既不如意,富贵又无望,怎么办才好呢?于是逼出了最后两句的追思。诗人说:忽然回忆起当年跟你一起在僧床便饭的情景,我的梦魂便随着秋雁飞到了老家东湖边。东湖,在今江西省南昌市郊,距离作者的家乡分宁(今江西修水)不远。回忆东湖旧游,含有弃官归隐的意思。这是诗人在内心矛盾解脱不开的情况下所能想到的唯一出路。而不直说退隐，却写对往事的追忆，也给诗篇结尾添加了吞吐含茹的风韵。

这首诗抒写不得志的苦闷，却采用了自我嘲戏的笔调，感情上显得比较超脱，而诗意更为深曲。不明瞭这一点，反话正听，把作者真看成一个对功名事业毫不婴心的人，则是出于对诗篇的误解。文字技巧上的最大特点是善用典故，不仅用得自然贴切，还能通过生动的联想，将不同的故事材料串联组合起来，形成新的意象，取得出奇制胜的效果。这已经是一种艺术的再创造，没有深厚的文学修养是做不到的。黄庭坚为后来的江西诗人开了这个重要的法门，虽然他也不免有钻入牛角尖的时候。

（陈伯海）

王充道送水仙花五十枝，欣然会心，为之作咏

凌波仙子生尘袜，　　水上轻盈步微月。
是谁招此断肠魂？　　种作寒花寄愁绝。
含香体素欲倾城，　　山矾是弟梅是兄。
坐对真成被花恼，　　出门一笑大江横。

黄庭坚被卷入新旧党的斗争后，曾贬谪四川的黔州（治所在今彭水）、戎州（治所在今宜宾）数年，建中靖国元年（1101）五十一岁时，奉召自四川回到湖北，乞知太平州（治所在今安徽当涂），在荆州（今属湖北）沙市候命。此诗为沙市过冬时之作。这年冬天，作者写了四题有关水仙花的诗，以本诗为最著。

在它题中，作者用梅花、兰花等来和水仙比较，这首诗却用人物作比。所谓人物，是传说中的洛神。水仙花，放在盆中与水石同供，白花黄心，有“金盏银台”之称，绿叶亭亭，幽香微吐，是冬天花中清品。曹植《洛神赋》：“凌波微步，罗袜生尘。”写洛神飘然行水的姿态。诗篇开头两句：“凌波仙子生尘袜，水上轻盈步微月。”用洛神的形象来写水仙，把植立盆中不动的花朵，写成“轻盈”慢步的仙子，化静为动，化物为人，凌空取神，把水仙的姿态写得非常动人。微月，任渊注：“盖言袜如新月之状”，这说得通。但假如把“微月”看成步的补语，即谓缓步于“微月”之下，也未尝没有依

据,《洛神赋》的“步蘅薄而流芳”句,“蘅薄”亦作“步”的补语。任注不必看成“定诂”,后说亦可参研。这两句直呼“凌波仙子”,未写到花,下面两句:“是谁招此断肠魂?种作寒花寄愁绝。”就由洛神转到花,点出洛神是用以比花。上两句写姿态,这两句写心灵,进一步把花人格化,表现作者对花有深情,能够看出它有一种“楚楚可怜”之态,像美人心中带有“断肠魂”一样,使人为之“愁绝”。“断肠魂”移来状花,但说的还是洛神。洛神的断肠是由于对爱情的伤感,《洛神赋》写她:“抗罗袂以掩涕兮,泪流襟之浪浪。”这三个字无论说水仙或说洛神,都是很动人的,因为把其整体概括成为这样的一种“灵魂”,是有极大的引起联想和同情的力量的。

前面四句,是扣住水仙本身的描写;下面四句,从水仙引来山矾、梅花,并牵涉到诗人本身,作旁伸横出的议论和抒情,意境和笔调都来个大的变换。“含香体素欲倾城,山矾是弟梅是兄。”上句仍从水仙说,用“倾城”美人比喻花的清香洁白的芳韵;下句则拿山矾、梅花来比较,说水仙在梅花之下而居山矾之上。山矾,这个名字是黄庭坚起的,山矾本名郑花,木高数尺,春开小白花,极香,叶可以染黄,庭坚因其名太俗,改为山矾。他在《戏咏高节亭边山矾花二首》的《序》中说到此事。用山矾来比水仙,也始于黄庭坚,有些人不服气,说山矾和水仙不好相比,杨万里《水仙花》:“金台银盏论何俗,矾弟梅兄品未公。”黄庭坚一时兴到之言,不是仔细在那里品评。不然,前五句都用美女形容水仙,写得那样幽细秀美,为何第六句会忽作粗犷之笔,把三种花都男性化了,大谈什么“兄弟”问题?前后的不统一,不调和,几乎有点滑稽。作者正是有意在这种出人意外的地方,表现他写诗的随意所适,抒写自由，我们用不着费心去考虑他的比喻是否完全贴切。这一句诗使人惊为粗犷，惊为与前面描写格调的不统一，不调和，还是第一步；作者还有意要把这种情况引向前进。试看最后两句："坐对真成被花恼，出门一笑大江横。"被花恼，语本杜甫《江畔独步寻花七绝句》，杜甫与庭坚，都不是真正"恼花"，恼花是来自爱花。杜甫是恼赏花无人作伴；庭坚是恼独坐对花，欣赏太久，感到寂寞难受。诗说赏花之后，想散散心，换换眼界，故走出门外。谁知作者所写出门后对之欣赏而"一笑"的，却是"横"在面前的"大江"。这个形象，和前面所写的水仙形象相比，真是"大"得惊人，"壮阔"得惊人；诗笔和前面相比，也是"横"得惊人，"粗犷"得惊人。这两句诗，不但形象、笔调和前面的显得不统一，不调和，而且转接也很奇突。宋陈长方《步里客谈》说杜甫诗《缚鸡行》结尾从"鸡虫得失无了时"，忽转入"注目寒江倚山阁"，"断句旁入他意，最为警策"，庭坚此诗，当是仿效。清方东树《昭昧詹言》说："山谷之妙，起无端，接无端，大笔如椽，转如龙虎。扫弃一切、独提精要之语，往往承接处中亘万里，不相连属，非寻常意计所及。此小家何由知之？"这些话，可帮助认识本诗出奇的结语的作意和功力所在。

纪昀《书山谷集后》说庭坚的七言古诗："离奇孤矫，骨瘦而韵远，格高而力壮。"这一首诗，从整体看，是"离奇孤矫"；从前半看，是"骨瘦而韵远"；从后半看，是"格高而力壮"。《昭昧詹言》评本诗的起四句是"奇思奇句"，"山矾"句是"奇句"，结句是"遒老"，也有见地。文学作品，千变万化，有以统一、调和为美的，也有以不统一、不调和为美的。从不统一、不调和中看出它的统一和调和，是欣赏文学作品的关键之一。能够掌握这个关键，就可以从本诗的不统一、不调和中看出它的参差变幻之美。陆游《赠应秀才》诗："文章切忌参死句"，把问题看得太简单，看得太死，往往就会走上"参死句"的道路，交臂而失诸佳作。　　　　（陈祥耀）

雨中登岳阳楼望君山二首

投荒万死鬓毛斑，　生出瞿塘滟滪关。[①]
未到江南先一笑，　岳阳楼上对君山。

满川风雨独凭栏，　绾结湘娥十二鬟。
可惜不当湖水面，　银山堆里看青山。

〔注〕 ① 瞿塘、滟滪：四川瞿塘峡（长江三峡之一）中最险处。

这两首诗是黄庭坚七绝中的冠冕之作，兀傲其神，崛蟠其气，被广泛传诵。但奇怪的是却被清人方东树、黄爵滋、曾国藩等人所忽略。他们的《昭昧詹言》《读山谷诗集》和《求阙斋读书录》，曾评点了山谷的不少名篇，却视不及此。可能是沧海遗珠，也可能是因为文艺批评眼光不同。

这两首诗的妙处是境界雄奇。尽管第一首的雄奇偏于动，第二首的雄奇偏于静，却都显示了诗人的胸襟高旷和文辞挺拔，于政局动荡、频历艰难困苦之余，仍旧卓然兀立，雄视千古，诚为不易。

第一首首句“投荒万死”，沉痛而并不衰飒，这就轻轻地引出了次句的欢欣。前面分明讲到“万死”，但一转而为“生出”，特别是历经航行之险的“瞿塘滟滪”等地而“生出”，走向家乡，这确乎是值得高兴！不过，这欢欣之情，在山谷笔下，可绝对不落窠臼，正如清人赵翼所说，山谷“不肯作一寻常语”(《瓯北诗话》卷十一)。他不是泛泛地说欢欣，而是以历代古人作为幸福象征的充溢诗情画意的“江南”在望，道出欢欣；不说“在望”，而是说“未到”；不是说将到未到的盼望，而是把欢欣之情化为具体的表情动作“一笑”；不仅仅是空洞地写“一笑”；而且写即使未到，但当登上岳阳楼，家乡在迩、“江南”在望时，就早已笑了起来，也就是诗人所说的“先一笑”了。不用说，诗里暂时还不可能写到的还乡以后，那就会更加大笑而特笑了。

从投荒四川到行将重见江南，从“万死”到“生出”，从登楼到眺望，这都是一系列的“动”：有行程之变，有心情之变。

第二首正面写眺望，眺望写得十分出奇。如果说前首偏于雄，而本首则更偏于奇。从当前君山想到有关湘夫人的古迹不算，还把君山写成湘夫人的发髻。此其一奇。深憾水势不大，以致不能在白浪堆中饱看青山，其浮想之阔，寄怀之壮，构思之美，笔力之雄，确乎是把八百里洞庭的乾坤摆荡，写得蓬蓬勃勃。此其二奇。

第一首不正面写君山，但诗人写了他的旷达豪雄心情，也可以说已经为君山图景安排了“蓄势”。诗人之高旷如此，君山之雄浑亦必如此。及至读到第二首正面写到君山，果然如此。作者并不止于当前君山，而能融合今古，把眺望时的凝思引入奇境，借远来而登高，借登高而望远，借望远而怀古，借怀古而幻念，极迁想妙得之观。朱熹评山谷“措意也深”，旨哉斯言！　　(吴调公)

黄庭坚

题落星寺四首(其三)

落星开士深结屋，　　龙阁老翁来赋诗。①
小雨藏山客坐久，　　长江接天帆到迟。
宴寝清香与世隔，　　画图妙绝无人知。②
蜂房各自开户牖，　　处处煮茶藤一枝。

〔注〕 ① 自注:“寺僧择隆,作宴坐小轩,为落星之胜处。” ② 自注:“僧隆画甚富,而寒山、拾得画最妙。”

落星寺在鄱阳湖北部,雄伟秀丽的庐山在其北。传说天上偶然陨落下一颗巨星,触地即化作一座小岛,那便是星子县境内著名的落星石,落星寺也因此得名。此寺嘘吸于湖光山岚之间,恍如仙境,加上那美妙的传说,自然成了墨客骚人流连忘返的去处。

黄庭坚是洪州分宁(今江西修水)人。从分宁沿修水向东,就可直抵鄱阳湖。他来过几次落星寺,今存于他诗集中《题落星寺》的诗共有四首,这里选的是最为脍炙人口的一首。诗题或作《题落星寺岚漪轩》。

开头两句点出寺院的幽深和吸引着文人雅士的题咏。“开士”就是和尚。“龙阁老翁”是指诗人的舅父李公择,他曾经做过龙图阁直学士,当时颇有诗名。这里其实是泛指历代曾来此题诗的墨客骚人,也含有作者自况的意思。“深结屋”的“深”字是全诗的关键,落星寺坐落在山间深处,因而幽静寂寥,下文便全从“深”

字铺展开去。

三四两句是此诗的警句,“小雨藏山”的“藏”字将雨和山都写活了。蒙蒙的细雨,从灰暗的天上飘散下来,密密麻麻的,给天地万象都蒙上了一层薄薄的轻纱,似乎要把眼前的一切都包藏在它无边无际的帷幔之中,诗人这里所捕捉的就是这样的形象。“藏山”二字。语本《庄子·大宗师》:“夫藏舟于壑,藏山于泽,谓之固矣。然而夜半,有力者负之而走,昧者不知也。”这是庄子的想象。而此句是想象与现实的结合,“小雨藏山”,人们司空见惯,然而只有在洞察敏锐的诗人笔下,才能以凝练的字句再现出这一画面。

天公既以小雨留客,诗人只得在寺中闲坐,也许与高僧谈禅,也许有清茗一杯相伴,然偶尔极目一望,那远接天涯的长江上时有星星点点的风帆慢慢驶近,但终因相距太远,像是永远也驶不到跟前。这一句的诗意是从韦应物《赋得暮雨送李胄》“漠漠帆来重,冥冥鸟去迟”两句化出。这一联对仗自然工稳,而且一气流走,不露斧凿之痕,但仔细品味,自可见诗人锤炼冥搜的功夫。这里虽是写景,然而景中有人、有情,“客”是诗人自指,但好客的主人也已隐然可见。这两句于写景中表现了落星寺的清幽僻静,寺院本深处山中,而山又包围在雨中,整个寺院于是便蒙上了一层迷离惝恍的色彩;而那天际风帆,离寺那么遥远,遥远得恍若隔世,反衬出落星寺的远离尘嚣。

宴寝,指休息安寝的便室。韦应物有句云:“宴寝凝清香”,(《郡斋雨中与诸文士燕集》)这第五句全从此化出。佛寺便室,清香一炷,淡淡氤氲,悠然而至,似与这山水、佛寺、小雨浑然一体,使人生出与世隔绝的感觉。诗人乘着游兴去看寺壁上的佛画,其中以僧隆的《寒山拾得图》最为妙绝。图画虽妙,但不为世人所知。这一句其实是脱胎于韩愈《山石》中的“僧言古壁佛画好,以火来照所见稀”两句。

黄庭坚论诗,有“点铁成金”“夺胎换骨”之说。所谓“点铁成金”,就是对古人陈言加以变化,便可化腐朽为神奇,成为自己的诗。所谓“夺胎换骨”依《冷斋夜话》的解释:“不易其意而造其语,谓之换骨法;规摹其意而形容之,谓之夺胎法。”五句可说是“点铁成金”,六句则是“夺胎换骨”。这两句着意渲染落星寺的幽静,紧扣着起句“深结屋”三字。

末二句是说: 寺中的僧房各各敞开着窗户,像是密集的蜂房一般,而到处都升起了缕缕青烟,告诉人们那里正在以一枝枯藤煮着香茗。枯藤在古代的诗画里经常出现,它不仅给人以凄幽的感觉,而且给人以美的联想。且不说杜甫的“蓝田丘壑蔓寒藤”,或是像元人小令中“枯藤老树昏鸦”那样的名句;就是在中国画中,青藤、枯藤也是画家笔下的心爱之物,甚至有的画家将自己的名字取为青藤(徐渭);就连书法家也追求枯藤般的笔致。任华称赞怀素的草书说:“更有何处最可怜,褭褭枯藤万丈悬。”赵孟頫《论书》也说:“苍藤古木千年意,野草闲花几日春。”黄庭坚本人能书善画,自然深明枯藤在艺术中的美学价值,因而这里的以藤煮茶,自是山中雅事,在诗人看来,清冽的山泉,上好的香茗,只有枯藤文火,方可取其真味。从这个意义上讲,最后的一结,笔致轻淡,然而留给了读者无限低回的余地。曲折地体现了寺中幽居的清虚绝俗之情。

这首诗在艺术上很有特色。从诗律上看,此诗属于拗律,就是故意将句中的平仄交换，造成音调的拗折，使诗句有一种奇崛瘦硬、不近凡庸的风貌。这种拗体所以为黄庭坚及江西派诗人所喜用，是与他们标新立异、出奇制胜的论诗宗旨相关的。

此诗还有一个特点：不用典故，不加藻饰，而全凭诗人烹字炼句的娴熟技巧，以平淡的语言写出，这在黄庭坚的诗中也是不可多得的。我国古代有所谓“白战”的手法，犹如手无寸铁的斗士，全凭勇气和智慧取胜。也如高雅的戏曲，不必假借舞台上喧闹的场面和豪华的布景，只凭它美妙的戏文、动听的唱腔便可打动观众的心弦；而内行的鉴赏家，自可闭上眼睛，细细地咀嚼品味它的韵味。读这首小诗，似乎也像是聆听了一曲优雅的清唱。

（王镇远）

登快阁

痴儿了却公家事，　　快阁东西倚晚晴。
落木千山天远大，　　澄江一道月分明。
朱弦已为佳人绝，　　青眼聊因美酒横。
万里归船弄长笛，　　此心吾与白鸥盟。

这首诗是黄庭坚于元丰五年(1082)知吉州太和县(今江西泰和)时所作,年三十八岁。快阁在太和县治东澄江之上,以江山广远、景物清华,故名。(见《清一统志》)

起二句叙写于公余之暇登快阁眺望,但是构思奇妙。黄庭坚大概因为是快阁而联想到晋夏侯济的话:"生子痴,了官事,官事未易了也。了事正作痴,复为快耳。"(《晋书·傅咸传》)黄庭坚却说,自己正是痴儿了却官事,所以有空闲登快阁玩赏,显示出一种兀傲的神情,笔势亦健拔。"倚"字用得好,含有倚阁赏晚晴两重意思,如果用"赏"字,就显得呆板了。然这个字的用法实自杜甫《缚鸡行》"注目寒江倚山阁"句学来。第三四两句写景,因为是雨后初晴,空气清朗,所以看到天之远大、月之分明,气象阔远。

第五六两句提笔发抒感慨。第五句用伯牙、钟子期事。钟子期听伯牙鼓琴,最能知音。"钟子期死,伯牙破琴绝弦,终身不复鼓琴。"(《吕氏春秋·本味》)史容注说:"用钟期事,不知谓谁。"按黄庭坚此处不一定有所专指,只是慨叹自己的心怀志事,世无知者，所以如伯牙之绝弦不复鼓琴，而聊且借美酒以遣怀自娱而已。“青眼”，用阮籍故事。阮籍能为青白眼，嵇喜来吊，籍作白眼，喜不怿而退。喜弟康闻之，乃赍酒挟琴造焉，籍大悦，乃见青眼。（《晋书·阮籍传》）“横”字用得生新。第二句“倚晚晴”之“倚”字，此处“聊因美酒横”之“横”字，都是极平常的字，但是经过黄庭坚的运化，即能点铁成金，可见黄诗炼字之法。末二句是说，想弃官归隐，“归船”“长笛”“白鸥”等，都足以增加诗中形象之美。

这是黄诗中的名作。通首“一气盘旋而下，而中间抑扬顿挫又极浏亮”（潘伯鹰评语，见所编《黄庭坚诗选》第 99 页）。姚鼐认为，这首诗“能移太白歌行于律诗”（方东树《续昭昧詹言》卷七转引），很能道出它的特点。元韦居安《梅磵诗话》说，太和的快阁，经黄庭坚作诗品题，“名重天下，前后和者无虑数百篇，罕有杰出者”。

（缪　钺）

夜发分宁寄杜涧叟

阳关一曲水东流，　灯火旌阳一钓舟。
我自只如常日醉，　满川风月替人愁。

黄庭坚的诗歌一般写得生涩拗峭，蹊径独辟，但也有少量篇什声情流美，逼近唐人风韵的。这首小诗便是一例。此诗约作于诗人早年离开家乡赴地方官任时。分宁（今江西修水）是诗人的老家。杜涧叟名槃，是他的友人，看来在诗人出发时曾来送别。

提起送别，不能不想到著名的《阳关》曲。阳关在今甘肃敦煌西南一百三十里，是唐代出西域的门户。王维《送元二使安西》这首动人的送别诗，写成后广泛流传，被谱为歌曲演唱，称作“渭城曲”；唱时还要把结尾一句重复三遍，所以又称“阳关三叠”。本篇以“阳关一曲水东流”发端，可见是在依依惜别的深情中乘船离开了乡土。故人有心，流水无情，不可解脱的矛盾，一上来就给全诗笼罩上感伤沉重的气氛。

次句承写舟中回望的情景。旌阳，山名，在分宁县东一里。舟船远去之际，旌阳山下的灯火仍依稀可辨，而自己已单独置身于一叶小舟之中，随流漂荡于江面上。此情此景，又何以堪？

以上叙写离别，尚未进入直接抒情。下联本应着力抒述内心的愁思，却突然翻出了新意：我只不过像平时那样喝醉罢了，倒是满川风月在替人悲愁啊！前一句语气极平淡，仿佛将满怀愁思都解除了;后一句出人意表,却又将悲愁加于江上的清风明月。难道真是愁思转移了吗？非也。物本无情,人自有情,以有情观无情,才会使无情之物染上人的主观情绪色彩。这一江风月的悲愁,不就是诗人离情的外射吗？诗人不但自己悲愁,还要让天地万物都来替他悲愁,这样的愁思可真是无边无际、难以排遣了。由此可以体会到前一句里的那个“醉”字,那并不是一般的酒醉,而是“借酒销愁愁更愁”呵！愁思浸满了心田,加上一点朦胧的酒意,放眼望去,满川风月,一片愁情。诗人确实感到自己醉了,但并非醉于酒,而是醉于那勃发浓郁的愁情。所以这句语气极平淡的话,其实包含着极深沉的苦味。

情景相生,是古典诗歌常用的手法,而形式多样,例子不胜枚举。本篇的后一联,将无情之物说成有情,而把有情的人,偏说成是无情,就形成了更为曲折、也更耐人寻思的情景关系,在艺术表现上是颇为新奇的。从这一点看来,诗的风格毕竟还打着黄庭坚个人的印记,与唐诗的自然浑成尚有差异。 **(陈伯海)**

春日五首(其一)

一夕轻雷落万丝，　　霁光浮瓦碧参差。
有情芍药含春泪，　　无力蔷薇卧晓枝。

这首七绝，以运思绵密、描摹传神见长。

春日大地，经过一夜细雨的滋润，春色更浓，各种花卉草木，千姿百态，穷丽极妍。对这特有的自然美，诗人没有作全面描摹，而是把镜头的焦点对准了庭园一角，摄下了一幅雨过初晴的精巧画面：琉璃瓦，浮光闪闪，犹如碧玉。那一株株芍药花，灿然盛开，由于水珠的重压，似在含泪欲泣，显得凄艳欲绝。蔷薇攀附着其他树枝，如佳人娇卧无力，百媚自生。在这里，有远景有近景，有动有静，有情有姿，随意点染，参差错落，描写生动细腻而又轻柔；在意境上以"春愁"统摄全篇，但通篇不露一"愁"字，读者则可以从芍药、蔷薇的情态中领悟到。

这首绝句，对自然景物不是一般的客观临摹，而是赋予人的情态，收到了情景相生的艺术效果。一夜细雨的沾润，娇嫩的花草已经感到承受不了。一个"含"字，一个"卧"字，不仅刻画了芍药、蔷薇经雨后的娇弱状态，传出了它们的愁绪，就连诗人的惜花之情，也都包孕在其中了。和风细雨尚且如此，狂风骤雨又将如何呢？芍药亭亭玉立，故有"含春泪"之态；蔷薇攀枝蔓延，故有"无力卧"之状。由于作者完全把握住了事物的不同特征和内在精神，因此状物能够传神。

诗的另一个特色是，用字精警，生动准确。“春”“晓”二字，粗一看来，并没有什么特别之处，只是点明季节、时辰。但细细体味，正好渲染出此刻宁静的气氛，烘托了景物，使全诗更富有浓郁的诗情画意。同时，每句一个动词，用得极为巧妙。其中“落万丝”是全诗的脉络，对互不联系的景象：浮光，含泪，卧枝，起了纽带作用，使有轨辙可寻，脉断峰连，浑然一体。“浮”“含”“卧”三字，以实证虚，使读者更能体味到“落万丝”的情景。

此诗写得情思绵绵，百媚千娇，因此南宋敖陶孙评论道：“如时女步春，终伤婉弱。”（《诗人玉屑》引）金代元好问也说：“‘有情芍药含春泪，无力蔷薇卧晚枝’。拈出退之山石句，始知渠是女郎诗。”（《论诗绝句三十首》）不过，这首写景小诗自具一种清新、婉丽的韵味，十分受人喜爱，原因在于体物入微而又融情入景。

（冯海荣）

示三子

去远即相忘，　　归近不可忍。
儿女已在眼，　　眉目略不省。
喜极不得语，　　泪尽方一哂。
了知不是梦，　　忽忽心未稳。

元丰七年(1084)，陈师道的岳父郭概提点成都府路刑狱，因为师道家贫，妻子与三个儿子及一个女儿只得随郭概西行，而师道因母老不得同去，于是忍受了与妻子儿女离别的悲痛。将近四年以后，即元祐二年(1087)，师道因苏轼、孙觉等人之荐，充任徐州州学教授，才将妻儿接回到徐州。记录这一场生离死别，后山留下了不少情意诚笃感人至深的佳作，如《送外舅郭大夫概西川提刑》《送内》《别三子》《寄外舅郭大夫》等，这首《示三子》即是作于妻儿们刚回来之时，也是非常杰出的一首。

首二句说妻儿们去远了，相见无期，也就不那么惦记了；而当归期将近，会面有望，则反而控制不住自己的感情。“去远”句固然是记录了诗人的实情，然也深刻地表现了自己无可奈何的失望和悲伤，诗人决非真的忘情于妻儿，而是陷于一种极度的绝望之中。“归近”一句正说明了他对亲人不可抑捺的情愫。

“儿女”二句写初见面的情形。因离别四年，儿女面目已不可辨认。后山的《送外舅郭大夫概西川提刑》中有句云：“何者最可怜，儿生未知父。”可见别时儿女尚幼，故至此有“眉目略不省”的说法，表明了离别时间的长久，并寓有亲生骨肉几成陌路的感喟。

“喜极”二句是见面之后复杂心情的表现。久别重逢，惊喜之余，千言万语不知从何说起，只是相顾无言，泪洒千行，然后破涕为笑，庆幸终于见面。此十字中，将久别相逢的感情写得淋漓尽致，诗人抓住了悲喜苦乐的矛盾心理在一瞬间的变幻，将复杂的内心世界展现出来。

“了知”二句更深一层作结，说虽然明知不是在梦中相见，但犹恐眼前的会面只是梦境，心中仍然恍恍惚惚，不能安定。这种心理的描绘，可谓入木三分。由此可以推知：在与亲人分离的四年中，诗人多少次梦见亲人，然而却是一场空欢，反增添了无限的愁思和悲苦，正因为失望太多，幻灭太多，所以当真的会面时，反而产生了怀疑，唯恐仍是梦中之事，深沉的思念之情便在此中曲折表现了出来。这两句本于杜甫《羌村三首》中写回家初见亲人的惊喜和疑虑：“夜阑更秉烛，相对如梦寐。”意谓久别重逢，如相见于梦中，后来司空曙《云阳馆与韩绅宿别》中“乍见翻疑梦，相悲各问年”，即用杜意；而陈师道此二句是翻用杜语，与晏幾道《鹧鸪天》中所诉说的“今宵剩把银釭照，犹恐相逢是梦中”，意境略同，可见后山取前人诗意能点化出新意。

此诗通首造语质朴浑厚，无矫饰造作气，然读来恻恻感人，其原因主要在于诗人感情的真挚，语语皆从肺腑中流出，所谓至情无文，即是艺术上一种极高的境界。此类浑朴的作品自然得力于后山向古乐府和杜诗的学习，然他并不在字句上摹仿前人，而在格调立意上借鉴前人，故张表臣于《珊瑚钩诗话》中传师道之言曰:“今人爱杜甫诗,一句之内,至窃取数字以仿像之,非善学者。学诗之要,在乎立格、命意、用字而已。”这在他自己的作品中已有充分的表现。当然,陈师道论诗标举“宁拙毋巧,宁朴毋华”(《后山诗话》),即是他形成这种创作风貌的理论基础。可惜此类作品在他的集子中也并不很多,故弥觉珍贵。 **(王镇远)**

陈师道

舟中二首(其一)

恶风横江江卷浪，　黄流湍猛风用壮。①
疾如万骑千里来，　气压三江五湖上。②
岸上空荒火夜明，③　舟中坐起待残更。
少年行路今头白，　不尽还家去国情。

〔注〕 ① 壮：大壮，易卦名，乾(☰)下震(☳)上，示阳刚盛长之象。“风用壮”，表示风力壮猛。 ② 三江五湖：解释不一，《尚书·禹贡》：以松江、娄江、东江为三江。《汉书·地理志》以北江、南江、中江为三江。《水经注》以太湖及其附近的四湖为五湖，《史记》以具区(太湖)、洮滆(长荡湖)、青草、洞庭、彭蠡(彭泽)为五湖。 ③ 火：这里指磷火。

这首七言古诗作于哲宗绍圣元年(1094)，本年党祸起，苏轼被贬谪惠州安置，黄庭坚、晁补之、张耒等人，皆以党苏相继被黜。作者在这年春初，也因元祐余党，罢去颍州州学教授的职务。在离开颍州(州治在今安徽阜阳)的舟中，感慨时事，作诗二首，这里选录其中的第一首。

诗的头两句：“恶风横江江卷浪，黄流湍猛风用壮。”写舟行之险。江上恶风卷浪，黄流湍急，风势壮猛，浪涛骇人。作者处于这样的情境当中，自然不免惊心动魄。三四两句：“疾如万骑千里来，气压三江五湖上。”紧承上文，以重笔渲染风浪的威势。先写风涛之迅疾，仿佛万马破空而来，瞬息千里。次写风涛气势之猛，简直有横压三江五湖之概。这里,“万骑千里”是眼前所见;“气压江湖”,是心灵激荡所感。这几句把“情为境移”“心为事慑”的景况,写得十分突出。但尚未表示由此而生的内心感慨,重点在于绘景。下面四句,则着重抒吐情怀。

第五六两句:“岸上空荒火夜明,舟中坐起待残更。”表明险境之来,如此突然,显然是难以拒抗的。作者此刻身在舟中,任其颠簸,凝神远瞩,江岸上一片空旷荒凉,只见星星磷火,随风飘荡,送来点点微弱的光亮,只好在舟中坐起,静待更残,“长夜漫漫何时旦”,在风涛之夜,多么盼望黎明能及早到来啊! 诗的末尾两句:“少年行路今头白,不尽还家去国情。”作者回想廿多年以来,历尽人世的坎坷,自己从一个意气风发的少年,到如今的萧萧头白,饱尝行路艰难的滋味,此时此地,真是诉说不尽还家去国之情,深感行藏进退,都非出于自己的本意。还家也罢,去国也罢,全是迫于世路,劳人草草,旅食艰难,以致有今天的播迁,又怎能不感到人生的悲痛。

综观全诗,以写江上风涛入手,以痛感世事艰虞作结。前半极写风浪的险恶,后半流露志士的悲辛,情在境中,深沉悲壮。

(马祖熙)

吴松道中二首

停舟傍河浒，　　四顾尽荒原。
日落狐鸣冢，　　天寒犬吠村。
系帆凌震泽，　　抢雨入盘门。
怅望夫差事，　　吴山网楚魂。

晓路雨萧萧，　　江乡叶正飘。
天寒雁声急，　　岁晓客程遥。
鸟避征帆却，　　鱼惊荡桨跳。
孤舟宿何许？　　霜月系枫桥。

吴松，即“吴淞”，江名，太湖最大的支流。这两首诗是诗人行船在吴淞江上时所写。

两首诗中之“天寒”“叶飘”“雁声急”“岁晚”“霜月”诸语，点明季节已是晚秋。第一首写大雨泊舟。前面两联描写了泊舟所见之景。一个深秋的黄昏，诗人所乘之舟傍河（河浒）停泊。诗人站在船头，纵目四顾，发现周围乃是一片荒原世界。天寒、日落、荒原，故不见人迹，而唯闻狐狸在坟墓旁鸣叫着；不时从远处村庄传来阵阵犬吠声。诗人因何泊舟如此荒野之地？从下面一联方知，原来乌云密布，大雨将临，所以要赶紧靠岸，准备寻个地方避雨。震泽，太湖的古称。盘门，苏州城西南门名，是迄今仅存的古代水陆城门,始建于春秋吴王阖闾元年(前 514)伍子胥筑城时。第五句带出泊舟地点,乃在太湖之上。两句说,停船靠岸时,诗人犹在饶有兴致地四面瞻望,这会儿,眼看大雨马上要倾盆而下,着了慌,赶忙帮助船家系住帆,争在雨先奔入盘门。徘徊在盘门中,观看着这并列的水陆两门,诗人不由想起了当初建此盘门的伍子胥,因此尾联便转入怀古。吴山,坐落在杭州西湖东南面,春秋时为吴国南界,故名。又因吴国大夫伍子胥以忠谏死,浮尸江中,吴人怜之,立祠山上,所以又称"胥山"。楚魂,在古代诗歌中常含有追吊古楚人之意,然而所指则随所咏而异,这里则指伍子胥,他原是楚人,因父伍奢(楚国大夫)为楚平王所杀,故离楚入吴。阖闾之子夫差重用子胥大败越兵,雪了勾践杀父之恨。可是此后夫差非但不听伍子胥的忠谏,允许越国求和并北上伐齐,竟还赐剑命子胥自杀,以至最后国灭身亡。诗人因而想到,夫差固然咎由自取,而可惜的是伍子胥的忠魂,至今还依恋着吴山。对忠臣的死于非命,诗人表露了他的深沉怅惋之情。

第二首写翌日行程。前三联描写了由盘门到枫桥的一路景色,兼及诗人自己的心情。天刚破晓,船又起航。头天傍晚下了一场大雨,今日清晨依旧是秋雨霏霏,兼以风声萧萧,江南水乡便满天飘舞着木叶。深秋,天寒,时时听到空中大雁,鸣声惶急,向着南方飞去而无留意。诗人不由得又低头思量自己:大雁急急归去,顷刻便能回到南方,可我自己呢?一年将尽,旅程却还遥远着呢。为了排遣乡思,诗人便留心观看船的四周,发现了两个极有意思的景象,其一是"鸟避征帆却":自己所乘坐的这艘远行之船,在湖面上一摇一晃地前进着,水鸟们"啾啾"鸣叫着随在后面,有时船身猛一倒退，鸟儿们便急急地避了开去；其一是“鱼惊荡桨跳”：鱼儿们聚游在船的两侧，船家一起一落地摇动着双桨，偶尔声音响了一些，便惊得鱼儿慌不迭地散了开去。看着有趣，不知不觉间，夜已来临，尾联便写夜宿枫桥。枫桥在苏州城阊门外十里枫桥镇，本称“封桥”，因唐张继《枫桥夜泊》诗而得此名。天既已黑尽，诗人便盘算着：今夜，这艘孤舟该宿于何处（何许）呢？放眼望去，一轮霜月下，他看见了那久负盛名的枫桥。南宋诗人范成大编纂的《吴郡志》说：枫桥“自古有名，南北客经由未有不憩此桥而题咏者”。因此，诗人一见到枫桥，便兴致勃勃地嘱咐船家将船系在桥下，决定今夜宿于此处，以一抒幽思。

诗人写这两首诗，本无一定题旨，他在吴淞道上一路行来，身与境遇，便随兴而发，随感而咏，然不论写景或怀古，都富有时地色彩。遣词用语，亦不事雕饰，浅近自然，这与他随意挥洒的诗情是颇相合的。

（周慧珍）

张　耒

初见嵩山

年来鞍马困尘埃，　　赖有青山豁我怀。
日暮北风吹雨去，　　数峰清瘦出云来。

这是一首写嵩山的诗，写法很别致。诗人所见的对象——嵩山直到末句才出面。“数峰清瘦出云来”，无疑是此诗最精彩的一句，但如把这一句提前，让嵩山一开始就露面，诗的意味不免索然。现在诗的首二句不是写嵩山，而是从作者宦游失意写起，“年来鞍马困尘埃，赖有青山豁我怀”，让人想到作者奔走风尘，在困顿和疲惫中，全赖青山使他的情怀有时能得到短暂的开豁。这样，青山便在未露面之前先给了人一种亲切感，引起人们想见一见的愿望。在读者产生这种心理后，照说青山该出面了。但第三句“日暮北风吹雨去”，仿佛又在期待中为人拉开一道帷幕，直到第四句五岳之一的嵩山才从云层中耸现出来。由于有前面的重重笔墨给它做了渲染准备，嵩山的出现便特别引人注目，能够把人的兴味调动和集中起来。并且又因有上面的一番交代，末句点出嵩山，又不至于意随句尽，见其面貌即止，而是自然要引人想象雨后嵩山的特有韵味和诗人得见嵩山后的一番情怀。

诗写的对象是嵩山，但在很大程度上它又是表现诗人自己。人们在精神上以什么作为慰藉，往往能见出志趣和品格。困顿于宦途，赖以豁情慰怀的是嵩山，那么诗人的情志也多少可以想见。

同时山究竟以什么样的面貌出现在艺术作品里，也往往受作者的主观感情支配。“我见青山多妩媚，料青山见我应如是。情与貌，略相似。”（辛弃疾《贺新郎》）这里有着主观感情对象化的问题。此诗用“清瘦”形容嵩山，不光是造语比较新奇，而且在诗人审美意识活动中也反映了他的精神气质与追求。中国士大夫中一些高人雅士，不正是常常留给后世以清瘦、清峻的印象吗？如王维给孟浩然画像，“颀而长，峭而瘦，衣白袍”，就是典型的清瘦。因此，“数峰清瘦出云来”，虽是写嵩山，却又是物我融而为一，体现了诗人感情的外化。读了这首诗，嵩山的面貌，以及诗人的精神风貌，可能同时留在我们的印象里，不容易分得很清。

（余恕诚）

夜　坐

庭户无人秋月明，　　夜霜欲落气先清。
梧桐真不甘衰谢，　　数叶迎风尚有声。

张耒虽出自苏轼门下，但他的诗却效法张籍、白居易，风格朴素自然，晚年尤务淡远。诚如晁补之《鸡肋集·题文潜诗册后》所说："君诗容易不著意，忽似春风开百花。"张耒自幼有雄才，然而仕途却十分坎坷，晚年罢官后，投闲困苦，却口不言贫，表现出刚毅而超脱的性格。

首句"庭户无人秋月明"，紧扣诗题"夜坐"二字，交代了环境。诗人在夜深人静之时，难以成眠，独坐月下，把自己融进了静谧而优美的自然之中。"秋月明"三字，乍看似陶渊明"凉风起将夕，夜景湛虚明"的明澈淡远之境，可是韵味迥然不同。"庭户无人"四字，将月色衬托得孤冷寒冽，使秋景变得萧瑟清寒。

次句"夜霜欲落气先清"，使人惊叹诗人对大自然观察、描绘的细腻与准确。清秋之夜，霜雾并不是骤然降临，它常常是随着月转星移而逐渐显现，所以诗人用了一个"欲"字。气清才显月明，月明益见气清，两者互为因果。此句与上句所构成的境界，使月与人离得更近了。明月近人，才更能逗引诗人心驰神往。

三四句"梧桐真不甘衰谢，数叶迎风尚有声"。这时，诗人独坐室内，静听秋声，不免神驰千里，情骛八极。他从稀稀落落的桐叶声中，听出了刚强的抗争精神、强烈的生命力，从而心灵受到震动，被带进了对人生哲理深邃而渺远的思考之中。当霜风凄紧之时，几叶寒桐迎风抖动，铮铮有声，多么扣人心弦！“尚”字紧扣上句而来，表明这数片寒叶在寒风中仍不甘心凋零，同时还暗示诗人内心的倔强之态。《文心雕龙·明诗》说：“人禀七情，应物斯感，感物吟志，莫非自然。”诗人此时闻声兴感，情怀发于不自觉，正是思与境谐的天然妙合。

这首诗首句起得平稳，次句承接自然，三句陡然转折，末句推向高潮。结构上的特点，是由诗人的整体构思决定的。由静看到细听，到深入地想，是诗的脉络。表现积极抗争的人生态度，则是诗的主旨所在。严羽《沧浪诗话》在讲到诗的好处时曾标举“言有尽而意无穷”，《李杜诗纬》也说：“诗贵意，意贵远不贵近”，张耒的这首诗就有意境深远的妙处。　　　　（袁行霈　崔承运）

唐　庚

醉　眠

山静似太古，　　日长如小年。
余花犹可醉，　　好鸟不妨眠。
世味门常掩，　　时光簟已便。①
梦中频得句，　　拈笔又忘筌。②

〔注〕 ① 簟(diàn)：竹席。　② 筌(quán)：捕鱼用的竹器。

古人作诗，常追求“状难写之景如在目前，含不尽之意见于言外”(欧阳修《六一诗话》引梅圣俞语)的理想化境。唐庚的这首小诗，外表平淡无奇，内中自具深意，值得细细咀嚼。

这首诗以“醉眠”为题，其实写的是一个独酌—醉眠—梦醒的完整过程。一个春末夏初的日子，诗人在山林环抱的居所中独酌，空山幽静，不闻人声，宛如置身于冥寞的太古时代；时间也仿佛静止了、凝固了，不再流动。这里的一切，都使人恍惚如有隔世之感。这儿既无尘世的喧嚣和纷扰，也无名利的追逐和与日俱生的忧患，一切都显得悠然怡然。这是写环境氛围么？又不尽然。诗人实际上写出了一个将醉未醉之人对时空所特有的感觉。这位饮者虽尚未露面，但从他在幕后哼哼唧唧的唱词，不难想见其酣然四顾的身影。在人们浑然不觉之际，诗人已从“醉”字入手解题了。

紧接着,一位陶然自得的饮者形象,便活脱地出现在人们眼前。尽管春意阑珊,只剩下数枝残花,而饮者意兴犹浓,频频把盏。酒酣耳热之际,忽听得鸟声啼啭,他便又笑对鸟儿调侃,仿佛说:“我醉欲眠君且留,谅你这点絮聒,不妨我睡。”俯仰之间,醉态可掬。“好鸟”一句,似从孟浩然的诗句“春眠不觉晓,处处闻啼鸟”(《春晓》化出,诗人反其意而用之,在轻松风趣的口吻中,惟妙惟肖地写出了醉者旷放洒脱的神态。这里,“余花犹可醉”点出“醉”字承上;“好鸟不妨眠”又点出“眠”字启下,在似不经意之间,却细针密线,自有布置。

五六两句写饮者从户外进入室内。“门掩”“簟便”都由“眠”字生发开去。竹席宜人,指明时令,和前面所说的“日长”“余花”正相一致。欲睡掩门,这一本来是极平常的动作,却如平地生波澜,顷刻间漾起诗人感情的涟漪。“世味”二字,透露出诗人隐秘的心声。门之开合,与“世味”何关?原来在封建社会里,“门”常常成为人物命运遭际的表征,它和屋主人的贵贱穷达、荣辱进退是休戚相关的。如“朱门”象征权势炙人的达官显贵,“寒门”则表示社会地位的卑微低贱,所谓“门第”也者,正是把“门”和品第等级联系在一起。故得势显达时“开门延客”“门庭若市”,落拓不遇时则“杜门谢客”“门可罗雀”。炎凉世态,系于区区一“门”。唐庚当时正谪居岭南,他对这样的“世情”是尝够了滋味的。他有《鸣鹊行》诗云:“至今畏客如於菟。岂惟避谤谢还往,此日谁肯窥吾庐?杜门却扫也不恶,何但忘客兼忘吾。喧喧鸣鹊汝过矣,曷不往噪权门朱?”又在《寄傲斋记》一文中设想,如有朝一日能从贬所脱归,回乡后将给故园之门命名为“常关之扉”。这些均可为本句注脚。诗人不说“门掩知世味”，却将“世味”置于“门掩”之前，不止是为了协调声律，也是强调了诗人内心的感慨，又可解作诗人欲乘掩门之际，将那使人心寒的“世味”推将出去，拒之门外，永不让它再来骚扰和破坏恬淡的心境，所谓“便欲醉中藏潦倒，已将度外置纷纭”（《谢人送酒》），且置之度外可也。诗人在悠闲旷达的醉饮之后，忽生“世味”之想，说明他仍怀愤愤不平之气，实不能忘怀于人世。可见此诗所谓“醉眠”，并非抒写流连花酒的闲适情调，不过是借此挥斥幽愤，聊以自慰罢了。

最后两句写由眠至醒。诗人既乐于与花鸟为友，又何妨梦中携侣同游，吟诗留赏？然而这神游时的快意，一回到现实中便烟消云散，所得的佳句竟写不出来，“忘筌”是用《庄子》“得鱼忘筌”的语意。诗人用“梦中频得”“拈笔又忘”这样轻捷的句子，写出了乍得忽失的惆怅之情，语调中不乏自嘲的意味。对美的追寻只存在于梦境之中，而梦终非现实，一旦梦醒之后，又该是如何惆怅！于此，我们不难在诗人幽默的调笑声中，领略到那淡淡的苦涩的滋味。

这首诗通篇用白描手法写景叙事，事显而情隐。“世味”二字为全篇之眼，贯前领后。在其映照之下，则“眠”前的独酌虽貌似自得，实际上却是诗人在人世间深感寂寞的写照：这里既无三两知己开怀畅饮的场面，也无田家父老提壶过饮的交往。而“眠”后在梦中兴高采烈的寻觅追求，又分明是诗人不甘寂寞苦作挣扎的努力。但现实无情，人生有涯，虽然力求摆脱寂寞，而又终于不得不归于寂寞。如此深衷，如许波澜，均借一次“醉眠”的情事出之，平淡中蕴含至味。王夫之论诗力主一“忍”字，意谓诗歌的含蓄蕴藉，非有大力者不足为言。此诗庶几当之。　　**（钟元凯）**

夏日绝句

生当作人杰，　　死亦为鬼雄。
至今思项羽，　　不肯过江东。

李清照是我国历史上最著名的一位女词人，她的诗作传世很少，也不甚为世所称，这首五言绝句却是一首名作，传诵很广。

诗意明白爽朗，所用的项羽故事，也是人人所知的熟典。她的词或轻柔婉丽，或缠绵悱恻，而诗则都是洗净儿女气的慷慨之音，和词风大不相同。

这其实是一首借古讽今、发抒悲愤的怀古诗。北宋靖康二年(1127)，腐败的宋王朝在金兵的沉重打击下瓦解，徽、钦二帝及赵氏亲属和大批臣民被掳北去。以当时的形势言，金兵是孤军深入，黄河南北的许多州郡有的尚在宋人之手，有的虽已被占，但金兵数量不多，立足未稳；在金兵的进攻下，太行山一带抗金的义军蜂起，威胁着金兵的后方；如果高宗赵构能蓄志抗金，中原事是大有可为的。但赵构一开始就没有恢复国土保卫人民的愿望，带着臣僚仓皇南逃，先逃到扬州，后渡江而至临安(今浙江杭州)，在金兵的追袭下，又先后逃往越州(州治在今浙江绍兴)和明州(州治在今浙江宁波)，喘息甫定，就在临安定都。当时不少主张抵抗的文武官吏都建议不要一味南迁，如徐梦莘《三朝北盟会编》中就载有吴伸所上的万言书，劝告赵构不要“止如东晋之南据”，可以代表当时有识之士的见解。李清照的这首小诗则是以诗歌形式写出的时事评论。

项羽在垓下一战,为刘邦所败,逃至乌江,乌江亭长劝他暂避江东,重整旗鼓,但他以“无颜见江东父老”而自杀。此事的得失可置之不论,但他的生为人杰、死为鬼雄的豪壮气概是令人感动的。举出项羽的不肯南渡,正是对怯懦畏葸、只顾逃命苟安的南宋君臣的辛辣讽刺。诗在字面上只是对千年以前英雄发感慨,但对时事的沉痛悲愤的谴责之情却溢于言表。

李清照之所以有如此沉痛悲愤的感情,是因为她本人正是在朝廷败逃的情势下被弄得家破人亡的。靖康之变迫使她丢弃了珍贵的图书文物而南奔。作为金石家和藏书家的丈夫赵明诚之死,和辛苦积聚的文物全数丧失,对她打击极大。李清照自己更因此而颠沛流离,尝尽人间艰辛。面对时局,她不能不兴起“汝为误国贼,我作破家人”(吕本中《兵乱后杂诗》)的怨愤。这种怨愤也正是当时千万蒙难人民共同的怨愤。百姓是无辜的,他们平时受尽剥削压迫,一旦事起,有守土保民之责的朝廷却不能保卫他们的安全,只顾自己忍辱偷生,委弃他们而一逃了事,不以见父老为羞。因此,此诗不仅是发抒了个人的悲愤,又是广大百姓的心声。这种诗篇出自一位封建时代女子之手,极为难能可贵。

(何满子)

三衢道中

梅子黄时日日晴，　小溪泛尽却山行。
绿阴不减来时路，　添得黄鹂四五声。

这是一首纪行写景的绝句，抒写诗人对旅途风物的新鲜感受。三衢，即衢州（今属浙江），因境内有三衢山而得名。

首句点季候和天气。梅子黄时，正值江南初夏季节。这段时期，常常阴雨连绵。柳宗元《梅雨》："梅实迎时雨"，赵师秀《约客》："黄梅时节家家雨"，均可证。这里说"日日晴"，一方面是强调今年黄梅季节天气的特殊；另一方面则是以天气的晴和，为下文写旅途风物的清新张本。

次句"小溪泛尽却山行"，明点"道中"。衢州地当浙江上游，境内多山，所以道途兼有水陆。这句是说，泛舟小溪，溯流而上，当不能再行进时，便舍舟登陆，循着山间小路继续前行。"却"字含有转折意味，它把诗人由水转陆时的新鲜喜悦感细微隐约地表现出来了。这句叙行程，"山行"二字启下三四两句。这首诗写的就是"三衢道中"所见所闻。

"绿阴不减来时路，添得黄鹂四五声。"读到这里，才知道诗人在不久前，已经循着与这次相反的方向，经过三衢道中一次，这次是沿原路回去。绝句贵简，诗人不去追述"来时路"的情景，只顺便在这里点出，并与这次返程所见所闻构成对照，以突出此次旅途的新鲜感受，在构思和剪裁上都颇见匠心。山路上，夹道绿阴，似乎和不久前来时所见没有什么两样，但绿阴丛中，时而传来几声黄鹂的鸣啭，却是来时路上未曾听到过的。这“不减”与“添得”的对照，既暗示了往返期间季节的推移变化——已经从春天进入初夏，也细微地表达出旅人归途中的喜悦。本来，在山路上看到绿阴繁翳，听见黄鹂鸣啭，可以说是极平常的事，如果单就这一点着笔，几乎没有什么动人的诗意美，但一旦在联想中织进了对“来时路”的回想和由此引起的对比映照，这就为本来平常的景物平添了诗趣。这首纪行诗，看似平淡无奇，读来却耐人寻味，其原因即在此。（刘学锴）

伤春

庙堂无策可平戎，　　坐使甘泉照夕烽。
初怪上都闻战马，　　岂知穷海看飞龙！
孤臣霜发三千丈，　　每岁烟花一万重。
稍喜长沙向延阁，　　疲兵敢犯犬羊锋。

这首诗是陈与义于高宗建炎四年(1130)在邵阳(今属湖南)所作。据胡穉《简斋先生年谱》,陈与义于建炎四年春至邵阳,居紫阳山。这时南宋国事危急。建炎三年十一月,金兵大举渡江,攻破建康(今江苏南京),十二月,入临安(今浙江杭州),高宗逃至明州(治今浙江宁波),乘舟入海。建炎四年正月,金兵破明州,以舟师追高宗,不及,高宗泛海逃至温州(今属浙江)。陈与义听到这个消息,心中非常愤慨忧念,所以作此诗以发舒之。

这首诗前四句一气贯注。头两句慨叹庙堂(即是朝廷)无有平戎之策,致使金兵深入。“甘泉照夕烽”是借用汉代故事。《史记·匈奴传》说,汉文帝时,“胡骑入代句注边,烽火通于甘泉、长安数月”。甘泉在今陕西淳化,汉帝有行宫在此。这句诗说,边塞的烽火照亮了甘泉宫,以汉事比况金兵逼近京都,用典贴切,而且形象化,如果直说则乏味了。第三四两句表示痛心。“上都”指京都,班固《西都赋》:“实用西迁,作我上都。”“飞龙”二字出于《周易》乾卦爻辞:“九五,飞龙在天。”中国一向用“龙”象征皇帝,此处借用《周易》“飞龙”的成辞以比高宗，暗喻其逃难远走。这两句诗是说，正在惊怪敌人的“战马”逼近京都，怎能想到皇帝竟然被迫逃入穷海之中呢？“初怪”与“岂知”互相呼应，不但句法灵活，而且表达出深切的哀痛。按当时高宗仓皇渡江，建都尚未定，不过，建康、临安均在选择之中，所谓“上都”，盖即指此，“初怪”正见敌来之速。也还另有一种解释，认为此诗前四句是从北宋末说起，“上都”指汴京，慨叹金兵攻取汴京三年之后，现在皇帝又被逼浮海逃难。这虽然也可以讲得通，但是总觉得追溯得远了一些。

第五六两句用虚浑之法，既伤叹国事，又融入自己。照一般作七律的方法，第五六两句很重要，应当或提起，或宕开，或转折，才能使通篇有远势。陈与义这里运化了李白、杜甫的诗句：李白《秋浦歌》第十五首：“白发三千丈，缘愁似个长。”杜甫《伤春》第一首：“关塞三千里，烟花一万重。”“孤臣”是陈与义自称，因为忧国情深，头发都白了，将原句的“白发”改为“霜发”，使其形象鲜明。杜甫《伤春五首》是他于代宗广德二年(764)在阆州所作，原注：“巴阆僻远，伤春罢始知春前已收宫阙。”原来在前一年，即是广德元年十月，吐蕃攻陷长安，代宗逃奔陕州，不久，郭子仪击退吐蕃，收复长安。杜甫作此诗时，因道远尚未听到收复的消息，所以他的诗中说：“天下兵虽满，春光日自浓。西京疲百战，北阙任群凶。关塞三千里，烟花一万重。……”表达了深切的忧国之怀。“关塞”二句是说，阆州离长安很远，虽然心怀忧念，而听不到消息。这种情况与陈与义身居湖南而忧念远在江浙的朝廷危难恰好相似，所以他借用杜甫这句诗以托喻，可谓非常贴切，既能意蕴丰融，而又兴象华妙，由此可见陈与义诗艺之精。末二句转出一意，称赞向子諲的勇敢抗敌，说明宋人是不肯屈服于强敌的。这两句的句法也是从杜诗“稍喜临边王相国，肯销金甲事春农”（《诸将》）学来的。向子諲于建炎中知潭州（州治在今湖南长沙）。建炎三年，金兵攻潭州，向子諲率军民坚守，金兵围城八日，城陷，子諲督兵巷战，夺南楚门突围而出，后又收溃兵继续抗金。向子諲原是直秘阁学士，故陈与义借用汉官的“延阁”以称之。“犬羊锋”即是指金兵。

陈与义这首诗，雄浑沉挚，声调高亮，与其《除夜》诗风格不同。陈与义作诗是取法黄（庭坚）、陈（师道）而上追杜甫，《除夜》诗还近似黄、陈，而这首诗却嗣响杜甫。钱锺书认为，杜甫律诗的声调音节是唐代律诗中最弘亮而又沉着的，黄庭坚和陈师道学杜甫，忽略了这一点，“陈与义却注意到了，所以他的诗，……词句明净，而且音调响亮，比江西派的讨人喜欢。”（《宋诗选注》146页）这段话说得很对。后来学杜甫而得其气格雄浑、音节高亮者也并不多，杰出者只有陆游、元好问，至于明代前后“七子”之学杜，浮声楞响，不足取也。

（缪　钺）

渡　江

江南非不好，　　楚客自生哀。
摇楫天平渡，　　迎人树欲来。
雨余吴岫立，　　日照海门开。[1]
虽异中原险，　　方隅亦壮哉！[2]

〔注〕①海门：指钱塘江入海处。　②方隅：角落。指江南。

这首诗作于高宗绍兴二年(1130)。前一年的夏天，作者在广南奉诏，由闽入越，趋赴绍兴行在，任起居郎。至本年正月，随车驾返回临安，诗为渡钱塘江而作。诗中表示宋室局处江南一隅，虽属偏安，但形势也很壮观；虽不若中原的险固，国事仍可有为，在基调上比较开朗。

“江南非不好，楚客自生哀。”由赋情写起，表明江南地带，并非不好。然而自金兵入据中原之后，转眼五年，黄淮地区，大部分已非吾土。所以思念故国，仍不免使楚客生哀。“楚客”，指的是作者自己。作者虽说是洛阳人，在避乱期间，曾辗转襄汉湖湘等地，长达五年，所以自称“楚客”。第三四两句：“摇楫天平渡，迎人树欲来。”写渡江时情景。摇桨渡江，远望水天连成一片，仿佛天水相平。由于船在前进，所以江岸远处的树，颇似迎人而来。这两句写景入神，且景中寓情。“天平渡”，示天水无际，前进的水路，呈现开阔苍茫的气象；“树迎人”，示行进之时，江树渐次和人接近。隐喻国家正招揽人才，所以自己也被迎而至。

第五六两句：“雨余吴岫立，日照海门开。”融情入景。“吴岫”，即吴山。吴山在钱塘县南，和城内凤凰山相对，下瞰大江，直望海门。“雨余”，是初晴。吴山明朗，云雾尽散，“雨余山更青”，故用“立”字示意。天晴了，红日高照，海门开敞，金碧腾辉，故用“开”字示意。两句写雨后景象，象征国运亦如久雨初晴，光明在望。结笔：“虽异中原险，方隅亦壮哉！”仍以赋情为主，赞美江南地带，尽管险固有异中原，但也擅有形胜，倘能卧薪尝胆，上下同心，凭借此处以为“生聚教训”的基地，则复兴的希望，必能给人以鼓舞。这两句回映起笔，“虽异”句和“生哀”句相应，“方隅”句和“江南”句相应。在章法上，首尾应接，抑扬相间，笔有余辉。

全诗借开朗景象，以示此行的欣喜，却能不露痕迹，使外景和内心一致，这是诗人用笔高妙的地方。　　（马祖熙）

牡 丹

一自胡尘入汉关，　十年伊洛路漫漫。
青墩溪畔龙钟客，　独立东风看牡丹。

此诗为陈与义咏物怀乡的名篇。读到此诗，自然很容易想起唐代岑参的怀乡诗《逢入京使》："故园东望路漫漫，双袖龙钟泪不干。马上相逢无纸笔，凭君传语报平安。"由于个人性情、时代环境等的差异，这首诗比岑诗显得更为思力沉挚，悲凉凄楚。这首诗作于绍兴六年(1136)春，当时陈与义以病告退，除显谟阁直学士，提举江州太平观，寓居于浙江桐乡县北青墩(一名青镇)之寿圣院塔下，无论国家的局势，或者个人的身世，都使诗人感慨无限，他便以牡丹为题，抒发了自己真挚强烈的伤时忧国之情。

起句以回叙开篇，从金兵入汴写起。"一自"二字以口语入诗。此句语意陡峭，情感愤激。次句紧接起句，继续叙写十年来的漫长愁苦。靖康元年(1126)金兵攻破汴京(今河南开封)，二年掳走徽钦二帝。北宋亡。从此诗人便流离失所，漂泊江湖，不觉已经十年。"伊洛"，即伊河、洛河，伊河为洛河支流，洛河为黄河支流，《国语·周语》云："昔伊洛竭而夏亡。"因此，"伊洛"既指诗人的故乡洛阳，又暗寓他那亡国的隐痛。"路漫漫"亦兼有两重意思：其一谓十年颠沛，北望故乡，长路漫漫，无由再达，即所谓"还顾望旧乡，长路漫浩浩"(《古诗·涉江采芙蓉》)；其二谓国破家亡，乾坤板荡，虽无挽狂澜于既倒之力，但胸中的耿耿之志仍未消歇，即所谓“路漫漫其修远兮，吾将上下而求索”（屈原《离骚》）。可见前二句既有对敌方的谴责，又有对故国的怀恋，既有思乡之情，又有亡国之痛，而且“其用意深隐，不露鳞角”（胡稺《简斋诗笺又叙》）。

三句亦与次句相承，意谓自己此时年龄虽未满半百，但体衰多病，早已疲惫乏力，数次以病剧辞，方得在此江南之青墩溪畔客居，此为身世抒写而语气平静舒缓，使感情的激流暂趋平缓，为末句蓄势。洛阳牡丹号称“天下第一”（欧阳修《洛阳牡丹记》），然而此时洛阳被占，有家归不得，偏偏今天在他乡看见了牡丹，这自然会使诗人情不能已，感慨万千！“独立”，即谓“茕茕孑立，形影相吊”（李密《陈情表》）之意，表明诗人此时零丁孤苦，无有知音。陈与义出身世家，超世特立，不求显达而重名节，然而此时体衰多病，又孤掌难鸣，实无力报国，哀苦之情，令人黯然神伤。“东风看牡丹”，似乎勾勒了一幅闲暇有致的画面，其实乃是一种极为悲苦的写照。诗人强压住悲痛，将他那伤悼故国、悲叹身世的全部感情都倾注于江南海滨的牡丹上，但牡丹不语，岂解人意，诗人便只有暗吞伤心之泪了。本诗以“牡丹”为题，却在结句的最末二字才点出，这并非一般的点睛之笔，而是凝聚了诗人全部的感情，收到了强烈的艺术效果。

全诗自然流畅，“用事深隐处，读者抚卷茫然，不暇究索”（楼钥《简斋诗笺叙》）。此诗作于诗人逝世前两年，葛胜仲所谓陈与义晚年“赋咏尤工”（《陈去非诗集序》），确非虚语。 **（萧作铭）**

汴京纪事二十首(其一)

帝城王气杂妖氛，　　胡虏何知屡易君。
犹有太平遗老在，　　时时洒泪向南云。

刘子翚《屏山集》中，最为脍炙人口的是那些愤慨国事的作品。《汴京纪事二十首》写于靖康之变以后。国都失守、国土破碎的深哀巨痛，使作者的笔触变得凝重、深沉而又犀利。这一组七言绝句不仅集中反映了作者感时忧国的思想感情，而且犹如一幅五光十色的历史画轴，以靖康之变为轴心，展现了发生于汴京的众多历史事件的风貌。

本篇为《汴京纪事二十首》中的开卷之作，着重表现汴京(今河南开封)失守、二帝被掳后，遗民怀念故国、渴望光复的痛苦。首句写金人占领汴京。“帝城”，即汴京。“王气”，指象征帝王运数的祥瑞之气。古人认为王气的聚散与国运的盛衰密切相关。刘禹锡《西塞山怀古》诗有“金陵王气黯然收”句，许浑《金陵怀古》诗亦有“玉树歌残王气终”句。“杂妖氛”，是喻指金人入犯。这一句隐含着作者对国运衰颓的深切叹惋和对金人入犯的强烈愤懑。次句是说金人不懂得“忠君爱国”的道理，因而并不在乎频繁地更换皇帝。“胡虏”，是对金人的蔑称。靖康二年(1127)，徽宗、钦宗被掳北行，金人立张邦昌为楚帝；后至建炎四年(1130)，金人重行占领汴京，复立刘豫为齐帝。“屡易君”，指此。从表面上看，这一句意在指斥金人不知礼义，其实，统全诗而观之，这里对金人的指斥不过是为下文揭示诗的主旨所作的一种铺垫——作者意在以不谙礼义的金人作为深明礼义的北宋遗民的反衬。所以，三四两句便掉转笔锋，表现北宋遗民铭心刻骨的故国之思。“太平遗老”，即北宋遗民。“南云”，借指南宋。那些在金人统治下的北宋遗民，自幼读圣贤之书，把国家社稷看得比生命还重要，因而，他们怀着莫大的痛苦，无时不在盼望南宋统治者挥师北伐，使京都早日得以光复。这里，“时时”，写其痛苦和盼望之久；“洒泪”，写其痛苦和盼望之深；“向南云”，则写其痛苦和盼望之专。相形之下，不仅“何知屡易君”的金人显得粗俗，而且但求苟安，不图恢复的南宋统治者也显得那样昏庸——作者正是想通过对北宋遗民行为的描写，揭露南宋朝廷文恬武嬉、不图振作。

这首诗之所以具有感人至深的艺术力量，除了应归功于对比、反衬手法的成功运用外，作者善于塑造典型的形象，也是原因之一。“时时洒泪向南云”一句，具有高度的概括力，将北宋遗民的心情表现得淋漓尽致。如果作干巴巴的描述，即便笔墨十倍于此，也难以收到同样的艺术效果。后来，陆游《秋夜将晓出篱门迎凉有感》诗中“遗民泪尽胡尘里，南望王师又一年”二句，虽然很难说是自刘诗脱胎而来，但化用其意的痕迹却殊为明显。

（萧瑞峰）

池州翠微亭

经年尘土满征衣，　　特特寻芳上翠微。
好水好山看不足，　　马蹄催趁月明归。

岳飞是南宋初年的抗金名将。他从宋徽宗宣和四年(1122)十九岁从军，到绍兴十一年(1141)三十八岁时，被秦桧陷害身亡。为了抵抗金兵南下，保卫南宋的半壁山河，进而收复中原，长期转战在今两湖、浙、赣、苏、皖一带。绍兴四年和十一年，就曾两次在庐州(治所在今安徽合肥)，击败金兵，十一年还驻军舒州(治所在今安徽安庆)，因而这首作于池州(治所在今安徽贵池)的诗，难以确定其具体的写作时间。

“冲口出常言，法度去前轨。人言非妙处，妙处在于是。”(《诗颂》)苏轼这首论诗的诗，恰好道出了岳飞《池州翠微亭》的艺术特点。这首诗明白如话，不假雕饰，也没有用事用典，完全出之以口语、常言，却十分感人。其奥妙全在于以情取胜。这种“情”是从肺腑中倾泻出来的，所以，它冲口而出，是那样的自然、真挚。

只要了解了作者的身世、经历，就能较深地体味到诗中强烈的爱国感情。生当北宋末世的岳飞，亲眼看见了祖国的山河破碎，国破家亡，青年从军，以“还我河山”为己任。“三十功名尘与土，八千里路云和月”，冒矢石，受风霜，为的是“收拾旧山河”。在这种特定的历史情况下，岳飞对祖国山川的一草一木都怀着一种特殊的感情。正是在这样的情感支配下，这位连年征战的青年将军，在戎马倥偬之际，面对为之战斗的祖国山川，热爱之情，油然而生，发而为诗。

诗的首句叙述自己的经历，从而把登池州翠微亭放在一个特定的背景下面，使读者感受到时代和诗人的脉搏是一致的。第二句用“特特”以强调这次登临（“特特”，作特地、特别解，叠字有强调之意），表明戎马倥偬，登临难得，而把自己的戎马生活与大好河山从感情上联系起来，同时，在结构上又起到了转折的作用，把感情抒发的重心移到对故国的爱恋上来，为最后一联直抒胸臆作了铺垫。三四两句为全诗的中心。它展示了诗人对祖国的深厚情谊，使人们看到了诗人对祖国美丽河山流连忘返的心境，从而表现了诗的主旨。全诗即这样一气贯注，倾泻了一个驰骋沙场、为国而战的诗人的炽热感情。

《池州翠微亭》是岳飞“发于心而冲于口”的心声。它以它的真情和自然，叩击着读者的心扉，引起人们的共鸣。（邱俊鹏）

萧德藻

古梅二首

湘妃危立冻蛟脊，　海月冷挂珊瑚枝。
丑怪惊人能妩媚，　断魂只有晓寒知。

百千年藓著枯树，　三两点春供老枝。
绝壁笛声那得到，　只愁斜日冻蜂知。

元人方回在评萧德藻诗时说："其诗苦硬顿挫，而极其工。"(《瀛奎律髓》卷六《次韵傅惟肖》诗末评语)尽管萧氏的诗集已佚，不能窥其全豹，但这两首留存的咏古梅七绝却的确体现出这种风格。

第一首咏凌晨的古梅。一二两句是拗句，乍读觉似李贺，细绎却又不然。因为李诗的比喻往往出人意表，匪夷所思，而此诗的设譬却"入人意中，出人头地"(袁枚《续诗品·割忍》)，可谓"从心所欲而不逾矩"者。诗人是熟读《楚辞》的，他凝视着枝上的梅花，眼前不禁浮现出湘妃亭亭玉立在蛟脊上的倩影。《九歌·湘夫人》中其实并没有这么一个场面，只是说"麋何食兮庭中，蛟何为兮水裔"，湘夫人所乘的乃是马。但诗人既把偃蹇蟠屈的梅枝想象成"冻蛟"，那无疑只有登上蛟脊的水神湘妃才能与枝上之花相比了。萧氏跟曾幾学过诗(张端义《贵耳集》卷上)，受过江西诗派的影响，此派作诗的特点之一是讲究"无一字无来历"，"湘妃"

与“蛟”既同出一篇，可谓“俯拾即是，不取诸邻”（司空图《诗品》），那自可移花接木，请湘妃的凌波之步踏上蛟背了。如果把“湘妃”换成别的什么美人或仙子，恐怕就没有这么贴切自然（即使把梅花比作洛神亦然，不但因为《洛神赋》中无蛟，不能就近取譬，最主要的是因为梅是江南之树，欲状梅花之神，“荣曜秋菊，华茂春松”般的北方女神总没有“要眇宜修”的南方女神来得适合）。首句的诗眼是“冻”字，有了此字，此花才非梅莫属。

诗人凝视着枝上的梅花，眼前乘蛟的女神忽又化为挂在珊瑚枝上的海月。也许有人会说，诗人的想象力并不算丰富，把树枝比作珊瑚并不新奇，不是西晋的潘岳早就把石榴树比做“若珊瑚之映绿水”（《石榴赋》）了吗？诚然，若仅仅一般地把梅枝比作珊瑚那的确是拾人牙慧，不过诗人赏梅是在侵晓，晨光熹微中的梅枝比在其他任何时刻都要酷似在半透明的海水中隐现的珊瑚。何况诗人又进一层以海月来比喻梅花，海月是一种半月形的白色贝类，与珊瑚同是海中之物，珊瑚挂海月的设想可谓镶合有情，裁缝无迹。再着一“冷”字，以喻着花梅树真称得上是形神皆似。

接着诗人就触景而有所感了：如果没有花的话，眼前的梅枝会是“丑怪惊人”的，而在花信来临的今日，岂止是“老树着花无丑枝”（梅尧臣《东溪》），简直还显得“妩媚”了。范成大《梅谱后序》说：“梅以韵胜，以格高，故以横斜疏瘦与老枝奇怪者为贵。”但如果没有暄妍的花朵的妆扮，光秃秃的梅枝哪能呈现出“韵胜”和“格高”来呢？此句暗用了一个典故，如果不知道的话会有妨对整首诗的深入理解：《旧唐书·魏徵传》称魏徵“状貌不逾中人”，而唐太宗却说：“人言魏徵举动疏慢，我但觉妩媚。”“赋诗必此诗，定非知诗人”(苏轼《书鄢陵王主簿所画折枝二首》之一),正是这一句开拓了诗境,在古梅身上寄托了更为深远的含意。

第四句似从林逋《山园小梅》诗“粉蝶如知合断魂”句脱胎而来。诗人感叹古梅的这种“丑怪”中的“妩媚”,只有“晓寒”为之“断魂”(义同“销魂”),言下不胜知音难遇之感。末二句极抑扬顿挫之致,与其说是“咏梅”,倒不如说是自咏。不妨把“丑怪惊人能妩媚”看作是诗人对自己“苦硬顿挫而极其工”的诗风的自我评品。当然,“诗无达诂”,也可能是诗人对自己人品的夫子自道。

第二首是叠前韵之作,咏的是黄昏的古梅,却又换了一个角度。发端是一联对仗,用了拗救(“著”字宜平而用仄,“供”字宜仄而用平);以“百千年藓”与“枯”“老”诸字眼点出梅树之古,以“三两点春”极言梅花之少。声调和字面都给人以“苦硬”的印象,而且不再用“比”,改用了“赋”的艺术手法。“春”指梅花,这是古人习用的,典出刘宋陆凯《赠范晔》诗:“折梅逢驿使,寄与陇头人。江南无所有,聊赠一枝春。”

第三句是说古梅托根绝壁,已非人境,绝没有人来梅边吹笛,因为笛曲有《梅花落》《梅花引》诸调,古人咏梅往往用吹笛来渲染气氛,如陈朝江总《梅花落》诗云:“金铙且莫韵,玉笛幸徘徊。”唐代韩偓《梅花》诗云:“龙笛远吹胡地月,燕钗初试汉宫妆。”殷尧藩《山中梅花》诗云:“铁心自拟山中赋,玉笛谁将月下横。”这儿不是“窥入其意而形容之”,而是“反其意而用之”。

末句是说梅花所怕的只是被冬日黄昏的蜜蜂知道,淡泊宁静的生活被破坏,与张九龄《感遇》诗“草木有本心,何求美人折”之句有异曲同工之妙。考萧德藻隐居屏山,那儿千岩竞秀,故自号千岩老人(见《乌程县志》卷二三本传)。味诗意当是借梅自咏,以明终隐之志。

这两首诗初看似乎表达了两种互相矛盾的心情:既叹息知音之少(第一首),又表示不求人知(第二首)。实际上,二者并不抵牾,第二首乃是指"不知我者"而言,既不知我,那自然不希望他们来烦扰。将此二诗并读,可知萧诗的"顿挫"不但表现在一首诗的内部,还表现在同题的前后两首诗之间,真可谓"极其工"了。后来姜夔向他学诗,也同样"琢句精工"(见罗大经《鹤林玉露》丙集卷二),但扬弃了他的"苦硬"。

(刘永翔)

游山西村

莫笑农家腊酒浑，　丰年留客足鸡豚。
山重水复疑无路，　柳暗花明又一村。
箫鼓追随春社近，　衣冠简朴古风存。
从今若许闲乘月，　拄杖无时夜叩门。

这是一首纪游抒情诗。

首联渲染出丰收之年农村一片宁静、欢悦的气象。腊酒，指上年腊月酿制的米酒。豚，是小猪。足鸡豚，意谓鸡豚足。这两句是说农家酒味虽薄，而待客情意却十分深厚。一个“足”字，表达了农家款客尽其所有的盛情。“莫笑”二字，道出了诗人对农村淳朴民风的赞赏。

次联写山间水畔的景色，写景中寓含哲理，千百年来广泛被人引用。“山重水复疑无路，柳暗花明又一村。”读了如此流走绚丽、开朗明快的诗句，仿佛可以看到诗人在青翠可掬的山峦间漫步，清碧的山泉在曲折溪流中汩汩穿行，草木愈见浓茂，蜿蜒的山径也愈益依稀难认。正在迷惘之际，突然看见前面花明柳暗，几间农家茅舍，隐现于花木扶疏之间，诗人顿觉豁然开朗。其喜形于色的兴奋之状，可以想见。当然这种境界前人也有描摹，这两句却格外委婉别致，所以钱锺书说“陆游这一联才把它写得‘题无剩义’”（《宋诗选注》）。人们在探讨学问、研究问题时，往往会有这样的情况：山回路转、扑朔迷离，出路何在？于是顿生茫茫之感。但是，如果锲而不舍，继续前行，忽然间眼前出现一线亮光，再往前行，便豁然开朗，发现了一个前所未见的新天地。这就是此联给人们的启发，也是宋诗特有的理趣。人人读后，都会感到，在人生某种境遇中，与诗句所写有着惊人的契合之处，因而更觉亲切。这里描写的是诗人置身山阴道上，信步而行，疑若无路，忽又开朗的情景，不仅反映了诗人对前途所抱的希望，也道出了世间事物消长变化的哲理。于是这两句诗就越出了自然景色描写的范围，而具有很强的艺术生命力。

此联展示了一幅春光明媚的山水图；下一联则由自然入人事，描摹了南宋初年的农村风俗画卷。读者不难体味出诗人所要表达的热爱传统文化的深情。“社”为土地神。春社，在立春后第五个戊日。这一天农家祭社祈年，热热闹闹，吹吹打打，充满着丰收的期待。这个节日来源很古，《周礼》里就有记载。苏轼《蝶恋花·密州上元》也说：“击鼓吹箫，却入农桑社。”到宋代还很盛行。而陆游在这里更以“衣冠简朴古风存”，赞美着这个古老的乡土风俗，显示出他对吾土吾民之爱。

前三联写了外界情景，并和自己的情感相融。然而诗人似乎意犹未足，故而笔锋一转：“从今若许闲乘月，拄杖无时夜叩门。”无时，随时。诗人已“游”了一整天，此时明月高悬，整个大地笼罩在一片淡淡的清光中，给春社过后的村庄也染上了一层静谧的色彩，别有一番情趣。于是这两句从胸中自然流出：但愿而今而后，能不时拄杖乘月，轻叩柴扉，与老农亲切絮语，此情此景，不亦乐乎！一个热爱家乡，与农民亲密无间的诗人形象跃然纸上。

此诗写于孝宗乾道三年(1167),在此之前,陆游曾任隆兴府通判,因为极力赞助张浚北伐,被投降派劾以“交结台谏,鼓唱是非,力说张浚用兵”的罪名,罢归故里。诗人心中当然愤愤不平。对照诈伪的官场,于家乡纯朴的生活自然会产生无限的欣慰之情。此外,诗人虽貌似闲适,却未能忘情国事。秉国者目光短浅,无深谋长策,然而诗人并未丧失信心,深信总有一天否极泰来。这种心境和所游之境恰相吻合,于是两相交涉,产生了传诵千古的“山重”“柳暗”一联。

陆游七律最工。这首七律结构严谨,主线突出,全诗八句无一“游”字,而处处切“游”字,游兴十足,游意不尽。又层次分明,“以游村情事作起,徐言境地之幽,风俗之美,愿为频来之约”(方东树《昭昧詹言》)。尤其中间两联,对仗工整,善写难状之景,如珠落玉盘,圆润流转,达到了很高的艺术水平。　(邓韶玉)

剑门道中遇微雨

衣上征尘杂酒痕，　远游无处不消魂。
此身合是诗人未？　细雨骑驴入剑门。

这是一首广泛传诵的名作，诗情画意，十分动人。然而，也不是人人都懂其深意，特别是第四句写得太美，容易使人“释句忘篇”。如果不联系作者平生思想、当时境遇，不通观全诗并结合作者其他作品来看，便易误解。

这首诗作于南宋孝宗乾道八年(1172)冬。当时，陆游由南郑(今陕西汉中)调回成都，途经剑门山，写了此诗。陆游在南郑，是以左承议郎处于四川宣抚使王炎幕中，参预军事机密。“大散关头北望拳，自期谈笑扫胡尘”(《追忆征西幕中旧事》)，讲的就是当时的生活、思想。南郑是当时抗金前方的军事重镇，陆游在那时常常“寝饭鞍马间”(《忆昔》)。而成都则是南宋时首都临安(杭州)之外最繁华的都市。陆游去成都是调任成都府路安抚使司参议官；而担任安抚使的又是当时著名诗人，也是陆游好友的范成大。他此行是由前线到后方，由战地到大都市，是去危就安、去劳就逸。然而，诗人是怎样想的呢？

他先写“衣上征尘杂酒痕，远游无处不消魂”。陆游晚年说过：“三十年间行万里，不论南北怯登楼”(《秋晚思梁益旧游》)。梁即南郑，益即成都。实则前此的奔走，也应在此“万里”“远游”

之内。这样长期奔走,自然衣上沾满尘土;而"国仇未报",壮志难酬,"兴来买尽市桥酒……如臣野受黄河倾"(《长歌行》),故"衣上征尘"之外,又杂有"酒痕"。"征尘杂酒痕"是壮志未酬,处处伤心("无处不消魂")的结果,也是"志士凄凉闲处老"(《病起》)的写照。

"远游无处不消魂"的"无处"("无一处"即"处处"),既包括过去所历各地,也包括写此诗时所过的剑门,甚至更侧重于剑门。这就是说:他"远游"而"过剑门"时,"衣上征尘杂酒痕",心中呢?又一次黯然"消魂"。

引起"消魂"的,还是由于秋冬之际,"细雨"蒙蒙,不是"铁马渡河"(《雪中忽起从戎之兴戏作》),而是骑驴回蜀。就"亘古男儿一放翁"(梁启超《读陆放翁集》)来说,他不能不感到伤心。当然,李白、杜甫、贾岛、郑綮都有"骑驴"的诗句或故事,而李白是蜀人,杜甫、高适、岑参、韦庄都曾入蜀,晚唐诗僧贯休从杭州骑驴入蜀,写下了"千水千山得得来"的名句,更为人们所熟知。所以骑驴与入蜀,自然容易想到"诗人"。于是,作者自问:我难道只该(合)是一个诗人吗?为什么在微雨中骑着驴子走入剑门关,而不是过那"铁马秋风大散关"的战地生活呢?不图个人的安逸,不恋都市的繁华,他只是"百无聊赖以诗鸣"(梁启超语),自不甘心以诗人终老,这才是陆游之所以为陆游。这首诗只能这样解释;也只有这样解释,才合于陆游的思想实际,才能讲清这首诗的深刻内涵。

一般地说,这首诗诗句顺序应该是:"细雨"一句为第一句,接以"衣上"句,但这样一来,便平弱而无味了。诗人把"衣上"句写在开头,突出了人物形象,接以第二句,把数十年间、千万里路的遭遇与心情，概括于七字之中，而且毫不费力地写了出来。再接以“此身合是诗人未”，既自问，也引起读者思索，再结以充满诗情画意的“细雨骑驴入剑门”，形象逼真，耐人寻味，真是“状难写之景如在目前，含不尽之意见于言外”。但真正的“功夫”仍“在诗外”(《示子遹》)。

(吴孟复)

关山月

和戎诏下十五年，　将军不战空临边。
朱门沉沉按歌舞，　厩马肥死弓断弦。
戍楼刁斗催落月，　三十从军今白发。
笛里谁知壮士心，　沙头空照征人骨。
中原干戈古亦闻，　岂有逆胡传子孙？
遗民忍死望恢复，　几处今宵垂泪痕！

《关山月》，本为汉乐府横吹曲名，这里是古题新用。

隆兴元年(1163)宋军在符离大败之后，十一月，孝宗诏集廷臣，计议与金国讲和的得失。旋即达成和议，到了孝宗淳熙四年(1177)，距朝廷下诏议和已近十五年了。朝廷文恬武嬉，不图恢复，诗人抚事伤时，不能自已，写下了这首沉痛感人的诗篇，时诗人年五十三。

诗的前几句主要是描写对与金议和所带来的恶果。“戎”，本是中国古代对西方一种少数民族的称呼，这里是指女真族的金国。金国从灭辽、灭北宋之后，形成了与南宋对峙的局面，并不断进攻南宋，攻占了大片土地。腐朽的南宋朝廷不仅不奋发图强，收复失地，反而苟且偷安，屈膝求和。由于这一次的与金议和，所以，将军不战，军备松弛。战马久不临阵，只好在马厩中食肥老死；弓弦多年不用，也陈旧折断；连那白天当炊具夜里作更鼓用的刁斗，也只好催促光阴飞度，别无他用。更有甚者，那些居于沉沉朱户之内的朝廷大员，不顾国家安危，只知道及时行乐，歌舞升平。

然而，此时毕竟不是一个国泰民安的太平盛世。卧榻之侧，分明已让他人酣睡；国门之外，金人虎视眈眈。虽然朝廷上下企图偷安于东南的半壁河山，但中原遗民却盼望恢复，戍边壮士亟欲报国。在这首诗的后半部里，诗人表达的正是这些思想。在诗人看来，中原发生战事，这并不稀奇，因为古已有之。但像现在这样，让外族几十年来安然盘踞中原而不闻不问，听凭他们繁子衍孙，世代相传，真是千古罕见的事了。所以，应该整顿军备，恢复失土。然而，纵把横笛吹破，又有谁知壮士之心？月光照耀着那沙上的征人白骨，但如今朝廷不战，功业无成，他们是白白地失去了生命！中原遗民忍死含垢，南望王师，但朝廷并不打算恢复故地，他们的希望岂有实现之日？今宵该有多少遗民在伤心落泪啊！

这首《关山月》集中体现了陆游一生的政治主张。正如他的其他很多诗作一样，这首诗也是以情取胜，以气见长。初看起来，这首诗并没有什么特别的佳句，但仔细一品味，便会发现它句句是血，声声是泪。它所抓的是一些典型的、触目惊心的、令人愤慨的现象；它所表达的是强烈的忧国忧民的感情。由于此诗抓住了当时现实中的一些最反常的细节来加以描写，并且以一股浓烈深沉的感情和意气贯穿其中，使其浑然一体，不可句摘，故千百年来，人们只要一读起它，便不禁要欷歔感叹了。

（刘禹昌　徐少舟）

书　愤

早岁那知世事艰？　中原北望气如山。
楼船夜雪瓜洲渡，　铁马秋风大散关。
塞上长城空自许，　镜中衰鬓已先斑。
《出师》一表真名世，　千载谁堪伯仲间？

此诗作于孝宗淳熙十三年(1186)春，这时陆游退居于山阴家中，已是六十二岁的老人。从淳熙七年起，他罢官已六年，挂着一个空衔在故乡蛰居。直到作此诗时，才以朝奉大夫、权知严州军州事起用。因此，诗的内容兼有追怀往事和重新立誓报国的两重感情。

诗的前四句是回顾往事。“早岁”句指隆兴元年(1163)他三十九岁在镇江府任通判和乾道八年(1172)他四十八岁在南郑任王炎幕僚事。当时他亲临抗金战争的第一线，北望中原，收复故土的豪情壮志，坚定如山。以下两句分叙两次值得纪念的经历：隆兴元年，主张抗金的张浚以右丞相都督江淮诸路军马，楼船横江，往来于建康、镇江之间，军容甚壮。诗人满怀着收复故土的胜利希望，“气如山”三字描写出他当年的激奋心情。但不久，张浚军在符离大败，狼狈南撤，次年被罢免。诗人的愿望成了泡影。追忆往事，怎不令人叹惋！另一次使诗人不胜感慨的是乾道八年事。王炎当时以枢密使出任四川宣抚使，积极擘画进兵关中恢复中原的军事部署。陆游在军中时,曾有一次在夜间骑马过渭水,后来追忆此事,写下了“念昔少年时,从戎何壮哉!独骑洮河马,涉渭夜衔枚”(《岁暮风雨》)的诗句。他曾几次亲临大散关前线,后来也有“我曾从戎清渭侧,散关嵯峨下临贼。铁衣上马蹴坚冰,有时三日不火食”(《江北庄取米到作饭香甚有感》)的诗句,追写这段战斗生活。当时北望中原,也是浩气如山的。但是这年九月,王炎被调回临安,他的宣抚使府中幕僚也随之星散,北征又一次成了泡影。“楼船夜雪瓜洲渡,铁马秋风大散关”,这十四字中包含着多么丰富的愤激和辛酸的感情啊!

岁月不居,壮岁已逝,志未酬而鬓先斑,这在赤心为国的诗人是日夜为之痛心疾首的。陆游不但是诗人,他还是以战略家自负的。可惜毕生未能一展长材。“切勿轻书生,上马能击贼”(《太息》);“平生万里心,执戈王前驱”(《夜读兵书》)是他念念不忘的心愿。自许为“塞上长城”,是他毕生的抱负。“塞上长城”,典出《南史·檀道济传》,南朝宋文帝杀大将檀道济,檀在临死前投帻怒叱:“乃坏汝万里长城!”陆游虽然没有如檀道济的被冤杀,但因主张抗金,多年被贬,“长城”只能是空自期许。这种怅惘是和一般文士的怀才不遇之感大有区别的。

但老骥伏枥,陆游的壮心不死,他仍渴望效法诸葛亮的“鞠躬尽瘁”,干一番与伊、吕相伯仲的报国大业。这种志愿至老不移,甚至开禧二年(1206)他已是八十二岁的高龄时,当韩侂胄起兵抗金,“耄年肝胆尚轮囷”(《观邸报感怀》),他还跃跃欲试。

《书愤》是陆游的七律名篇之一,全诗感情沉郁,气韵浑厚,显然得力于杜甫。中两联属对工稳,尤以颔联“楼船”“铁马”两句,雄放豪迈,为人们广泛传诵。这样的诗句出自他亲身的经历,饱含着他的政治生活感受,是那些逞才摛藻的作品所无法比拟的。

（何满子）

临安春雨初霁

世味年来薄似纱，　　谁令骑马客京华？
小楼一夜听春雨，　　深巷明朝卖杏花。
矮纸斜行闲作草，　　晴窗细乳戏分茶。
素衣莫起风尘叹，　　犹及清明可到家。

陆游的这首《临安春雨初霁》写于淳熙十三年(1186)，此时他已六十二岁，在家乡山阴(今浙江绍兴)赋闲了五年。诗人少年时的意气风发与壮年时的裘马轻狂，都随着岁月的流逝一去不返了。虽然他光复中原的壮志未衰，但对偏安一隅的南宋小朝廷的软弱与黑暗，是日益见得明白了。这一年春天，陆游又被起用为严州知府，赴任之前，先到临安(今浙江杭州)去觐见皇帝，住在西湖边上的客栈里听候召见，在百无聊赖中，写下了这首广泛传诵的名作。

自淳熙五年被孝宗召见以来，陆游并未得到重用，只是在福建、江西做了两任提举常平茶盐公事；家居五年，更是远离政界，但对于政治舞台上的倾轧变幻，对于世态炎凉，他是体会得更深了。所以诗的开头就用了一个独具匠心的巧譬，感叹世态人情薄得就像半透明的纱。世情既然如此浇薄，何必出来做官？所以下句说：为什么骑了马到京城里来，过这客居寂寞与无聊的生活呢？

“小楼”一联是陆游的名句,语言清新隽永。诗人只身住在小楼上,彻夜听着春雨的淅沥;次日清晨,深幽的小巷中传来了叫卖杏花的声音,告诉人们春已深了。绵绵的春雨,由诗人的听觉中写出;而淡荡的春光,则在卖花声里透出。写得形象而有深致。传说这两句诗后来传入宫中,深为孝宗所称赏,可见一时传诵之广。历来评此诗的人都以为这两句细致贴切,描绘了一幅明艳生动的春光图,但没有注意到它在全诗中的作用不仅在于刻画春光,而是与前后诗意浑然一体的。其实,“小楼一夜听春雨”,正是说绵绵春雨如愁人的思绪。在读这一句诗时,对“一夜”两字不可轻轻放过,它正暗示了诗人一夜未曾入睡,国事家愁,伴着这雨声而涌上了眉间心头。李商隐的“秋阴不散霜飞晚,留得枯荷听雨声”,是以枯荷听雨暗寓怀友之相思。晁君诚“小雨愔愔人不寐,卧听羸马龁残刍”,是以卧听马吃草的声音来刻画作者彻夜不能入眠的情景。陆游这里写得更为含蓄深蕴,他虽然用了比较明快的字眼,但用意还是要表达自己的郁闷与惆怅,而且正是用明媚的春光作为背景,才与自己落寞情怀构成了鲜明的对照。在这明艳的春光中,诗人在做什么呢?于是有了五六两句。

“矮纸”就是短纸、小纸,“草”就是草书。陆游擅长行草,从现存的陆游手迹看,他的行草疏朗有致,风韵潇洒。这一句实是暗用了张芝的典故。据说张芝擅草书,但平时都写楷字,人问其故,回答说,“匆匆不暇草书”,意即写草书太花时间,所以没工夫写。陆游客居京华,闲极无聊,所以以草书消遣。因为是小雨初霁,所以说“晴窗”,“细乳”即是沏茶时水面呈白色的小泡沫。“分茶”是宋人泡茶的一种方法,即以开水注入茶碗后,用箸搅茶乳,使水波纹幻变成种种形状。无事而作草书，晴窗下品着清茗，表面上看，是极闲适恬静的境界，然而在这背后，正藏着诗人无限的感慨与牢骚。陆游素来有为国家作一番轰轰烈烈事业的宏愿，而严州知府的职位本与他的素志不合，何况觐见一次皇帝，不知要在客舍中等待多久！国家正是多事之秋，而诗人却在以作书分茶消磨时光，真是无聊而可悲！于是再也按捺不住心头的怨愤，写下了结尾两句。

陆机的《为顾彦先赠妇》诗中云“京洛多风尘，素衣化为缁”，不仅指羁旅风霜之苦，又寓有京中恶浊，久居为其所化的意思。陆游这里反用其意，其实是自我解嘲。“莫起风尘叹”，是因为不用等到清明就可以回家了，然回家本非诗人之愿。因京中闲居无聊，志不得伸，故不如回乡躬耕。“犹及清明可到家”实为激楚之言。偌大一个杭州城，竟然容不得诗人有所作为，悲愤之情见于言外。

（王镇远）

秋夜将晓出篱门迎凉有感二首

迢迢天汉西南落，　喔喔邻鸡一再鸣。
壮志病来消欲尽，　出门搔首怆平生。

三万里河东入海，　五千仞岳上摩天。
遗民泪尽胡尘里，　南望王师又一年！

六十八岁的放翁，被罢斥归山阴故里已经四年了。看来，平静的村居生活并不能使老人的心平静下来。尽管“食且不继”，疾病缠身，他依然心存天下，壮怀激烈。此时虽值初秋，暑威仍厉，天气的热闷与心头的煎沸，使他不能安睡。将晓之际，他步出篱门，以舒烦热，心头怅触，成此二诗。

第一首落笔写银河西坠，鸡鸣欲曙，从所见所闻渲染出一种苍茫静寂的气氛。“一再鸣”三字，可见百感已暗集毫端。三四句写“有感”正面。一个“欲”字，一个“怆”字表现了有心杀敌、无力回天的感慨。他几乎与宋朝的国难一起降临人间，出生的第三年就遇上徽、钦二帝被掳，北宋灭亡。亡国之痛，流离之苦，与他的年龄一齐增长。六十多年的身世之感、家国之痛，岂是一首绝句容纳得下！诗人把这一切熔铸在“搔首”这一细节中，诗情饱满，溢出纸外。

如果说，第一首以沉郁胜，第二首则是以雄浑胜。第一首似一支序曲，第二首才是主奏，意境更为辽阔，感情也更为沉痛。

“三万里河”指黄河，“五千仞岳”指华山，两者都在金人占领区内。诗一开始劈空而来，气象森严。山河本来是不动的，由于用了“入”“摩”二字，就使人感到这黄河、华山不仅雄伟，而且虎虎有生气。但大好河山，陷于敌手，怎能不使人感到无比愤慨！“东入海”的黄河，仿佛夹着愤怒之气，倾泻而来；“上摩天”的华山，昂然挺立，直刺苍穹。这两句意境阔大深沉，对仗工整犹为余事。

“遗民泪尽胡尘里”的“尽”字，更含无限酸辛。眼泪流了六十多年，怎能不尽？但即使“眼枯终见血”，那些心怀故国的遗民依然企望南天；金人马队扬起的灰尘，隔不断他们苦盼王师的视线。以“胡尘”作“泪尽”的背景，感情愈加沉痛。

结句“南望王师又一年”，一个“又”字扩大了时间的上限。遗民苦盼，年复一年，但路远山遥，他们哪里知道，南宋君臣早已把他们忘记得干干净净！诗人极写北地遗民的苦望，实际上是在表露自己心头的失望。但失望又终究不同于绝望。诗人为遗民呼号，目的还是想引起南宋当国者的警觉，激起他们的恢复之志。他不是临终还希望“王师北定中原”吗？于此可见，全诗以“望”字为眼，表现了诗人希望、失望而终不绝望的千回百转的心情。这是悲壮深沉的心声。诗境雄伟、严肃、苍凉、悲愤，读之令人奋起。

（赖汉屏）

十一月四日风雨大作二首(其二)

僵卧孤村不自哀，　尚思为国戍轮台。
夜阑卧听风吹雨，　铁马冰河入梦来。

南宋光宗绍熙三年(1192)农历十一月四日深夜山阴(今浙江绍兴)骤起一场风雨，震响了僵卧孤村的六十八岁老诗人的心弦。在此前二年他以"嘲弄风月"的罪名被弹劾罢官，归隐于山阴三山故居，但老骥伏枥而志在千里，此刻诗的灵感又随风雨同至。诗中强烈的报国感情、豪迈的诗风，使人读之足可"发扬矜奋，起痿兴痹"(姚范《援鹑堂笔记》)！

当时诗人境遇不佳，罢官时两袖清风，归居后祠禄亦时有中断，故曾有《薪米偶不继戏书》诗；经济上捉襟见肘之外，尚心力交瘁，时常卧病。但他"穷且益坚，不坠青云之志"(王勃《滕王阁序》语)，仍发出高亢之音。"卧"而"僵"，形体可谓衰朽；"村"而"孤"，处境亦属艰难，但是"不自哀"三字颇有力量，显示出崇高的气节与情操。其一，诗人并未沉湎于一己之否泰荣辱而顾影自怜，他仍"杜门忧国复忧民"(《春晚即事》)；其二，"老病虽惫甚，壮气复有余"(《夜读兵书》)，诗人"不自哀"是对复国大业仍充满胜利信心。"不自哀"以"僵卧孤村"来反衬，更显得其志坚定不移。

唯其"尚思为国戍轮台"，才能有"不自哀"之壮志。"轮台"原系汉代西域地名，为今新疆轮台县，这是借指宋代北方边疆。"尚思”是针对“僵卧孤村”而言，年近古稀，而又卧病，犹不失其当初渴望马革裹尸的“平胡壮士心”(《新春》)，其忧国忧民的拳拳之念，是何等感人！

后两句转入实写。诗人心头始终郁结着慷慨之情，所以当夜深人静，忽听到窗外“风如拔山怒，雨如决河倾”(《大风雨中作》)，岂能不触景生情，由风雨大作的气势联想到官军杀敌的神威！心似翻江，夜虽深而难寐；有所思，才有所梦。激动之余，入梦的是“铁马冰河”，诗人的感情至此推向高潮。冰河，泛指北方严寒之地，以此衬托抗金义士的坚强勇武及收复失地的斗志。“入梦来”，颇值得玩味。诗人化宾为主，写“铁马冰河”直闯入梦境，造成一种先声夺人的气势。这是陆游论诗文“以气为主”(《傅给事外制集序》)说的生动体现。“入梦来”又曲折地反映了现实的可悲。“诸公可叹善谋身，误国当时岂一秦?”(《追感往事》)朝廷衮衮诸公正在断送恢复大业。但诗人并不悲观，此诗总的基调是高昂向上的，情绪是令人鼓舞的。全诗意境开阔，气魄恢宏，又有很强的艺术概括力，赵翼称陆游诗“言简意深，一语胜人千百”(《瓯北诗话》)，此诗正是一例。

(王英志)

沈园二首

城上斜阳画角哀，　　沈园非复旧池台。
伤心桥下春波绿，　　曾是惊鸿照影来。

梦断香销四十年，　　沈园柳老不吹绵。
此身行作稽山土，　　犹吊遗踪一泫然！

陆游被誉为“亘古男儿一放翁”（梁启超《读陆放翁集》），尝自称“老夫壮气横九州”（《冬暖》），渴望“上马击狂胡，下马草军书”（《观大散关图有感》），是一个豪气冲天的大丈夫，写有大量天风海雨般的作品。但这只是其人其诗之一面（当然是主导方面）。他还有另一面，即个人家庭的悲欢离合，儿女之情的缠绵悱恻。他抒发此类感情的作品，写得哀婉动人。他一生最大的个人不幸就是与结发妻唐琬的爱情悲剧。据《齐东野语》等书记载与近人考证：陆游于高宗绍兴十四年（1144）二十岁时与母舅之女唐琬结琴瑟之好，婚后“伉俪相得”，但陆母并不喜欢儿媳，终至迫使于婚后三年左右离异。后唐氏改嫁赵士程，陆游亦另娶王氏。绍兴二十五年春，陆游三十一岁，偶然与唐琬夫妇“相遇于禹迹寺南之沈氏园。唐以语赵，遣致酒肴。陆怅然久之，为赋《钗头凤》一词题壁间”。唐氏见后亦奉和一首，从此郁郁寡欢，不久便抱恨而死。陆游自此更加重了心灵的创伤，悲悼之情始终郁积于怀，五十余年间,陆续写了多首悼亡诗,《沈园》即是其中最脍炙人口的两首。

《齐东野语》曰:“翁居鉴湖之三山,晚岁每入城,必登寺眺望,不能胜情,又赋二绝云:(引诗略。)盖庆元己未也。”庆元己未为公元1199年,是年陆游七十五岁。《沈园》乃诗人触景生情之作,此时距沈园邂逅唐氏已四十五年,但缱绻之情丝毫未减,反而随岁月之增而加深。

《沈园》之一回忆沈园相逢之事,悲伤之情充溢楮墨之间。

“城上斜阳”,不仅点明傍晚的时间,而且渲染出一种悲凉氛围,作为全诗的背景。斜阳惨淡,给沈园也涂抹上一层悲凉的感情色彩。于此视觉形象之外,又配以“画角哀”的听觉形象,更增悲哀之感。“画角”是一种彩绘的管乐器,古时军中用以警昏晓,其声高亢凄厉。此“哀”字更是诗人悲哀之情外射所致,是当时心境的反映。这一句造成了有声有色的悲境,作为沈园的陪衬。

次句即引出处于悲哀氛围中的“沈园”。诗人于光宗绍熙三年(1192)六十八岁时所写的《禹迹寺南有沈氏小园序》曰:“禹迹寺南有沈氏小园,四十年前(按:实为三十八年)尝题小词壁间,偶复一到,园已三易主,读之怅然。”诗中并有“坏壁醉题尘漠漠”之句。那时沈园已有很大变化;而现在又过七年,更是面目全非,不仅“三易主”,且池台景物也不复可认。诗人对沈园具有特殊的感情,这是他与唐氏离异后唯一相见之处,也是永诀之所。这里留下了他刹那间的喜与永久的悲,《钗头凤》这首摧人肝肺之词也题于此。他多么渴望旧事重现,尽管那是悲剧,但毕竟可一睹唐氏芳姿。这当然是幻想,不得已而求其次,他又希望沈园此时的一池一台仍保持当年与唐氏相遇时的情景，以便旧梦重温，借以自慰。但现实太残酷了，今日不仅心上人早已作古，连景物也非复旧观。诗人此刻心境之寥落，可以想见。

但是诗人并不就此作罢，他仍竭力寻找可以引起回忆的景物，于是看到了“桥下春波绿”一如往日，感到似见故人。只是此景引起的不是喜悦而是“伤心”的回忆：“曾是惊鸿照影来。”四十四年前，唐氏恰如曹植《洛神赋》中所描写的“翩若惊鸿”的仙子，飘然降临于春波之上。她是那么婉娈温柔，又是那么凄楚欲绝。离异之后的不期而遇所引起的只是无限“伤心”。诗人赋《钗头凤》，抒写出“东风恶，欢情薄”的愤懑，“泪痕红浥鲛绡透”的悲哀，“错！错！错！”的悔恨。唐氏和词亦发出“世情薄，人情恶”的控诉，“今非昨，病魂常恨千秋索”的哀怨。虽然已过了四十余春秋，而诗人“一怀愁绪”，绵绵不绝，但“玉骨久成泉下土”（《十二月二日夜梦游沈氏园亭》），一切早已无可挽回，那照影惊鸿已一去不复返了。然而只要此心不死，此“影”将永在心中。

《沈园》之二写诗人对爱情的坚贞不渝。

首句感叹唐氏溘然长逝已四十年了。古来往往以“香销玉殒”喻女子之亡，“梦断香销”即指唐氏之死。陆游于八十四岁即临终前一年所作悼念唐氏的《春游》亦云：“也信美人终作土，不堪幽梦太匆匆。”唐氏实际已死四十四年，此“四十年”取其整数。这一句充满了刻骨铭心之真情。

次句既是写沈园即目之景：柳树已老，不再飞绵；也是一种借以自喻的比兴：诗人六十八岁时来沈园已自称“河阳愁鬓怯新霜”（《禹迹寺南有沈氏小园》），此时年逾古稀，正如园中老树，已无所作为,对个人生活更无追求。“此身行作稽山土”,则是对“柳老”内涵的进一步说明。“美人终作土”,自己亦将埋葬于会稽山下而化为黄土。此句目的是反衬出尾句“犹吊遗踪一泫然”,即对唐氏坚贞不渝之情。一个“犹”字,使诗意得到升华:尽管自己将不久于人世,但对唐氏眷念之情永不泯灭;尽管个人生活上已无所追求,但对唐氏之爱历久弥新。所以对沈园遗踪还要凭吊一番而泫然涕下。“泫然”二字,饱含多少复杂的感情!其中有爱,有恨,有悔,诗人不点破,足供读者体味。

这二首诗与陆游慷慨激昂的诗篇风格迥异。感情性质既别,艺术表现自然不同。写得深沉哀婉,含蓄蕴藉,但仍保持其语言朴素自然的一贯特色。　　　　(王英志)

梅花绝句

闻道梅花坼晓风，[1]　雪堆遍满四山中。
何方可化身千亿？　一树梅前一放翁。

〔注〕 ① 坼：裂开，此谓花朵绽开。

此诗作于宁宗嘉泰二年(1202)，时放翁七十八岁，闲居山阴。

上联写梅花不畏寒冽，笑迎晨风，纷繁似雪，遍开山中。这种描写，几乎是咏梅诗中的套语，常可看到，如杜甫诗“雪树元同色，江风亦自波”(《江梅》)，许浑诗“素艳雪凝树，清香风满枝”(《闻薛先辈陪大夫看早梅因寄》)，此诗引人注目的是下联。诗人用了一个奇特的设想，极表其爱梅之心：有什么方法能把自己化为千万个人，让每一枝梅花之前都有个放翁呢？吐语不凡。《红楼梦》写宝、黛诸人赋菊，其中史湘云《对菊》，有“萧疏篱畔科头坐，清冷香中抱膝吟”之句，写其依恋菊花之状，十分传神。李纨评道：“竟一时舍不得离了菊花，菊花有知，倒还怕腻烦了呢！”前人爱梅，亦有沁香入骨、爱之欲餐之语。但与放翁此诗对梅之状、爱梅之心相比，高下深浅自见。不过，这种设想并非放翁首创，显然出自柳宗元的《与浩初上人同看山寄京华亲故》：“海畔尖山似剑铓，秋来处处割愁肠。若为化得身千亿，散上峰头望故乡。”但两首诗所表现的形象和意境，则全然不同。柳宗元谪居岭南，万里投荒，羁情凄凄，愁思郁郁，其状酸心，其语刻骨。而放翁逸兴遄飞，其对梅的狂态、赏梅的痴情，通过这一设想，得到了淋漓尽致的表现，格调极高。

自唐以来，世人盛赏牡丹，爱梅还是爱牡丹，几乎成了人品志趣雅俗高下的一个标准。隐居孤山的林逋，即以爱梅、咏梅著称。梅以韵胜，以格高，林逋所重，在其韵；放翁所重，在其格。放翁早年师事曾幾，曾幾尝问："梅与牡丹孰胜？"放翁以诗作答："曾与诗翁定诗品，一丘一壑过姚黄。"（《梅花绝句》）梅花的清风亮节，于放翁实为同气，故借梅抒写怀抱。这是放翁性喜咏梅，而且多咏梅的高格，不同于林逋专写其清神逸韵的原因。

此诗在放翁众多的咏梅诗中，更是别具一格。题是梅花，其意在人。不但写人赏梅之状，还隐喻其立身之德。上联写梅，只是下联写人的陪衬。诗人为了能与梅花相亲，不辞冒着清晨的寒风欣赏，则其独抱孤衷之意，自在言外。化身千亿，长在梅前。能与雪洁冰清的梅花心相印、意相通、语相接，则其人之高标绝俗，又跃然纸上。反过来，在百花园中，又有哪种名花，能与时穷见节之士心迹相通？能无愧骨沁幽香、气傲寒雪之美？也许此誉非梅莫属了。咏梅为了咏人，咏人又离不开咏梅，梅乎人乎，两实难分，读这首诗，应于此着眼。 **（黄　珅）**

示 儿

死去元知万事空，　　但悲不见九州同。
王师北定中原日，　　家祭无忘告乃翁。

陆游卒于宁宗嘉定二年十二月。这首《示儿》诗是他临终前写的，既是他的绝笔，也是他的遗嘱。

作为一首绝笔，它无愧于诗人创作的一生。陆游享年八十五岁，现存诗九千余首。其享年之高、作品之多，在古代诗人中是少有的；而以这样一首篇幅短小、分量却十分沉重的压卷之作来结束他的漫长的创作生涯，这在古代诗人中更不多见。

作为一篇遗嘱，它无愧于诗人爱国的一生。一个人在病榻弥留之际，回首平生，百感交集，环顾家人，儿女情深，要抒发的感慨、要留下的语言，是千头万绪的；就连一代英杰的曹操，在辞世前还不免以分香卖履为嘱。而诗人却以“北定中原”来表达其生命中的最后意愿，以“无忘告乃翁”作为对亲人的最后嘱咐，这是极其难能可贵的。在这一点上，古往今来又有几个人能与他相比？

陆游生于北宋覆亡前夕，身历神州陆沉之恨，深以南宋偏安一隅、屈膝乞和为耻，念念不忘收复中原；但他从未得到重用，而且多次罢职闲居，平生志业，百无一酬，最后回到故乡山阴的农村，清贫自守，赍志以殁。他的一生是失意的一生，而他的爱国热情始终没有减退，恢复信念始终没有动摇。其可贵之处正在于他的爱是如此强烈，如此执着。这从他的大量诗篇可以看得出来；从这首《示儿》诗中，更会受到他对国家民族一往情深、九死不悔的精神的强烈感染。

南宋初年屡挫金兵的宗泽，在临终时，也念念不忘恢复大业，曾连呼“渡河”者三。徐伯龄在《蟫精隽》中称赞陆游的《示儿》诗说：“较之宗泽三呼渡河之心，何以异哉！”这一评语看到了这首诗有其悲中见壮的色彩。诗人在他的有生之年内，时时刻刻都以收复中原为念，到他写这首诗时知道再也不能实现这一愿望了。这不能不使他心怀沉痛之情，发为悲怆之音。但在同时，他又满怀信心，坚信最后一定有“北定中原”之一日。因此，这首诗的一个值得重视的特色是寓壮怀于悲痛之中，其基调并不低沉。

从语言看，这首诗的另一特色是不假雕饰，直抒胸臆。这里，诗人表达的是他一生的心愿，倾注的是他满腔的悲慨。诗中所蕴含和蓄积的感情是极其深厚、强烈的，但却出之以极其朴素、平淡的语言，从而自然地达到真切动人的艺术效果。贺贻孙在《诗筏》中就说这首诗“率意直书，悲壮沉痛……可泣鬼神”。这说明，凡真情流露之作，本来是用不着借助于文字渲染的，越朴素、越平淡，反而更能示其感情的真挚。 **（陈邦炎）**

催租行

输租得钞官更催，　　踉跄里正敲门来。
手持文书杂嗔喜：　　“我亦来营醉归尔！”
床头悭囊大如拳，　　扑破正有三百钱：
“不堪与君成一醉，　　聊复偿君草鞋费。”

这首诗，只八句五十六字，却有情节、有人物，展现了一个颇有戏剧性的场面，使人既感到可笑，又感到可恨、可悲。

第一句单刀直入，一上来就抓住了“催租”的主题。全篇只有八句，用单刀直入法是适宜的，也是一般人能够想到、也能够做到的。还有，“催租”是个老主题，用一般人能够想到、也能够做到的单刀直入法写老主题，容易流于一般化。然而一读诗，就会感到不但不一般化，而且很新颖。这新颖，首先来自作者选材的角度新。请看：“输租得钞”，这四个字，已经简练地概括了官家催租、农民想方设法交清了租并且拿到了收据的全过程。旧社会的农村流传着一句老话：“早完钱粮不怕官。”既然已经交清租、拿到了收据，这一年就可以安生了！诗人《催租行》的创作，也就可以搁笔了！然而不然，官家催租的花样很多。农民欠租，官家催租，这是老一套；农民交了租，官家又来催，这是新名堂。范成大只用“输租得钞”四个字打发了前人多次表现过的老主题，接着用“官更催”三个字揭开了前人还不太注意的新序幕，令人耳目一新。

这新序幕一揭开，一个“新”人物就跟着登场了。

紧承“官更催”而来的“踉跄里正敲门来”一句极富表现力。“踉跄”一词，活画出“里正”歪歪斜斜走路的流氓神气。“敲”主要写“里正”的动作，但那动作既有明确的目的性——催租，那动作的承受者就不仅是农民的“门”，主要的是农民的心！随着那“敲”的动作落到“门”上，就出现了简陋的院落和破烂的屋子，也出现了神色慌张的农民。凭着多年的经验，农民从急促而沉重的敲门声中已经完全明白敲门者是什么人、他又来干什么，于是赶忙来开门。接下去，自然是“里正”同农民一起入门、进屋，农民低三下四地请“里正”就座、喝水……这一切，都没有写，但都在意料之中。没有写而产生了写的效果，这就叫不写之写。在这里，不写之写还远不止此，看看下文就会明白。“手持文书杂嗔喜”一句告诉人们：“里正”进屋之后，也许先说了些题外话，但“图穷匕首现”，终于露出了催租的凶相。当他责问“你为什么还不交租”的时候，农民就说：“我已经交清了！”并且呈上官府发给的收据。“里正”接过收据，始而发脾气，想说“这是假的”，然而看来看去，千真万确，只好转怒为喜，嬉皮笑脸地说：“好！好！交了就好！我没有别的意思，只不过是来你这儿弄几杯酒，喝它个醉醺醺就回家罢了！”通过“杂嗔喜”的表情和“我亦来营醉归尔”的语气，把那个机诈善变、死皮赖脸、假公济私的狗腿子的形象，勾画得多么活灵活现！

“里正”要吃酒，农民将如何对付呢？催租吏一到农家，农民就得设宴款待。“里正”既然明说要尽醉方归，那么接下去，大约就该描写农民如何借鸡觅酒了。然而出人意外，作者却掉转笔锋，写了这么四句：“床头悭囊大如拳，扑破正有三百钱：‘不堪与君成一醉，聊复偿君草鞋费。'"钱罐"大如拳"，极言其小；放在"床头"，极言爱惜。小小的钱罐里好容易积攒了几百钱，平时舍不得用，如今逼不得已，只好敲破罐子一股脑儿送给"里正"，还委婉地赔情道歉说："这点小意思还不够您喝一顿酒，您为公事把鞋都跑烂了，姑且拿去贴补草鞋钱吧！"写到这里，就戛然而止，下面当然还有些情节，却留给读者用想象去补充，这也算是不写之写。

"里正"要求酒席款待，农民却只顾打破悭囊献上草鞋钱，分明牛头不对马嘴，难道不怕碰钉子、触霉头吗？不怕。因为"里正"口头要酒，心里要钱，农民懂得他内心深处的潜台词。何况，他口上说的与心里想的并不矛盾：有了钱，不就可以买酒吃吗？作者的高明之处，在于跨越"里正"的潜台词以及农民对那潜台词的心照不宣，便去写送钱。"扑破"一句，实际上用了杜诗"径须相就饮一斗，恰有三百青铜钱"的典故。扑破"悭囊"，不多不少"正有三百钱"，说明农民针对"里正""醉归"的要求，正是送酒钱，却又不直说送的是酒钱，而说"不堪与君成一醉，聊复偿君草鞋费"，其用笔之灵妙，口角之生动，也值得玩味。

苏辙在《诗病五事》里举《诗经·大雅·绵》及杜甫的《哀江头》为例，说明"事不接，文不属，如连山断岭，虽相去绝远，而气象联络，观者知其脉理之为一"，是"为文之高致"。所谓"事不接，文不属"，也就是大幅度的跳跃。这首诗的纪事，就不是寸步不遗，而是大幅度的跳跃，同时又"气象联络"。八句诗四换韵："催""来"押平声韵，"喜""尔"押上声韵，"拳""钱"押平声韵，"醉""费"押去声韵。韵脚忽抑忽扬的急遽转换，也正好与内容上的跳跃相适应。

（霍松林）

州　桥

州桥南北是天街，　父老年年等驾回。
忍泪失声询使者，　几时真有六军来？

这首《州桥》诗是范成大于宋孝宗乾道六年(1170)出使金邦时所写的七十二首绝句之一。州桥，指北宋故都汴京(今河南开封)城内横跨汴河的天汉桥。孟元老《东京梦华录》也多处提到此桥。诗以《州桥》为题，对作者和当时的人民来说，这不是一个寻常的地理名称，而是足以勾起故国黍离之悲的一座桥梁。

作者在诗题下自注云："南望朱雀门，北望宣德楼，皆旧御路也。"诗的首句就以白描手法指点出望中所见的桥南桥北的街道。诗句似淡淡着墨，并没有对这座桥、这条街的景象作任何渲染。淡淡着墨，朴素无华，但当年南宋人民读到这句诗时，会感到其分量是异常沉重的。诗笔下的这条街不是寻常的街道，而是象征北宋朝廷、象征人们心目中的故国的"天街"，也就是作者自注中的"御路"。而作者身临这座陷落了的故都，在这条街上"南望朱雀门，北望宣德楼"，当然更不胜今昔兴亡之感。他在这次出使的日记《揽辔录》中写道："过櫺星门，侧望端门，旧宣德楼也。金改为承天门，五门如画。……使属官吏望者，皆陨涕不自胜。"联系这一记述，再来看这句诗，就可知其含蕴是多么深厚了。

当然，从整首诗看，作者深情所注，主要还不是汴京的桥梁、街道，而是在桥边、街头所接触的百姓，所以紧接着承以“父老年年等驾回”一句。汴京此时被金人占领已四十四年，当日的少年，此时已满头白发了。但岁月尽管流逝，而南宋使者所过之处，仍是“遗黎往往垂涕嗟啧”。（见《揽辔录》）作者以“年年”二字对遗民历久不衰的故国之思表达了极大的同情和敬意。这两个字也表露了，只图偏安的南宋朝廷是怎样年复一年辜负了人民的期待。

三四两句显现出一幕汴京父老遇到南宋使节时的动人场景。上句以“忍泪失声”四字传神地写出父老们的情态。他们面对故国使臣，一时间无穷悲愤齐上心头，恨不得放声痛哭，尽情一吐，而在那样一个环境中却不得不把到了眼眶边的泪水忍住，可又不得不把积压在心底的话讲出。本是千言万语，这片刻间都为悲哀所梗塞，只颤颤巍巍、不成声调地迸出了一句话，那就是：究竟几时才真有王师到来？这句问话中，“真有”二字也是传神之笔，写出了父老们的迫切心情，而且含意深长，暗藏着对南宋当局的诘问。

这首诗不仅使读者如临其境，还使读者窥见了诗中人物的曲折的内心活动。诗在到达顶点时戛然而止，可是并非语意都尽，而是余音袅袅，启人深思。诗人没有以使者身份回答这个问题，也没有以作者口吻发表议论；但他的感情，已经与诗笔叙说的事实、描绘的形象融合为一了。

如果要探索其“不尽之意”，不妨参读陆游的《夜读范至能〈揽辔录〉，言中原父老见使者多挥涕，感其事，作绝句》：“公卿有党排宗泽，帷幄无人用岳飞。遗老不应知此恨，亦逢汉节解沾衣。”可说是对《州桥》诗中父老的提问作了间接的答复。这就是父老年年失望的原因，也是使者无言以对的原因。（陈邦炎）

夏日田园杂兴十二绝(其一、其七、其九、其十一)

梅子金黄杏子肥，　麦花雪白菜花稀。
日长篱落无人过，　惟有蜻蜓蛱蝶飞。

昼出耘田夜绩麻，　村庄儿女各当家。
童孙未解供耕织，　也傍桑阴学种瓜。

黄尘行客汗如浆，　少住侬家漱井香。
借与门前磐石坐，　柳阴亭午正风凉。

采菱辛苦废犁锄，　血指流丹鬼质枯。
无力买田聊种水，　近来湖面亦收租。

范成大有干练之才且有爱民之心，他多次做官，官阶也很高，但宦情淡薄，屡次以病乞休。清宋长白《柳亭诗话》有一则记载说，相传宋孝宗想叫他当宰相，但怕他“不知稼穑之艰难”，故未授，范氏闻而作《四时田园杂兴》以自表白。这则传说是无稽的：一、范氏为人，绝不如此热衷仕宦，他作《四时田园杂兴》，在淳熙十三年(1186)六十一岁时，是做过参知政事、知明州、知建康府以后，自己坚决以病乞归石湖之时，更不会有此情趣。二、范氏反映“稼穑艰难”、民生疾苦的作品，如前后《催租行》《劳畜耕》等，数

量不少，何待借此表白？《四时田园杂兴》这一组诗共六十首，属于“夏日”部分有十二首，现选出其中的四首。

其一，起二句写初夏江南农村的景色：虽“菜花”已“稀”而“杏”正“肥”，且“麦花雪白”而“梅子金黄”。以民歌风格写成对偶语句，调子清圆，景色优美，很有吸引力。第三句写夏日初“长”，但农事正忙，白天篱边很少过往的行人。因为江南四月，是割麦分秧的忙碌月份，农民整天在田地上劳动，早出晚归，故白天少见行人。陆游《江村初夏》有“江村夏浅暑犹薄，农事方兴人满野”之句，可见其情况。第四句又写景，说篱边“长日”，只见蜻蜓、蛱蝶在飞动。这一句合杜甫《曲江》“穿花蛱蝶深深见，点水蜻蜓款款飞”两句而为一，盖关中、江南，春末、夏初，景色有相近之处。陆游《村居初夏》有“小蝶穿花似茧黄”之句，范氏《初夏二首》也有“菜花成荚蝶犹来”之句，就专写蛱蝶了。这首诗三句写景，都显得很优美；只一句叙事，不直接写劳动，却从侧面透露劳动情况，也很有意味。

其七，用老农的口气写，这首正面写劳动，写得概括、朴素，结句又能表现农村儿童从小喜爱劳动及其天真情趣。“昼出耘田”指农夫，“夜绩麻”指妇女，合起来即是“男、女”，诗中称之为“儿女”，表出老农口气。“当家”，并非“持家”意，而是指各有“当行”，成为“惯家”能手。“童孙”，明用老农口气；“未解供耕织”，合上“儿女”“昼夜”而言；初夏桑叶茂盛成荫，故能“傍桑阴学种瓜”，“学”指的是儿童情态。

其九，写农民照料“行客”，从好客中反映他们的仁厚、善良的品德。“行客”在“黄尘”中行走，汗流“如浆”，是盛夏情况。农民自己有在烈日下走路、劳动,汗如水流的经验,他们的关心“行客”,正是理所当然。“少住”句,请“行客”在家中喝喝清香的井水。“漱”为“喝”意,用字柔细;“少住侬家”,吴侬软语,显得温柔有情,“侬”字在古代有“你”“人”“我”之义,此处是称“我”,称“我”苏州话为“nei”,“香”字尤细,因为井水清凉,在大热天渴极的“行客”口中,自然觉得胜于琼浆,清香异常,此字一显出暑天井水之美,一显出饮者因难得而喜爱之情。“借与门前磐石坐”,写明请“行客”“少停”的地点;“柳阴亭午正风凉”,描写地点之好。“亭午”,正午,补出酷热时候,呼应“汗如浆”;“柳阴”“风凉”与“黄尘”道路相映照,更显出景色可爱。这首诗叙事中带描写,也极亲切、朴素而优美。

其十一,描写种菱农民被剥削的痛苦。江南的稻田、圩田,收成都不错,但农民负担繁重的租税,生活痛苦,田地也多被兼并,范成大《劳畬耕》一诗,对此已写得很详尽。有些农民,被迫放弃耕种稻谷,改在湖上以种菱为生,但也逃不过盘剥之苦,这首诗就是写江南农村这种情况的。第一句写农民丧失田地,只好废弃“犁锄”来“辛苦”地种菱、采菱。第二句,具体描写采菱的辛苦:采得指头流着“丹”红的血,农民“枯”瘦得不像人形。“鬼质”,憔悴不像人之意,是范氏创造的名词,他《采菱户》的“采菱辛苦似天刑,刺手朱殷鬼质青”也用过这个词。“无力买田聊种水,近来湖面亦收租。”则大声疾呼,为采菱农民倾诉苦况,无田可种而种菱,哪想到湖面也要收租!这句表明他们所以形成“鬼质枯”,正是由于无孔不入的沉重盘剥。这首诗言语朴素,但感情强烈,揭露深刻,带着农民的血泪和作者的愤恨。

范成大的《四时田园杂兴》，把自陶渊明以来直到唐代的王维、储光羲、孟浩然、韦应物等描写农村自然景物的诗歌传统，以及自《诗经·豳风·七月》以来直到唐代“新乐府”诗派的反映农村社会现实的诗歌传统融合起来了：不过不用古体，而改用七言绝句的形式。它从内容到形式，都有创造性，在我国诗歌发展史上，是很值得重视的。 **（陈祥耀）**

杨万里

过百家渡四绝句

出得城来事事幽，　　涉湘半济值渔舟。
也知渔父趁鱼急，[1]　　翻着春衫不裹头。

园花落尽路花开，　　白白红红各自媒。
莫问早行奇绝处，　　四方八面野香来。

柳子祠前春已残，　　新晴特地却春寒。
疏篱不与花为护，　　只为蛛丝作网竿。

一晴一雨路干湿，　　半淡半浓山叠重。
远草平中见牛背，　　新秧疏处有人踪。

〔注〕 ① 趁：追赶捕捉。按此义当读 niǎn，不读 chèn。

百家渡在永州零陵(今属湖南)城西湘江畔，此诗作于南宋孝宗隆兴元年(1163)春，此年是作者任零陵丞的最后一年，秋天就离任回都城临安。

杨万里的诗号称“诚斋体”，在南宋诗坛自成一家。而写作此诗时正是他创立他的独特风格的开始时期。他早期专学江西派，竭力效法黄庭坚、陈师道辈的奇崛险怪的作风。作此诗的前一年，即绍兴三十二年(1162)，他彻悟了这种屈己就人、依傍前人门户的写作方法有碍于创作个性的发挥，将以前所作的诗千余首付之一炬，从此诗格为之一变。南宋人诗话论及诚斋诗的独创性时，常盛称他的“活法”。“活法”一词，他的同时友人张镃、周必大就已提出，如张镃《携杨秘监诗一编登舟因成二绝》云：“目前言句知多少，罕有先生活法诗。”周必大的一首和诗也说：“诚斋万事悟活法。”前人对“活法”议论纷纭，有的还用禅理解释，说得十分玄虚。但质而言之，只是作诗须随着不同的感兴，别出心裁，不落俗套，别具新意罢了。这样的诗才能显示作者自己的性格，不致千人一面，千篇一律。这就叫“活”。

从这四首写景诗，也可以看出诚斋的“活法”的一个方面，即抓住一个细节，抓住平凡景物中富于诗意的东西加以表现。如第一首，在湘水渡中不写山光水色，两岸风物，却抓住了中流的一只渔舟；又不写渔舟的种种，视线却集中在渔父身上；却又不写渔父的种种，单写他穿翻了衣衫，发髻不裹的自由疏放的服饰，体现了诗人对劳动者不拘礼法、衣着随便的欣赏之情。画面表现得光度集中，给人以极深刻的印象。

第二首写野径早行，提供给读者的也只有单纯的集中的印象：沿途红红白白、四方飘香的野花。诗人集中兴趣于郊野的自然景物，而景物中最耀眼的则是向行人献媚竞艳（他用了新颖的“自媒”二字）的路花。这时，他身外的一切都不在他眼里了，见到的只是白白红红之花，闻到的只是四面八方袭来的香气，他就将这刹那间的感兴形之于诗。诗句并不特别警拔，但诗人的兴会却表现得异常鲜明。

第三首写途经柳宗元祠堂。柳宗元曾被贬为永州司马，如果换一个居官永州的诗人，路过柳子祠，恐怕不免要怀古一番。可是杨万里的眼睛却盯住篱竿上的蜘蛛网。篱竿本来是编在栅栏上护花的，然而却成了蜘蛛结网的凭借。这是人们在园边宅畔常见的小事物，写入诗中，给人以异常的亲切感，也显示了诗人的童心。从中固然可以发现平凡的小东西中的诗情，若说其中含有某种讽喻，比如说，叹惜本应护花的材料却被蜘蛛作了网竿，是象征着柳宗元的不为世用的沦落，似乎也无不可。好诗常常是留着让读者充分想象的天地的。

以上三首都集中绘写景物中的某一个点，有如电影中的特写镜头；而第四首乍看似是写全景与远景。但细察之，置于画面中心的仍是吸引视觉的有生意的景象。道路和远山只是画面的背景，着重呈露的却是草中的牛背和秧间的人踪。诗人的用心始终是赋予平常事物以新鲜感。

杨万里诗机智灵动，不避俗语，很少用典或全不用典，小诗尤其如此。但第四首的第一联用拗格，首句第五字应用平声而用仄声字“路”，次句的第五字应用仄声而用平声字“山”，险韵拗句是江西派特征之一，于此可见他早期学黄庭坚的旧习尚未蜕尽。

（何满子）

杨万里

小 池

泉眼无声惜细流， 树阴照水爱晴柔。
小荷才露尖尖角， 早有蜻蜓立上头。

这首绝句取景很别致，“泉”则曰“眼”，“流”则言“细”，荷是“小荷”，叶是“尖尖角”，这“尖尖角”上还立着个小小的蜻蜓：诗中之物，无不透着一个“小”字，加上诗题“小池”，通体小巧玲珑，天真妩媚。不待安排句法，只这些小巧天真的形象，已令人目悦神怡。

细玩这首诗，又不仅以小巧玲珑取胜，佳绝处在于巧妙地写出了自然物之间的亲密关系，表现了诗人静观自得的心情。起句“泉眼”“细流”，本夏日平常光景，下一“惜”字，则仿佛泉眼故惜涓滴，无情化为有情。次句写“树阴”“池水”，着一“爱”字，则又似绿树以池水作妆镜，展现其绰约丰姿。这两句把读者引入一个精致、温柔的境界，情味盎然，饶有兴趣。三、四句更推出胜境：新荷刚出水面，睡眼未开，那小小蜻蜓已自立于其上。一个“才露”，一个“早立”，前后接续，把蜻蜓和荷花相依相偎这一自然界和谐情景形容尽致。无限生机，多少天趣，集中在这个聚光点上，照亮了全诗。

诚斋写景小诗，最善于表现动态之美。他仿佛是一位高明的摄影师，用快速镜头捕捉到这稍纵即逝、妙趣横生的一瞬，在一瞬间留下永恒。他有精微的观察力,加以手眼敏捷,语言明快,能把这刹那所感表而出之,使人共喻。陈与义《春日》诗说:“忽有好诗生眼底,安排句法已难寻。”诚斋诗妙在一个“趣”字。他不仅善于句法安排,而且善于速写那“忽有”的一瞬,构成气韵生动、情趣盎然的诗情画意,以此独步于南宋诗坛。 (赖汉屏)

闲居初夏午睡起二绝句

梅子留酸软齿牙，　芭蕉分绿与窗纱。
日长睡起无情思，　闲看儿童捉柳花。

松阴一架半弓苔，　偶欲看书又懒开。
戏掬清泉洒蕉叶，　儿童误认雨声来。

杨万里的密友张镃曾论其诗云："造化精神无尽期，跳腾踔厉即时追。目前言句知多少，罕见先生活法诗。"读诚斋这二首绝句，颇有助于我们对他的"活法"的理解。

第一首写诗人午睡初醒，齿颊间还存留着梅子的余酸。梅为解酲之物，可知诗人睡前曾以斗酒自遣，一个"软"字，表现出他的闲散的意态。四周一片静谧，一片碧绿，"分"字为蕉叶映窗传神。首二句点明了"初夏"之时。"日长睡起无情思"，承上，表明夏日昼长、百无聊赖之意，于是他只有"闲看儿童捉柳花"。写此诗时杨万里才四十岁，正在年富力强之时，看来真是闲得无聊之极了。

第二首写他由书斋闲步向庭中，清阴宜人，正可读书，却又懒得将书卷展开。上二句中"一""半""偶""懒"四字，又将闲散之态写得入木三分。他闲得无聊，捧起一掬清泉，随意撒向青葱的蕉叶，水声飒飒，使得那些正在捕捉柳花的儿童吃了一惊，诧异日照晴空，雨声究从何处而来。

然而这两首诗是否真是刻意表现百无聊赖的空虚心情呢？诗人《颐庵诗稿序》云："然则诗果焉在？曰：尝食夫饴与荼乎？人孰不饴之嗜也？初而甘，卒而酸。至于荼也，人病其苦也；然苦未既，而不胜其甘。诗亦如是而已矣。"明乎此理，则可知上述这些字面上的意思，只是茶汁初上口时的"苦"味，如果细细品味一下，在"闲适"以至"懒散"的后面实有着一种清新的活泼泼的兴味。

陈衍《石遗室诗话》云，诚斋诗"大抵浅意深一层说，直意曲一层说，正意反一层，侧一层说"。此二诗正是用侧写影借之法，通过自身与儿童的精神交通，在极言闲散的同时委婉地表达了对充满活力的生活的向往追求。其深意均在二诗的结尾，对周遭止水一般的生活，他确实是恹恹无情绪。然而群童烂漫天真的游戏他却饶有兴味地关注。白居易有句云"谁能更学儿童戏，寻逐春风捉柳花"(《前日别柳枝绝句梦得继和又复戏答》)，诚斋易"谁能"为"闲看"，虽然诗人已年届不惑，不能再与孩童们追逐嬉笑，然而"闲看"之中，正有着不胜歆羡之意。对于长年相伴的书本，不管是古圣述作，抑或时贤新著，现今诗人都已厌倦了，即使偶尔翻阅亦已懒得。他只想摆脱这一切，聆听一下天籁之音，泉洒蕉叶，结果更引起了群童的惊诧。可以想象，当诗人看到儿童们诧异的眼神，一定会发出由衷的微笑。于是诗人寂寞的心灵就在天真的儿童身上获得了苏生。

其时诗人丁父忧赋闲在家。先是，抗金派的首领张浚已荐他为临安府教授。这是他入仕以来第一个较重要的职务。然而因居丧三年之制所限，他只得放弃了一展抱负的机会。返家不久，战局失利,朝廷中以汤思退等人为首的主和派占了上风。张浚罢相,不久忧愤而亡。宋孝宗对金朝再次割地赔款,以叔侄之国相称。明白这一时代与个人环境,可进而理解这二诗中的闲散意绪,实是英雄无用武之地的烦愁,而对童心的向往又正是力图摆脱的抗争。诗中的这种潜意识,只要了解他服满后知隆兴县时的斐然政绩与乾道六年(1170)震动一时的《千虑策》,就不难看出了。

二诗创作的触机并不在午睡醒后的烦闷,而在于稍后见到童戏时瞬间的精神交通。儿童世界的天真无邪与成人生活的种种不惬意,适成鲜明的对照,使闲居苦闷的诗人得到一种由衷的快慰。他抓住了这"跳腾踔厉即时追"的生活场景与由此而生的感兴,熔铸在二首小诗中。在这里诗人的闲愁与快乐始终不脱离这一场景。二诗看来各自成章,其实却以场景与感情的自然转换相联系,他将闲愁与儿童交替写来,由室内而室外,心情则由"闲看儿童捉柳花"到"儿童误认雨声来",更逐渐展开,他笔笔写的都是闲。而从这闲中自然"酿"出最后的乐来。可见诚斋的活法的第一要义是善于捕捉活生生的生活场景,瞬间的活泼泼的感触兴会,加以自然的真朴的表现。他的意趣完全融洽在丰富的多样的生活画面中,因此意趣也就显得丰满而有层次,有立体性。这样他的诗就不枯瘠,不执着,鲜透活泼,自有别趣了。诚然,诗人的活法有反写,侧写,三折一反等法门,然而这些技法之所以往往获得成功,正在于是生活情景自然层次的提炼,因此他的好诗都有新茗一般清新而醇厚的韵味。舍此而仅从技法论活法,则必堕入尖新轻薄的恶趣。 **(赵昌平)**

晓出净慈寺送林子方

毕竟西湖六月中，　　风光不与四时同。
接天莲叶无穷碧，　　映日荷花别样红。

这是一首描写西湖六月风光的七言绝句。

六月的杭州已经暑热难耐。但在清早还算凉快，尤其是位于西湖西南边的净慈寺一带，由于地处山水之间，更为凉爽。一天早晨，诗人呼吸着凉爽的新鲜空气，步出净慈寺，送友人林子方（官居直阁秘书）他去，路过西湖边。大概是因为很久未到西湖边了，突然间，满湖的莲叶荷花闯入了他的眼帘，大自然的美色一下子把他征服了。他不禁脱口而出，吟唱出了这首小诗。

开头两句是一个以“毕竟”领起的十四字句。在前七字中，“西湖”“六月中”分别交代地点和时间；后七字指明此时此地的风光自有特色。如果按照一般语序，这十四字当为“西湖六月中风光，毕竟不与四时同”。诗人将“毕竟”提前，一是为了协调平仄；但主要的还是为了借助“毕竟”二字强调“风光不与四时同”的特定地点（“西湖”）与时间（“六月中”），同时由于修饰词（“毕竟”）远离开被修饰的词（“不同”），又便于造成一气贯穿的语势，恰恰符合触目兴叹、即兴吟成的口语化的特点。“四时”，即春夏秋冬四季。诗人原意是想说，满湖莲叶荷花的景色为六月所独具。但六月属夏，“六月中”的风光只能与春秋冬三时有异，岂能与四时不同？不过这正如“四季如春”的成语一样，是一种约定俗成的说法，不可拘泥于字面。“四时”，在这里只是泛指其他季节。

以上两句仿佛是诗人的一阵喝彩声，虽然并不具体，却饱含着感情。喝彩声过后，诗人具体地再现了使他动情至深的西湖六月的特异风光，这就是后两句所描写的：满湖莲叶、荷花，一直铺到水天相接的远方，在朝阳的辉映下，无边无际的碧绿与艳红真是好看极了！对于这后两句诗的理解，不可忽略的是彼此的互文关系，也就是说，在文义上是交错互见的：莲叶接天，荷花当然也是接天的；荷花映日，莲叶当然也是映日的。同样道理，莲叶既无穷又别样，荷花也别样又无穷。互文，这是古汉语中常见的一种修辞格式。古典诗歌由于精练的要求与格律上的限制，运用互文更为常见。有时表现在两句之间，如上例；有时也表现在一句之内，如“秦时明月汉时关”（王昌龄《出塞》），“秦”与“汉”，“明月”与“关”，都是错举见义，并非专属的，意思是秦汉时的明月映照着秦汉时的边关。

杨万里善于七绝，工于写景，以白描见长。就这几点来说，这首《晓出净慈寺送林子方》不失为他的代表作之一。从艺术上来看，除了白描以外，此诗还有两点值得注意：一是虚实相生。前两句直陈，只是泛说，为虚；后两句描绘，展现具体形象，为实。如果有虚无实，即只有一二句而无三四句，感情就会显得空泛，叫人无从把捉；如果有实无虚，即只有三四句而无一二句，只有具体的景色而不知道是何时何地之景，形象也就失去了它的规定性，影响到它存在的价值。此诗由于虚实结合，收到了相得益彰的效果。二是刚柔相济。后两句所写的莲叶荷花，一般归入阴柔美一类。诗人却写得极为壮美——境界阔大，有“天”，有“日”；语言也很有气势，“接天”，“无穷”。这样，阳刚与阴柔，壮美与柔媚，就在诗歌形象中得到了统一。难怪这首诗得到广泛的传诵。

（陈志明）

杨万里

初入淮河四绝句

船离洪泽岸头沙，　人到淮河意不佳。
何必桑干方是远，　中流以北即天涯。

刘岳张韩宣国威，　赵张二相筑皇基。
长淮咫尺分南北，　泪湿秋风欲怨谁？

两岸舟船各背驰，　波痕交涉亦难为。
只余鸥鹭无拘管，　北去南来自在飞。

中原父老莫空谈，　逢着王人诉不堪。
却是归鸿不能语，　一年一度到江南。

淳熙十六年(1189)冬，杨万里奉命去迎接金廷派来的"贺正使"(互贺新年的使者)，这是他进入淮河后触景伤怀所写下的四首绝句。

第一首写诗人入淮时的心情。

首两句总起、入题。交代了出使的行程和抑郁的心情，为这一组诗奠定了基调。诗人乘船离开了洪泽湖，由西北折入淮河，心情便已十分不快了。

自"绍兴和议"(1141)起，宋、金两国已由原来的兄弟关系降格为臣君关系。“隆兴和议”又改为侄叔关系。当时双方划定东起淮水，西至陕西宝鸡西南的大散关一线，为宋、金两国的国界线；宋每年向金纳银、绢各二十五万(两、匹)；金“册立”赵构为宋帝，双方往来文书，金人称“诏”，宋人称“表”。当时，出使金廷的使者，在感情上常感屈辱。诗人奉君命出使，只好憋着一肚子气，这种精神上的痛苦可想而知。

三四句写感慨，是“意不佳”的原因之一。“桑干”，即永定河上游的桑干河，在今山西省北部和河北省的西北部，唐代这里是与北方少数民族的交接处。“天涯”，原指极远的地区，这里指宋、金以淮河为界的边境线。这两句是说：何必要到遥远的桑干河才是塞北边境呢，而今淮河以北不就是天的尽头了么！淮河以北本是中原腹地，五十年以来，这里已成了南北隔绝之处。诗人面对淮河，不由得发出感叹，虽不大声疾呼，而诗人沉痛之情毕现。

第二首是对造成山河破碎的南宋朝廷的谴责。

南宋初年的名将刘锜、岳飞、张俊、韩世忠，力主抗金，屡建功勋。赵、张指赵鼎和张浚，都在南宋前期两度任相，重用岳、韩，奠定南宋基业。这些名将、贤相中除张俊后期投靠秦桧、参与陷害岳飞而加官晋爵外，其余都先后为秦桧及其党羽所害。

诗人在这里采取了欲抑先扬的手法。在第三句来了一个陡转，转到反面，而今竟然出现了“长淮咫尺分南北”的奇耻大辱的结果。前面的因和这里的果似乎产生了明显的矛盾，再加上结尾的“欲怨谁”一语，更是发人深思：究竟是怎么一回事？该由谁来负责？当时以高宗赵构和秦桧为首的主和派，执意与金妥协，因而出现了前方不断地打胜仗，后方却一再向金乞和的情况，把大片国土举以奉人，以换得暂时的苟安局面；更令人痛心的是，把一批抗金最力的优秀将领、大臣杀的杀，贬的贬，这怎能不使人在肃杀的"秋风"中涕泪满襟呢！诗人的愤懑之情，以婉语微讽，曲折道出，显得更为深沉。

第三首因眼前景物起兴，以抒发感慨。

淮河两岸舟船背驰而去，了无关涉；一过淮水，似乎成了天造地设之界。这里最幸运的要数那些在水面翱翔的鸥鹭了，只有它们才能北去南来，任意翻飞。两者相比，感慨之情自见。"波痕交涉"之后，著以"亦难为"三字，凝聚着作者的深沉感喟，藏锋不露，含思婉转，颇具匠心。

第四首写中原父老不堪忍受金朝统治之苦以及他们对南宋朝廷的向往。

前两句说：中原父老见到了南使（"王人"：帝王的使者），像遇到了久别的亲人一样，滔滔不绝地诉起苦来。"莫空谈"中一个"莫"字，即指排除了一切泛泛的应酬客套话。他们向使者谈的话题都集中在"诉不堪"（诉说不堪忍受金朝压迫之苦）这一点上。这是诗人想象中的情景，并非实事。因为根据当时的实际情况，南宋使者到了北方后不可能直接跟遗民通话，中原父老更不会面对面地向南使"诉不堪"。如韩元吉在《朔行日记》中说，出使的人"率畏风尘，避嫌疑，紧闭车内，一语不敢接……"但是中原遗民向往南宋朝廷之心，却用各种方式来表白：楼钥《北行日录》载："都人列观……戴白之老多叹息掩泣，或指副使曰：'此宣和官员也'！"又曹勋在他的《出、入塞》诗前小序说："闻南使过，骈肩引颈，气哽不能语，但泣数行下，或以感慨。"范成大也在《揽辔录》中写道:“遗黎往往垂涕嗟啧,指使人云:‘此中华佛国人也。’老妪跪拜者尤多。”所以此诗所表达的中原父老的故国情思,虽非实事,但确是实情。

三四句借羡慕能南飞鸿雁来表达遗民们对故国的向往。“却是”,反是、倒是之意:羡慕的是鸿雁一年一度的南归;遗憾的是鸿雁不解人意,不能代为传达这故国之情。真是含不尽之意于言外。

这一组诗以“意不佳”为贯串全诗的感情主线:有“长淮咫尺分南北”“中流以北即天涯”的沉痛感喟;也有“北去南来自在飞”和不能“一年一度到天涯”的向往和痛苦。前两首侧重于诗人主观感情的抒写,后两首则为淮河两岸人民、特别是中原遗民代言,主题鲜明,裁剪得体。全诗寓悲愤于和婉,把悲愤之情寄托在客观景物的叙写之中,怨而不怒,风格沉郁。语言平易自然,时用口语。这些都体现了“诚斋体”诗的特色。 (金子湘)

过松源，晨炊漆公店六首（其五）

莫言下岭便无难，　赚得行人错喜欢。
正入万山圈子里，　一山放出一山拦。

本篇收在《江东集》，原为六首，这是第五首，是绍熙三年(1192)诗人在建康江东转运副使任上外出纪行之作。松源、漆公店，当在今皖南山区。

诗的内容很平常，读来却有一种新鲜感。它的佳处，就在于作者善于从日常生活里人们习见的现象中，敏感地发现和领悟某种新鲜的经验，并用通俗生动而又富于理趣的语言表现出来，能给人以某种联想与启示。人们可以哲理诗视之。

第一句当头喝起。“莫言下岭便无难”，这是一个富于包孕的诗句。它包含了下岭前艰难攀登的整个上山过程，以及对所历艰难的种种感受。正因为上山艰难，人们便往往把下岭看得容易和轻松。开头一句，正像是针对这种普遍心理所发的棒喝。“莫言”二字，像是自诫，又像是提醒别人，耐人寻味。

第二句申说、补足首句。“赚得行人错喜欢。”“赚”字富于幽默的风趣。行人心目中下岭的坦易，与它实际上的艰难正成鲜明对比，因此说“赚”——行人是被自己对下岭的主观想象骗了。诗人在这里只点出而不说破，给读者留下悬念，使下两句的出现更引人注目。

“正入万山圈子里,一山放出一山拦。”三四两句,承“错喜欢”,对第二句留下的悬念进行解释。本来,上山过程中要攀登多少道山岭,下岭过程中也相应地会遇到多少重山岭。但历尽上山艰难的行人登上最高峰后,往往因兴奋喜悦而一心只顾享受下岭的坦易轻快,忘记了前面还有一系列山岭需要跨越。因此,当缺乏思想准备的行人下了一个山头,又遇到一个山头,发现自己正处在万山围绕的圈子里,这才恍然大悟:下岭的路程照样要遇到一系列的艰难险阻。山本无知,“一山放出一山拦”的形容却把山变成了有生命有灵性的东西。它仿佛给行人布置了一个迷魂阵,设置了层层叠叠的圈套。而行人的种种心情——意外、惊诧、厌烦,直至恍然大悟,也都在这一“放”一“拦”的重复中透露出来了。

然而,这首诗之所以讨人喜欢,却并不仅仅由于所直接抒写的这点内容和意趣,而且由于所描绘的现象,所抒写的体验,具有某种典型性,容易使人联想起生活中的类似现象,唤起类似的体验。例如,人们往往对最艰巨的行程比较有思想准备,而对走过这段行程后还会出现的艰难缺乏思想准备;只知道人们习知的艰难,而不懂得人们常常忽略的另一种艰难;这首诗似乎可以引起这方面的思索。

(刘学锴)

朱　熹

春　日

胜日寻芳泗水滨，[①]　无边光景一时新。
等闲识得东风面，[②]　万紫千红总是春。

〔注〕 ① 胜日：原指节日或亲朋相聚之日，此指晴日。 ② 等闲：寻常，随便。

诗中说理，历来遭到非议。理语和诗歌，仿佛是两个冤家，不能相容。但王夫之认为诗原于情，理原于性，未必一定分辕反驾，而晦翁的某些说理诗，尤为他所称赏。在晦翁集中，确有一些虽然说理，但不堕理障、富于情趣的作品，《春日》便是其中极出色的一篇，一直为人传诵。

王相注《千家诗》，认为这是游春踏青之作。从诗所写的景物来看，也很像是这样。首句"胜日"点时，"泗水"点地，"寻芳"二字，点明主题，下面三句，都是寻芳所见、所得。"寻"字不仅写出作者逸兴，也给诗添了不少情趣。次句虚写眼前所见，觉无限风光景物，焕然一新。这"新"，既是春回大地、万象更新的新，也是出郊游赏、耳目一新的新。非春日不会有此新的景象，非寻芳也不会有此新的感觉。

下联用形象的语言，描绘了光景之新，抒写了寻芳所得。东风荡漾，拂面而来，眼前万紫千红的景象，尽是春光点染而成。"识"字承"寻"字，因"寻"而"识"。"万紫千红"承"光景一新"，正是那色彩缤纷、生意盎然的鲜花，使风景焕然一新。东风将百花吹得烂漫多姿，故诗人从万紫千红之中，认识了东风；而又正是百花给春日带来了蓬勃的生气，故诗人又从万紫千红之中，感到了春天的气息。

从字面上看，这首诗写得生动流丽，浅显明白，人尽能解。但正是这种浅显明白，将不少人瞒过，引起了人们的误解。晦翁作此诗，其意决不在春光骀荡。诗的首句即道所游在泗水之滨，其地春秋属鲁，孔子尝居洙、泗之间，教授弟子。宋室南渡，泗水已入金人掌握之中，晦翁未曾北上，怎能于此游春吟赏？其实，诗中"泗水"，乃暗指孔门，所谓"寻芳"，即求圣人之道。在这首诗中，晦翁谕人，仁是性之体，仁的外现就是生意，所以万物的生意最可观，触处皆有生意，正如万紫千红，触处皆春。

提起晦翁说理诗的佳作，人们常举《观书有感》为例，称赞它寓哲理于生动、形象的比喻之中，富于理趣。但《观书有感》尽管不同于一般的说理诗，毕竟一望可知是说理诗，而《春日》诗形象更加鲜明，情景更加生动，描写更加自然，读了但觉春光满眼，如身游其间，竟不知是在说理，则其构思运笔之妙，尤胜于《观书有感》。

和一般道学家不同，晦翁比较重视创作的艺术技巧，重视作品文与质的统一。当然，他重文，完全是出于明道的需要，是为了使其道能行之久远。但在艺术作品中，形象永远大于思想，故后人读这首诗，所注意的只是诗中景象，而很少去求索它的本意，作为一篇单纯的游春诗看，它也具有很大的艺术感染力。对晦翁来说，却是他意料所不及的。　　　　　　（黄　珅）

朱　熹

观书有感二首

半亩方塘一鉴开，　天光云影共徘徊。
问渠那得清如许？　为有源头活水来。

昨夜江边春水生，　蒙冲巨舰一毛轻。
向来枉费推移力，　此日中流自在行。

从题目看，这两首诗是谈“观书”体会的，意在讲道理、发议论；弄不好，很可能写成“语录讲义之押韵者”。但作者写的却是诗，因为是从自然界和社会生活中捕捉了形象，让形象本身来说话。

先看第一首。

“半亩方塘一鉴开，天光云影共徘徊”，这景象就很喜人。“半亩方塘”，不算大，但它像一面镜子那样澄澈明净，天光云影，都被它反映出来，闪耀浮动，情态毕见。作为景物描写，这也是成功的。这两句展示的形象本身，能给人以美感，能使人心情澄净，心胸开朗。

这感性形象本身还蕴含着理性的东西，最明显的一点就是：“半亩方塘”里的水很深很清，所以能够反映天光云影；反之，如果很浅、很污浊，就不能反映，或者不能准确地反映。诗人正抓住了这一点，作进一步地挖掘，写出了颇有“理趣”的三四两句：“问渠那得清如许？为有源头活水来。”“渠”是个代词，相当于“他”，这里代“方塘”。“清”，已包含了“深”，因为塘水如果没有一定的深度，即使很清，也反映不出“天光云影共徘徊”的情态。诗人抓住了塘水深而且清就能反映天光云影的特点，但没有到此为止，进而提出了一个问题：“方塘”为什么能够这样“清”？而这个问题，孤立地看“方塘”本身，是无从找到答案的。诗人于是放开眼界，终于看到“源头”，找到了答案：就因为这“方塘”不是无源之水，而是有那永不枯竭的“源头”，源源不断地为它输送“活水”。

后两句，当然是讲道理、发议论，朱熹虽是理学家，但这和“语录讲义”很不相同：第一，这是对前两句所描绘的感性形象的理性认识；第二，“清如许”和“源头活水来”，又补充了前面所描绘的感性形象。因此，这是从客观世界提炼出来的富有哲理意味的诗，而不是“哲学讲义”。用古代诗论家的话说，它很有“理趣”，而无“理障”。

“方塘”由于有“源头活水”不断输入，所以永不枯竭，永不陈腐，永不污浊，永远深而且“清”，“清”得不仅能够反映出“天光云影”，而且能够反映出它们“共徘徊”的细微情态。——这就是这首小诗所展现的形象及其思想意义。

再谈第二首。

“昨夜江边春水生，蒙冲巨舰一毛轻”，其中的“蒙冲”也写作“艨艟”，是古代的一种战船。因为“昨夜”下了大雨，“江边春水”，万溪千流，滚滚滔滔，汇入大江，所以本来搁浅的“蒙冲巨舰”，就像鸿毛那样浮了起来。这两句诗，也对客观事物作了描写，形象比较鲜明。但诗人的目的不在单纯写景，而是因“观书有感”而联想到这些景象，从而揭示一种哲理。

“向来枉费推移力，此日中流自在行”，就是对这种哲理的揭示。当“蒙冲巨舰”因江水枯竭而搁浅的时候，多少人费力气推，力气都是枉费，哪能推动呢？可是严冬过尽，“春水”方“生”，形势就一下子改变了，从前推也推不动的“蒙冲巨舰”，“此日”在一江春水中自在航行，多轻快！

蒙冲巨舰，需要大江大海，才能不搁浅，才能轻快地、自在地航行。如果离开了这样的必要条件，违反了它们在水上航行的规律，硬是要用人力去“推移”，即使发挥了人们的冲天干劲，也还是白费气力。——这就是这首小诗的艺术形象所包含的客观意义。作者的创作意图未必完全如此，但我们作这样的理解，并不违背诗意。

前一首，至今为人们所传诵、所引用，是公认的好诗。后一首，似乎久已被人们遗忘了，但它同样是好诗，能给人以哲理的启迪：别做在干岸上推船的蠢事，而应为“蒙冲巨舰”的自在航行输送一江春水。

（霍松林）

朱淑真

秋　夜

夜久无眠秋气清，　　烛花频剪欲三更。
铺床凉满梧桐月，　　月在梧桐缺处明。

这是一首抒发幽情苦绪的诗，在艺术上颇具特色。

诗中所写，不过“秋夜无眠”四字，内容是屡见不鲜的，其妙处在于，作者只选取了三更前后铺床欲睡时的一个片断进行描写，又写得深婉含蓄，耐人寻思。前两句叙事，后两句写景，无一语抒情，而“情”字隐含其中，不仅有情，而且情很浓重。“夜久无眠秋气清”，点明“秋夜”二字，而且是“夜久无眠”；“烛花频剪欲三更”，把“夜久”具体化——“欲三更”。女主人公为什么“夜久无眠”？始终不肯直接说出，她让读者自己从诗里寻找答案，她只是向读者透露出自己在这漫漫之夜里的举动——“烛花频剪”。烛花即灯花。古人认为灯花是一种喜事的预兆，杜甫诗：“灯花何太喜，酒绿正相亲”（《独酌成诗》），可证，诗人对此也深信不疑。她在《秋夜牵情》诗里说：“灯花占断烧心事，罗袖长供挹泪痕。”显然，是频频结成的灯花，触动了她的心事。灯花频生，当有喜事，可命运偏使她不幸。此时的灯花怎能不牵动万千愁绪！当她从似幻似梦的忧怨中醒来，意识到时已三更，应当安歇的时候，诗人笔锋一转，潜移默运，把那愁绪融入景物描写中去了。妙的是，明明要写“无眠”，反从“欲睡”写起：“铺床凉满梧桐月”，铺床欲睡之际，才发现了那从梧桐叶间筛下来的满床月影。“凉”字照应题中“秋”字，既写天凉，也写心境之幽寂。由室内的月影，过渡到室外的月影，抬头向窗外一望：“月在梧桐缺处明”。后两句运用了顶针句法，写由望床上之月到望天上之月，造成了缠绵的情调。写月光，不从正面写，而是写梧桐叶间若隐若现的月影，桐与月交织成一个纡徐委曲的深邃意境。借以渲染题中“秋”字。同时，月与梧桐又是最能撩人情怀的景物。诗人曾经这样写道：“待将满抱中秋月，分付萧郎万首诗。”（《秋日偶成》）萧郎，唐诗中常用，指情郎。在这漫漫秋夜，孤衾独宿，烛花频剪，白马萧郎、天长地久之事渺不可得，伴我者唯有月华与桐影，此情此景，愁何以堪！至于后半夜的景况如何，就用不着写了，她哪里还能够入睡呢！景中寓情，以景写情，不言“愁”字，而句句带愁意，此诗的好处在此。

（张燕瑾）

送湖南部曲[①]

青衫匹马万人呼,[②]　　幕府当年急急符。[③]
愧我明珠成薏苡,[④]　　负君赤手缚於菟。[⑤]
观书老眼明如镜,　　论事惊人胆满躯。
万里云霄送君去,　　不妨风雨破吾庐。[⑥]

〔注〕 ① 部曲:部属。古代大将军营,设有各司其事的属官,称部曲。(见《后汉书·百官志》) ② 青衫:唐时为从九品小官的官服,其色青,称青衫。 ③ 幕府:古代大将行军,在帐幕中办公,称幕府。后来地方军政长官的官衙,也称幕府。急急符:紧急命令,也称"急急如律令"。 ④ 明珠成薏苡:《后汉书·马援传》:"初,援在交趾,常饵薏苡实,用能轻身省欲,以胜瘴气。南方薏苡实大,援欲以为种,军还,载之一车……及卒后,有上书谮之者,以为前所载还,皆明珠文犀。"后世用薏苡明珠这个典故,指因涉嫌而受诬谤的人。薏苡实,即薏米。 ⑤ 於菟:楚人称虎叫於菟,见《左传》。 ⑥ 风雨破吾庐:杜甫《茅屋为秋风所破歌》:"吾庐独破受冻死亦足。"

辛弃疾是南宋最杰出的爱国词人,但他的诗篇却很少为人所知。这首《送湖南部曲》作于宋孝宗淳熙七年(1180)冬季,其时作者正由湖南安抚使调职江西,一位部属小官前来告别,他赠送了这首律诗。全诗字里行间跳荡着热爱部属的激奋心情,展现出作者为人光明磊落的英雄本色。诗中虽然用了一些典故,但表达得极其自然,既寄寓了自己壮志未酬遭谗受谤的一腔忠愤,又显示出热情鼓励武勇有为的后进,使之为国效忠的胸怀。

从诗的内容来看,作者所送的部属,是位勇猛的壮士。诗的开头两句,气势突兀高昂,如疾风破空而来,军府下达了紧急的命令,这位壮士接下军令,身穿青色制服,跨上骏马,在万众欢呼声中腾跃向前,表现出惊人的勇敢。首句"青衫匹马万人呼",乃化用杜甫《送蔡希曾都尉还陇右》诗句:"身轻一鸟过,枪急万人呼"而浑然无迹。这位壮士完成了怎样的军务,这里却含而未发,以便开展下文。第三四两句"愧我明珠成薏苡,负君赤手缚於菟",承前而来,也只从侧面回答,引人思考。据刘克庄《后村诗话》记这首诗的本事说:"辛稼轩帅湖南,有小官,山前宣劳,既上功级,未报而辛去,赏格未下。其人来访,辛有诗别之云云。"联系诗句,原来这位壮士赤手缚虎(楚地方言称虎叫"於菟"),立了功劳,但作者此时却受谗去职,以致没有得到应得的赏赐。第三句用"薏苡明珠"这个典故,表明自己的去职,是因为遭受别人的诬谤,正像东汉马援当年南征交趾归来,载回一车薏米种子,被人诬枉成带回一车明珠一样。作者在湖南安抚使任中,当时只有两年,不仅建成一支湖南飞虎军,成为铁马金甲一应俱全的劲旅;而且还动用官仓储粮,以工代赈,浚筑陂塘,使农田收到灌溉之利。明明是在推行利国便民的善政,却因此受到权贵的诬控和排挤,那么"愧"从何来?可见作者所"愧"的,是自己部属有功未能把奖赏落实,不是在政治军事措施上有了差错。第四句"负君赤手缚於菟",正是点明了"愧"的原因。从诗的一"愧"一"负"当中,可以看出作者关怀部属而不计较个人荣辱的高尚风格。

第五六两句是作者"素负志节"的自白。"观书老眼明如镜,论事惊人胆满躯",表明自己惯于观书的老眼,明如宝镜,有知人之明。自己在论事方面，有胆有识，敢于挺身而出，仗义执言，不像他人那样畏首畏尾，顾虑重重。作者赤心为国，始终抱着恢复中原抗金必胜的信念，在孝宗乾道元年(1165)，他上过《美芹十论》，就宋金双方和与战的形势作具体分析，指出对金的斗争应积极争取主动，不要让“和战之权常出于敌”。他痛斥秦桧媚敌求和所起的摧抑民心、销沮士气的极坏作用。在乾道六年又对当时较有作为的宰相虞允文献过《九议》，指出抗击金人恢复国土，是关系国家和生民的大业，不是属于皇帝或宰相的私事。他的议论，英伟磊落，在当时主和派当权的时代是颇为惊人的。即使在淳熙七年他创建湖南飞虎营的时候，也曾经受中枢多次的阻挠和指责，甚至诬为“聚敛扰民”，但他敢于顶住这股压力，为了忠于国家，根本不顾个人的利害。诗中的“胆满躯”三字，正表明他之所以受谗被谤的原因。

诗的结尾两句，着重点明送别之情，第七句重点在被送者，祝愿对方鹏程万里，直上青云。第八句写自己送人的心情，只要被送的壮士有广阔的前途，到后来能为国家效忠宣劳，即使自己遭受政治上的挫折，在风雨交加的日子里，忍受“吾庐独破”的困厄生活也心甘情愿。这句用杜甫诗“吾庐独破受冻死亦足”句意，“不妨”两字，展示诗人先公后私、先人后已的优秀品质，表现一位久经沙场锻炼的大将热爱部属的可贵精神。

全诗脉络井然，中间四句意在笔先，力透纸背，第六句和第三句相应，第五句和第四句相应。诗中充满豪宕不平之气，显得悲壮而苍凉，雄健而沉郁。 (马祖熙)

过垂虹

自作新词韵最娇，　　小红低唱我吹箫。
曲终过尽松陵路，　　回首烟波十四桥。

这首七绝，是诗人于宋光宗绍熙二年(1191)除夕，携小红由石湖(苏州与吴江之间的风景区，范成大的别墅所在)范成大家，乘船归湖州(今属浙江)，路过垂虹桥时所写，因此诗题也命为《过垂虹》。垂虹桥，北宋时建，地处今江苏吴县。桥东西长千余尺，前临太湖，横截松陵(吴江的别称)。河光海气，荡漾一色，乃三吴之绝景。(此桥清代已废)

元人陆友《砚北杂志》有段记载："小红，顺阳公(即范成大)青衣(家妓)也，有色艺。顺阳公之请老，姜尧章诣之。一日，授简征新声，尧章制《暗香》《疏影》二曲，公使二妓肄习之，音节清婉。姜尧章归吴兴，公寻以小红赠之。其夕，大雪过垂虹，赋诗曰……"讲的便是这首诗的写作经过。

首句"新词"，即指《暗香》《疏影》两首咏梅自度曲。"韵最娇"，便是上文所说"音节清婉"，或诗人自谓"音节谐婉"(《暗香·序》)。首句说，自己所填的《暗香》《疏影》两首新词，音节谐和，声调柔婉。白石乃词坛名家，因此他对自己这两曲名作，并不过谦，许为"韵最娇"。欣然自得之情，溢于言外。

次句，欢乐情绪达到高潮。诗人高兴地说，归途中，有小红为伴。一路上,小红轻启樱唇,宛转低唱我的《暗香》《疏影》;我自己则在一旁吹箫伴奏。诗人乐不可支,似有萧史、弄玉之想。

末两句写曲终回首。二支曲子唱毕,船已经走过了很长一段路程。“过尽松陵路”,实谓走过了垂虹桥,因桥“横截松陵”。故而下句道:回首远眺,但见刚刚经过的一座座画桥,如今都时隐时现,飘浮在缥缈烟波之中。其景恍如仙境,使诗人更添无限快意。

携伴佳人,吹吹唱唱,一路轻舟过垂虹,诗人陶然心醉,因此虽是隆冬雪天,诗中却毫无肃杀寒意,而是气氛热烈,情趣盎然,音调谐和,意象清雅,咏之沁人心脾。 (周慧珍)

乡村四月

绿遍山原白满川，　子规声里雨如烟。
乡村四月闲人少，　才了蚕桑又插田。

这是一首写江南农村初夏风光的诗。

前两句写自然景象。“绿”，写树木葱郁，“白”状水光映天。妙的是不直接点明树和水，而是从视觉角度着眼，用“绿”和“白”这两种对比之色来表现远望中的整体景象，色彩明丽动人。更妙的是，诗人不仅以捕捉到山水的色彩形象为满足，他还要写出山水的精神。农历四月已是初夏，自然不同于芽叶方抽、朦胧新绿的初春景象，所以在“绿”字之后用一“遍”字，“白”字之后著一“满”字。诗人写的不是一棵树、一片林，而是满山遍野的树；不是一条水溪、几畦秧田，而是视力所及的所有川渎。这才是初夏的景象。这是乡村的静景。下面又进一步描写：“子规声里雨如烟。”以烟喻雨，把那如烟似雾、霏霏霂霂的细雨形象，描摹得非常传神。更妙的是还加上了“田家候之，以兴农事”（《本草·杜鹃》）的子规鸣声。雨是润物无声的细雨，景色凄迷，一加上这催耕的鸟声，便由静入动，显示了活泼的生机。

后两句写农事的繁忙。“乡村四月闲人少”一句，括尽乡村四月的景象。第四句补足上句之意。蚕桑，照应首句的“绿遍山原”；插田，照应首句的“白满川”。“才”和“又”两个虚字用得灵活，不言“忙”而“忙”意自见。

四句诗，有静有动，绘声绘色，鲜明如画，却又能补绘事所不及。述事纯用口语，颇似民歌，却又比民歌深沉。山水描写是为农民劳动勾画的背景，诗人对乡村生活的热爱之情见于言外。

（张燕瑾）

约 客

黄梅时节家家雨，　青草池塘处处蛙。
有约不来过夜半，　闲敲棋子落灯花。

与人约会而久候不至，难免焦躁不安，这大概是每个人都会有的经验，以此入诗，就难以写得蕴藉有味。然而赵师秀的这首小诗状此种情致，却写得深蕴含蓄，余味曲包。

“黄梅时节”，正是江南的梅雨季节，“家家雨”极言雨水之多。因为雨多天闷，长满了青草的池塘中蛙声不断，处处皆是。这两句遣字造句平易畅达，而所描绘的景象也只是江南夏夜常见之景。然而这绝不是诗人信笔拈来的泛泛之语，而是一个孤寂者深夜期客不至的特殊感受。雨声、蛙声为什么对他显得特别清晰？原来，他静候着的是友人的叩门声，然而入耳的却是雨声、蛙声，夜越深就显得越响。

“有约不来过夜半”，这一句才点明了诗题，也使得上面两句景物、声响的描绘有了着落。与客原先有约，但是过了夜半还不见人来，无疑是因为这绵绵不断的夜雨阻止了友人前来践约。夜深不寐，足见诗人期待之久，希望之殷，读诗至此，似乎将期客不至的情形已经写尽，然而末句一个小小的衬垫，翻令诗意大为生色。

“闲敲棋子落灯花”，这句只是写了诗人一个小小的动态，然而在这个动态中,将诗人焦躁而期望的心情刻画得细致入微。因为孤独一人,下不成棋,所以说"闲敲棋子",棋子本不是敲的,但用来敲打,正体现了孤独中的苦闷;"闲"字说明了无聊,而正在这个"闲"字的背后,隐含着诗人失望焦躁的情绪。

人在孤寂焦虑的时候,往往会下意识地作一种单调机械的动作,像是有意要弄出一点声响去打破沉寂、冲淡忧虑,诗人这里的"闲敲棋子",正是这样的动作。"落灯花"固然是敲棋所致,但也委婉地表现了灯芯燃久,期客时长的情形,诗人怅惘失意的形象也就跃然纸上了。敲棋这一细节中,包含了多层意蕴,有语近情遥,含吐不露的韵味。可见艺术创作中捕捉典型细节的重要。

这首诗另一个明显的特点是对比手法的运用。前两句写户外的"家家雨""处处蛙",直如两部鼓吹,喧聒盈耳。后两句写户内的一灯如豆,枯坐敲棋,阒静无聊,恰与前文构成鲜明对照,通过这种对照,更深地表现了诗人落寞失望的情怀。由此可知,赵师秀等"四灵"诗人虽以淡泊清新的面目出现,其实颇有精心结撰的功夫。

(王镇远)

刘克庄

军中乐

行营面面设刁斗，　帐门深深万人守。
将军贵重不据鞍，　夜夜发兵防隘口。
自言虏畏不敢犯，　射麋捕鹿来行酒。
更阑酒醒山月落，　彩缣百段支女乐。
谁知营中血战人，　无钱得合金疮药！

诗题为“军中乐”，但军中乐的，可不是广大的兵士，而是将军。诗的前八句就围绕一个“乐”字着笔，描写将军的生活。开始两句先描写将军的生活环境：军营四周都有夜间打更巡逻的兵士，中军大帐戒备森严，有万人把守。刁斗，古代军中用具，铜质，白天可以烧饭，夜间用来打更。“面面”与下句的“深深”相对，写出了军营肃穆的景象。从这两句诗来看，颇有战争的气氛，警惕性之高、戒备之严还真像个边防将军的样儿！接着，诗人之笔又深入一层，带领读者穿过重重的卫士，看到了帐中的将军。将军的职责就是行军打仗，就要过戎马生涯。这位将军却不然，他自恃身份贵重，不披铠甲、不骑战马，夜夜只派遣兵士去防守险要的关口。将军而不据鞍马，难道是一员儒将，“运筹帷幄之中，决胜千里之外”(《史记·高祖本纪》)？不，诗人又指出：将军自以为敌方不敢进犯，于是行围射猎以助酒兴了。畋猎，古人认为可以申文武之教(见《晋书·乐志下》)，可以激发人的豪情。可惜这位

将军全不是为此，他只是为了猎获一些麋鹿来佐酒。但还不止于此，古人认为军中有女子，会影响军队的士气（见《汉书·李陵传》、杜甫《新婚别》），而这位将军却有女乐随军。诗人跳过将军饮酒歌舞寻欢作乐的场面不写，却抓住酒醒后赏赐歌女的情景作描绘：月落更尽，将军酒醒，把成百段的彩绸彩缎赏赐给歌儿舞女。更阑月落，写将军佚乐之久；彩缣百段，写将军赏赐之豪。歌舞的场面呢？诗人不著一字，却通过将军的沉醉、赏赐的无度，让读者去想象其豪华奢靡。不从正面着笔，却能尽得其意。

诗的最后两句情调突变，由将军转向兵士，由写乐转为写悲。士卒苦战受伤，却无力支付治刀伤的药费。这样的鲜明对比，具见诗人的愤慨之情。

对一个将军来说，要想指挥战争取得胜利，首先要看他能否正确分析当时的军事形势。诗里的将军对形势的判断是："虏畏不敢犯"，妙的是前面加了"自言"两字，这便有深意。他只是自以为如此，事实如何，那是另一回事了。再说，将军自己是否真的以为"虏畏不敢犯"呢？也不见得。如果真是这样，他就不会"行营面面设刁斗，帐门深深万人守"，也不会"夜夜发兵防隘口"了。他明知敌军猖獗，才用重兵守卫。可惜，不是用重兵守边，而是用重兵严密保卫自己寻欢作乐。明知形势如此，偏说形势如彼，自欺欺人。这不是麻痹大意，而是不顾国家安危，不顾士卒，不恤边事，但求及时行乐。一方是射猎行酒，轻歌曼舞，另一方则是转战沙场，血流如注；一方是百万缠头，一掷无吝色，另一方则是呻吟反侧，无钱合药；这种种对比，不仅揭示出官兵的对立、将军的腐朽，边防的危殆也可想而知了。

诗中所写并不是诗人在危言耸听，而是南宋现实的写照。“营幕之间，饱暖有不充，而主将歌舞无休时；锋镝之下，肝脑不敢保，而主将雍容于帐中”（辛弃疾《美芹十论》第六），就是这首诗最好的注脚。诗人对将军的愤恨、对士卒的同情、对边防的担忧之情，在对比间也就显而易见了。

（张燕瑾）

游园不值

应怜屐齿印苍苔，　　小扣柴扉久不开。
春色满园关不住，　　一枝红杏出墙来。

叶绍翁属江湖诗派，擅长写七言绝句，这首《游园不值》更是万口传诵。

这首诗的好处之一是写春景而抓住了特点，突出了重点。

诗人不是写一般的春景，而是写早春之景。早春之景，最有特征性的一是柳色，二是杏花。陆游的《马上作》说：“平桥小陌雨初收，淡日穿云翠霭浮。杨柳不遮春色断，一枝红杏出墙头。”用“杨柳”的金黄、嫩绿衬托“红杏”的艳丽，可谓善于突出重点；叶绍翁的诗，特别是第四句，也许是从此脱胎的。但题目各异，写法也不同。陆游以《马上作》为题，故由大景到小景，先点“平桥”“小陌”“翠霭”“杨柳”等等，然后突出“一枝红杏”。叶绍翁则以《游园不值》为题，故用小景写大景，先概括大地“春色”于一“园”，强调“春色”不但满园，而且“满”到“关不住”的程度，其具体表现是：“一枝红杏出墙来。”陆诗和叶诗都用一个“出”字把“红杏”拟人化，但前者没有写明非“出”不可的理由；后者却先用“关不住”一“呼”，再用“出墙来”一“应”，把“一枝红杏”写得更活。

这首诗的好处之二是“以少总多”，含蓄蕴藉。例如“屐齿印苍苔”，就包含许多东西。仅就写景而言，“苍苔”生于阴雨，“屐”

多用于踏泥,“苍苔”而“屐齿”可“印”,更非久晴景象。陈与义《怀天经智老因访之》说:“客子光阴诗卷里,杏花消息雨声中。”陆游《临安春雨初霁》则说:“小楼一夜听春雨,深巷明朝卖杏花。”叶绍翁看来也是从“春雨”声中听到了杏花消息,但他避熟就生,不明写“春雨”,却用“屐齿印苍苔”加以暗示。“春色”既已“满园”,而且“满”得“关”也“关不住”,那么进园去逐一观赏,该多好!然而就是进不去,只能在墙外看看那“出墙来”的“红杏”,而且仅仅是“一枝”,岂非莫大的遗憾!可是这“一枝红杏”,正是“满园春色”的集中表现,眼看出墙“红杏”,心想墙内百花;眼看出墙“一枝”,心想墙内万树,不正是一种余味无穷的美的享受吗?

这首诗的好处之三是景中有情,诗中有人,而且是优美的情、高洁的人。

题为《游园不值》,“不值”者,不遇也。作者想进园一游,却见不上园主人。那么主人是怎样的人呢?门虽设而常关,“叩”之又“久不开”,其人懒于社交,无心利禄,已不言可知。门虽常关,而满园春色却溢于墙外,其人怡情自然,风神俊朗,更动人遐想。

这首诗的好处之四是不仅景中含情,而且景中寓理,能够引起许多联想,从而给人以哲理的启示和精神的鼓舞。“春色”一旦“满园”,那“一枝红杏”就要“出墙来”向人们宣告春天的来临。一切美好的、向上的、生机勃勃的事物,都具有顽强的生命力,难道是墙能围得住、门能关得住的吗?

(霍松林)

陈　起

夜过西湖

鹊巢犹挂三更月，　　渔板惊回一片鸥。
吟得诗成无笔写，　　蘸他春水画船头。

诗的题目叫“夜过西湖”，那就不是“夜游西湖”，更不是“游湖觅诗”了。从第三句“吟得诗成无笔写”，也可见并不是作好准备有意去寻诗；却偏偏写出了诗，真是所谓“几处觅不得，有时还自来”（贯休《诗》）。

前两句写景，词意平平。首句点题中之“夜”，时已“三更”，弦月犹在，抬头望去，似挂在鹊巢之上。这时候，早已群动全息，万籁无声。次句接写诗题中的“湖”字。就在这一寂静的背景上，响起了敲击渔板的声音。渔板，即桹板，一称“渔桹”。多用于夜间捕鱼时。潘岳《西征赋》中有“鸣桹”，李善注引《说文》说：“桹，高木也，以长木叩舷为声……所以惊鱼令入网也。”元人刘永之诗云：“余烬落寒灯，卧闻渔板响。”此刻，它响得那样突然，以致熟睡的鸥鸟被惊醒，成片地竞相飞回。

大概是鹊巢、弦月、渔板响、鸥鸟飞，触发了诗人的雅兴，诗思突然在他心中萌动，从而转出了后两句来。诗已吟成，却无笔墨可以写定，岂不扫兴？正是在这一跌宕中翻出了以指代笔、以水代墨、以船板当纸的精彩的末句。蘸水写字当然留不下印迹，此句妙处就在明知留不下印迹，却偏要“蘸他春水画船头”。这种雅兴本身，岂不就颇具诗情么？

陆游说："文章本天成，妙手偶得之。"（《文章》）明代谢榛说："诗有天机，待时而发，触物而成，虽幽寻苦索，不易得也。"（《四溟诗话》卷二）陈起《夜过西湖》诗的成功，也许就属于这一类情况。

（陈志明）

题临安邸

山外青山楼外楼，　　西湖歌舞几时休！
暖风熏得游人醉，　　直把杭州作汴州。

这是一首古代的“墙头诗”。据《宋诗纪事》，作者林升是宋孝宗淳熙间临安一位士人，生平无考。

用对辽、西夏、金的屈辱退让换取苟安，是赵宋王朝自开国起即已推行的基本国策。其结果是，中原被占，两朝皇帝做了俘虏。然而，此一教训并未使南宋最高统治集团略为清醒；他们不思恢复，继续谋求“王业之偏安”。绍兴二年(1132)，宋高宗第二次回到杭州，这水光山色冠绝东南的“人间天堂”被他看中了，有终焉之志，于是建明堂，修太庙，宫殿楼观一时兴起，达官显宦、富商大贾也相继经营宅第，壮大这“帝王之居”。几十年中，杭州终如北宋的汴州，成了这班寄生虫们的安乐窝。

“山外青山楼外楼，西湖歌舞几时休”，诗人抓住了最有代表性的两个形象——华丽的楼台和靡曼的歌舞，从空间的无限量与时间的无休止，写尽了杭州的豪华和所谓承平气象。然而正言若反，这层层的楼台不能不使人联想到殷纣王的鹿台、楚王的章华台、吴王的馆娃宫与隋炀帝的江都宫；这无休止的歌舞，即弃远而言近，犹令人想起陈后主的《玉树后庭花》和唐明皇的《霓裳羽衣曲》。“暖风熏得游人醉”，“熏”字极为传神。江淹《别赋》云：“闺中风暖，陌上草熏。”那些西湖上的“游人”，大约正是因此而陶醉。一个“熏”字，把这些人的醉梦之态写足。这些醉生梦死之徒，毫无忧患意识，忘乎所以，竟把杭州当成了汴州！昔日汴京城内，巨宅别墅，秦楼楚馆，歌舞无虚日，终至朝廷倾覆，歌儿舞女，金银珠玉，尽入金人的囊中。今日南渡的富贵之家，歌舞湖山，乐不思蜀，正蹈汴京陷落的覆辙而不知。岂不可悲！含蕴甚富，愤慨极深，然而不作谩骂之语，正是此诗特点。　　（艾荫范）

武夷山中

十年无梦得还家，　　独立青峰野水涯。
天地寂寥山雨歇，　　几生修得到梅花？

南宋亡国后，谢枋得仍以江东提刑、江西招谕使知信州（治所在今江西上饶）的身份在今浙赣交界处抵抗元兵。不久，信州失守，他改名换姓逃入闽赣边境的武夷诸山，抗节隐居，转徙山区十二年之久。这首诗写于隐居后期，东南一带的抗元烽火已被扑灭，元朝统治者正开始访求亡宋遗臣，收买汉族士大夫。

诗题中之“武夷山”，其峰峦之胜，古今驰名；南距建阳不出百里，谢枋得隐居后期曾卖卜论学于建阳市中，此武夷山当为其游踪出没处。但是这首诗并非实写山景，而是作者面对当时的政治情势在借题发挥，别有一种意境在。首句“十年无梦得还家”，指抗元兵败后的十年间从未还家。这里不说“未还家”，却说“无梦得还家”，简直连还家的梦也不曾有过，可见其决绝之情。谢枋得的家乡失守时，妻儿被掳，国亡家毁，早已无家可还，这是一方面。另一方面，古代前朝的遗民，在无可奈何的情况下，总是逃入深山以表示不臣服新朝政权。他的“无梦得还家”，正是表明前此十年之志：抗节隐居。这一句领起下文。

决绝到连还家的梦也不曾有过，栖息山间也就怡然自得了。“独立青峰野水涯”，奇峰挺秀，野水悠悠，是一幅绝妙的水墨画，但这又不纯是写武夷奇观，中间倾注着诗人的思想感情，这巍然挺立的青峰，实际上也是诗人自己的性格、形象的写照。

第三句一转。“天地寂寥山雨歇”，简直辨不清是真在写沉寂的山中气象，还是在叹息人间的万马齐喑？南宋亡国后，东南各地的武装抗元斗争曾持续好几年，当时正转徙山间的谢枋得，不免欣欣然有山雨欲来之感、东山再起之志；可是不久，抗元的武装都被镇压，近十年过去了，而今是一片沉寂。这种政治情势的变化，对于绝世孤臣是十分严峻的考验。诗人何以自处？诗中并未明说。但在这“天地寂寥山雨歇”之际，末句忽然提到独立世外，傲霜吐艳的山中梅花，并深致仰慕之情，无疑他要以梅格自期。他后来不应元廷的征召，屡荐屡辞，最后强征入都，终于绝食殉节。如此坚决的不合作态度，在这首诗中早已表白了。

这是一首咏怀诗，不是写景诗。“即景抒怀”“托物言志”，是古代诗人经常采用的手法。此诗作者自置于青峰野水之间，以梅花品格相期许，正是借此以言志。　　（程一中）

过零丁洋

辛苦遭逢起一经，　　干戈寥落四周星。
山河破碎风飘絮，　　身世浮沉雨打萍。
惶恐滩头说惶恐，　　零丁洋里叹零丁。
人生自古谁无死，　　留取丹心照汗青！

此诗是文天祥《指南录》中的一篇，为其代表作之一，约作于祥兴二年(1279)——被元军俘获的第二年正月过零丁洋之时。后来元军元帅张弘范一再逼他写信招降南宋在海上坚持抵抗的张世杰，他出示此诗以明志节。

"辛苦遭逢起一经，干戈寥落四周星。"作者面临生死关头，回忆一生，感慨万千，从何写起呢？他只抓住两件大事，一是以明经入仕，这是关系他个人政治前途的大事；二是"勤王"，这是关系宋王朝存亡的大事。他深感知遇之恩，满怀救国图报之志，以此两端起笔，就极好地写出了当时的历史背景和个人的心境。"四周星"，是指德祐元年(1275)正月，文天祥以全部家产充当军费，响应朝廷号召"勤王"，至祥兴元年十二月在五坡岭战败被俘，恰是四年时间。这四年，为了挽救王室，他竭尽全力，折冲樽俎，辗转兵间，但仍未能挽回局势。"干戈寥落"，是就国家整个局势而言。据《宋史》记载，朝廷征天下兵，但像文天祥那样高举义旗为国捐躯者寥寥无几。因为干戈寥落，孤军奋战，难以御敌，战争打得愈来愈惨,致使宋朝危在旦夕。作者用“干戈寥落”四字,暗含着对苟且偷生者的愤激,对投降派吕师孟、贾余庆、刘岊等一伙的谴责!“寥落”,一作“落落”,其意相反,则是指作者自己频繁的战斗生涯,但所揭示的内涵远不及“寥落”广阔。

接着还是从国家和个人两方面抒写,如果说首联是从纵的方面追述,那么,颔联则是从横的方面渲染,不过写得更为深沉。“山河破碎风飘絮,身世浮沉雨打萍”,它是“干戈寥落”、孤掌难鸣的必然结局。一个以巩固王室为己任的重臣,眼见山河破碎,端宗在逃难中惊悸病死,八岁的卫王赵昺在陆秀夫等拥立下,行朝设在崖山海中,追兵一到,随时都有覆灭的可能,大宋江山已如风中柳絮,无法挽回,能不痛心泣血?作者用凄凉的自然景象喻国事的衰微,极深切地表现了他的哀恸。果不出诗人所料,写此诗后约二十天——祥兴二年二月初六,陆秀夫背负帝昺投海殉国,南宋就此灭亡。亡国孤臣有如无根的浮萍漂泊水上,无所依附,这际遇本来就够惨了。而作者再在“萍”上着“雨打”二字,就更显凄苦。而这不正象征着文天祥政治上的一生么!他当初入朝不久,即因忤权贵董宋臣、贾似道而屡被罢斥;在抗元斗争中,出生入死,一次被扣,两次被俘,为尽节自杀,曾服毒,又绝食,却偏偏不死。而今家破人亡,老母被俘,妻妾被囚,大儿丧亡,自己也身陷敌手。这遭遇还不够惨么!所以说,这“身世浮沉”,并非是指个人仕途的穷通,而是概括着作者艰苦卓绝的斗争和坎坷不平的一生。这一联对仗工整,比喻贴切,形象鲜明,感情挚烈,读之使人怆然!

五六句紧承前意,进一步渲染生发。惶恐滩,原名黄公滩,在今江西万安县赣江之中，是赣江十八滩之一，水流湍急，是最险的一滩，人们乘船渡此滩十分惊恐，故又称"惶恐滩"。景炎二年(1277)，文天祥的军队在空坑(江西吉水附近)被元兵打败后，曾从惶恐滩一带撤退到福建汀州。前临大海，后有追兵，如何闯过那九死一生的险境，转败为胜，求得"救国之策"？这是他当时最忧虑、最惶悚不安的事了。而今军队溃散，身为俘虏，被押送过零丁洋，能不感到孤苦伶仃？这一联特别富有情味，"惶恐滩"与"零丁洋"两个带有感情色彩的地名自然相对，而又被作者运用来表现他昨日的"惶恐"与眼前的"零丁"，真可谓诗史上的绝唱！设若没有如此的亲身经历和出众的艺术才华，是绝难写出这样出色的对句来的。

以上六句，作者把家国之恨、艰危困厄渲染到极致，哀怨之情汇聚为高潮，而尾联却一笔宕开："人生自古谁无死，留取丹心照汗青！"以磅礴的气势、高亢的情调收束全篇，表现出他的民族气节和舍生取义的生死观。这联壮语感召了后代多少志士仁人为正义事业而英勇献身！谢榛说："结句当如撞钟，清音有余。"(《四溟诗话》)由于结尾高妙，致使全篇由悲而壮，由郁而扬，形成一曲千古不朽的壮歌。 (苏者聪)

金陵驿二首(其一)

草合离宫转夕晖，　　孤云飘泊复何依？
山河风景元无异，　　城郭人民半已非。
满地芦花和我老，　　旧家燕子傍谁飞？
从今别却江南路，　　化作啼鹃带血归。

这首诗是祥兴元年(1278)文天祥被俘后，次年押赴元都燕京(今北京)途经金陵(今江苏南京)时所作。

在元军大举南下之时，为挽救摇摇欲坠的赵宋王朝，诗人曾积极募集将士，组织抗战。谁曾料，如今竟成了阶下囚！自己壮志未酬，而故国河山已经沦亡，诗人心中怎能不感慨万千？在这首诗中，诗人既写出了黍离之悲，亡国之痛，又写出了爱国之情和报国之心。

金陵是六朝故都。南宋初，高宗曾短期留驻于此，建有行宫。当初，这里画廊飞檐，金碧辉煌，何等繁华，何等气派！可如今，却是衰草斜阳，满目疮痍，一片凄凉。封建社会里，皇帝是国家的象征，而皇宫又是皇帝的所在。宫室的荒凉破败，就意味着政权的丧失，国家的沉沦。这里，诗人正是以一片惨淡的夕阳斜照着长满衰草的离宫的景色，暗寓南宋朝廷已如夕阳之沉沦，宗国覆灭，诗人也就无所依托了。于是不禁仰天长叹，自己就像那天边漂浮的孤云，归宿在哪里？漂泊向何方？这里“孤云”既是实景也是自比。

面对这残酷现实，身为囚徒的诗人已经无能为力。他只能发出“山河依旧，人事已非”的感慨。“山河风景元无异，城郭人民半已非”，前句化用“新亭对泣”、后句化用丁令威化鹤回辽东的典故，采用对比手法，用依然如故的青山绿水反衬经战争摧残后城垣颓坏、人民离散死亡，感慨极深。

接着，又以“满地芦花”和“旧家燕子”表达了家国沧桑之感。在“故垒萧萧芦荻秋”的季节里，“金陵王气黯然收”(刘禹锡《西塞山怀古》)。自己同秋天的芦花一样随风飘零，并且即将为故国殉难。刘禹锡《乌衣巷》诗云：“旧时王谢堂前燕，飞入寻常百姓家。”现在，一片浩劫，旧家燕子将飞往何处呢？这里，既有身家之感，又有黍离之悲。

社稷如此，个人的命运也就微不足道了。诗人决心以一死来报效国家。最后两句，化用《楚辞·招魂》“魂兮归来哀江南”的语意和望帝死后化为杜鹃的神话，表示现在我虽被迫离开故乡，决无生还之望，但一片忠魂，终归南土。我死之后要化成啼血的杜鹃鸟，飞回江南。诗人这种心志，可谓哀苦之至，同他流传千古的名句“人生自古谁无死，留取丹心照汗青”一样，表现了视死如归的英雄气概和坚定不渝的民族气节，感动了后世的许多人。

文天祥在宋亡后写的诗，悲壮慷慨，气贯长虹，这首是代表作之一。此诗触景生情，景中寓情，巧妙地化用典故，将自己的亲身感受、金陵的历代兴亡以及前人的咏叹等交织在一起，抒发了自己深沉而又复杂的内心情感，柔婉含蓄但又淋漓尽致，外柔内刚，沉挚悲壮。这种以鲜血和生命写出来的诗篇，值得珍视。

(詹杭伦)

湖州歌九十八首(其六)

北望燕云不尽头,[1]　　大江东去水悠悠。
夕阳一片寒鸦外,　　目断东南四百州。[2]

〔注〕 ① 燕云:宋代曾设置燕山府路及云中府路,包括今河北、山西两省北部地区,简称燕云。燕山后为元都城所在。 ② 东南:一本作"东西"。四百州:指南宋统治下的府、州、军一级行政区域。宋朝全盛时,号称"八百军州";南宋以后,失去北方土地,减去一半为"四百军州"。此处"四百州"即指南宋治下的区域,是约数而非实数。

南宋亡后,诗人作为元军的俘虏之一,和宫女们离开临安,坐船北上的途中,想到自己是被押送到燕山一带去的,燕山原是唐朝的土地,五代时的石敬瑭,曾经把"燕云十六州"出卖给契丹,北宋末年虽曾一度收复,后来被女真占领,燕山府就成为金朝的政治中心,如今又成了元朝的政治中心。诗人北望燕云,顿生茫茫之感,此次北去,前程渺渺,未知来日如何。眼前江水东流,仍然是悠悠不断,象征南宋的国运一去不复返了。放眼一看,西坠的夕阳下,只剩一片寒鸦,而寒鸦飞过的空间一望无际,这辽阔的空间,不正是南宋统治下的"四百州"吗?"四百州"的军民是不是还在继续反抗呢?诗人的双目,望"断"了"四百州",望"断"了"四百州"的土地和人民,感情是十分沉痛的。

四句诗只写一个"望"字,向北边"望"着自己将被押前往的燕云,不知命运如何?向眼前“望”着大江东去,江水“悠悠”,无力挽回颓势;向整个东南的“四百州”一望,不胜依恋之情。这依恋之情,不是诗人个人的,而是全部俘虏的。诗人在另一首《越州歌》里面写过:“东南半壁日昏昏,万骑临轩趣幼君。三十六宫随辇去,不堪回首望吴云。”不正说明这一依恋之情的普遍性么!

(鲜述文)

图书在版编目(CIP)数据

历代名诗鉴赏. 宋诗/ 上海辞书出版社文学鉴赏辞典编纂中心编. —上海: 上海辞书出版社, 2018. 8 (2020. 8重印)
ISBN 978-7-5326-5142-9

Ⅰ. ①历… Ⅱ. ①上… Ⅲ. ①宋诗—鉴赏 Ⅳ. ①I207. 22

中国版本图书馆 CIP 数据核字(2018)第 141837 号

历代名诗鉴赏 · 宋诗

上海辞书出版社文学鉴赏辞典编纂中心编

责任编辑 辛 琪
装帧设计 姜 明

出版发行 上海世纪出版集团
上海辞书出版社(www. cishu. com. cn)
地　　址 上海市陕西北路 457 号(200040)
印　　刷 上海盛通时代印刷有限公司
开　　本 787×1092 毫米 1/32
印　　张 8. 75
字　　数 182 000
版　　次 2018 年 8 月第 1 版 2020 年 8 月第 2 次印刷
书　　号 ISBN 978-7-5326-5142-9/ Ⅰ · 394
定　　价 48. 00 元